TRANZLATY

Sprache ist für alle da

ভাষা সবার জন্য

Die Verwandlung
দ্য মেটামরফোসিস

Franz Kafka
ফ্রাঞ্জ কাফকা

Deutsch
বাংলা

ISBN: 978-1-83566-665-4
Die Verwandlung
Franz Kafka, 1915

www.tranzlaty.com

Gregor Samsa erwachte eines Morgens aus unruhigen Träumen.
গ্রেগর সামসা একদিন সকালে একটা অস্বস্তিকর স্বপ্ন দেখে জেগে উঠলেন।

Er befand sich in seinem Bett, konnte sich aber nicht bewegen.
সে নিজেকে তার বিছানায় আবিষ্কার করল, কিন্তু নড়াচড়া করতে পারছে না।

Er war in ein monströses Ungeziefer verwandelt worden.
সে এক রাক্ষসী পোকামাকড়ে রূপান্তরিত হয়েছিল।

Er lag auf dem Rücken, der sich hart wie eine Rüstung anfühlte.
সে তার পিঠের উপর শুয়ে ছিল, যা বর্মের মতো শক্ত ছিল।

Indem er den Kopf ein wenig hob, konnte er seinen Bauch sehen.
মাথাটা একটু তুলে দেখলেই সে তার পেট দেখতে পেত।

Sein Bauch aber war gewölbt und in Segmente unterteilt.
কিন্তু তার পেট ছিল গম্বুজাকৃতির, এবং খণ্ড খণ্ডে বিভক্ত।

Die Decke lag auf seinem runden Bauch.
কম্বলটি তার গোলাকার পেটের উপরে ছিল।

Die Decke war jedoch kurz davor, ganz herunterzurutschen.
কিন্তু কম্বলটি প্রায় সম্পূর্ণরূপে নীচে পড়ে যাওয়ার উপক্রম হয়েছিল।

Seine Beine wirkten im Vergleich zu ihrer üblichen Größe jämmerlich.
স্বাভাবিক আকারের তুলনায় তার পায়ের আকার ছিল করুণ।

Und seine vielen Beine flackerten hilflos vor seinen Augen.
আর তার চোখের সামনে তার অনেক পা অসহায়ভাবে ঝিকিমিকি করে উঠল।

„Was ist nur mit mir geschehen?", dachte er bei sich.
"আমার কি হয়েছে?" সে মনে মনে ভাবল।

Aber es war kein Traum, aus dem er nicht erwachen konnte.
কিন্তু এটা এমন কোন স্বপ্ন ছিল না যা থেকে সে জেগে উঠতে পারেনি।

Es war tatsächlich sein eigenes Zimmer, in dem er sich wiederfand.

এটা আসলে তার নিজের ঘর যেখানে সে নিজেকে খুঁজে পেয়েছিল।

Ein richtiges Zimmer für Menschen, aber leider etwas zu klein.

মানুষের জন্য একটা আসল ঘর, কিন্তু একটু বেশিই ছোট।

Er lag still zwischen den vier bekannten Mauern.

সে চারটি সুপরিচিত দেয়ালের মাঝখানে চুপচাপ শুয়ে রইল।

Auf dem Tisch befand sich eine Sammlung von Textilmustern.

টেবিলে টেক্সটাইলের নমুনার একটি সংগ্রহ ছিল।

Samsa war Handelsreisender, daher die Muster.

সামসা একজন ভ্রমণকারী বিক্রয়কর্মী ছিলেন, তাই নমুনাগুলি।

Über den auseinandergenommenen Textilproben hing ein Bild.

বিচ্ছিন্ন করা টেক্সটাইল নমুনার উপরে একটি ছবি ছিল।

Er hatte das Bild erst vor Kurzem aus einer Zeitschrift ausgeschnitten.

সম্প্রতি তিনি একটি ম্যাগাজিন থেকে ছবিটি কেটেছিলেন।

Er hatte das Bild in einen hübschen, vergoldeten Rahmen gefasst.

তিনি ছবিটি একটি সুন্দর, সোনালী ফ্রেমে স্থাপন করেছিলেন।

Das gerahmte Bild zeigte eine aufrecht sitzende Dame.

ফ্রেম করা ছবিতে একজন মহিলাকে সোজা হয়ে বসে থাকতে দেখানো হয়েছে।

Sie trug eine Pelzmütze und hatte einen Pelzmuff.

তার পরনে ছিল পশমের টুপি, আর পরনে ছিল পশমের মাফ।

Sie hob ihre Hand in Richtung des Betrachters des Bildes.

সে ছবির দর্শকের দিকে হাত তুলছিল।

Ihr ganzer Unterarm verschwand in ihrem schweren Pelzmuff.

তার পুরো বাহু তার ভারী পশমের মাফের মধ্যে অদৃশ্য হয়ে গেল।

Gregor blickte aus dem Fenster auf das trübe Wetter.

গ্রেগর জানালা দিয়ে তাকিয়ে রইলো মলিন আবহাওয়ার দিকে।

Man konnte hören, wie schwere Regentropfen gegen das Fenster prasselten.

জানালায় ভারী বৃষ্টির ফোঁটা পড়ার শব্দ শোনা যাচ্ছিল।

Das graue Wetter stimmte ihn sehr melancholisch.

ধূসর আবহাওয়া তাকে খুব বিষণ্ন বোধ করাচ্ছিল।

„Wie wäre es, wenn ich noch ein bisschen länger schlafe?",
dachte er.

"আরেকটু ঘুমাবো কেমন হয়?" সে ভাবলো।

"Mehr Schlaf könnte mir helfen, diesen Unsinn zu
vergessen."

"আরও ঘুম আমাকে এই বাজে কথা ভুলে যেতে সাহায্য করতে পারে।"

Länger zu schlafen war jedoch völlig unmöglich.

কিন্তু আর ঘুমানো সম্পূর্ণ অসম্ভব ছিল।

Weil er es gewohnt war, auf seiner rechten Seite zu schlafen.

কারণ সে ডান কাত হয়ে ঘুমাতে অভ্যস্ত ছিল।

Sein aktueller Zustand schränkte jedoch seine üblichen
Bewegungsfreiheiten ein.

কিন্তু তার বর্তমান অবস্থা তার স্বাভাবিক চলাফেরাকে বাধাগ্রস্ত করছে।

Er hatte keine Möglichkeit, in diese Lage zu gelangen.

এই অবস্থানে নিজেকে ঢোকানোর কোন উপায় তার ছিল না।

Er versuchte sein Bestes, sich auf die rechte Seite zu werfen.

সে তার ডান পাশে নিজেকে ঝাঁপিয়ে পড়ার জন্য যথাসাধ্য চেষ্টা করল।

Er hat diese Bewegung wahrscheinlich hundertmal versucht.

সে সম্ভবত একশ বার এই নড়াচড়া করার চেষ্টা করেছিল।

Aber er kippte immer wieder in die Rückenlage zurück.

কিন্তু সে সবসময় কাত হয়ে শুয়ে থাকত।

Er schloss die Augen, um seine unruhigen Beine nicht sehen
zu müssen.

সে চোখ বন্ধ করে ফেলল যাতে তার নড়বড়ে পা দেখতে না পায়।

Am Ende hinderten ihn seine Schmerzen daran, es noch
einmal zu versuchen.

শেষ পর্যন্ত তার ব্যথা তাকে আবার চেষ্টা করতে বাধা দিল।

Ein dumpfer Schmerz in der Seite, den er noch nie zuvor
gespürt hatte.

তার পাশে একটা মৃদু ব্যথা যা সে আগে কখনও অনুভব করেনি।

„Oh Gott", dachte Gregor Samsa verzweifelt bei sich.

"ওহ ঈশ্বর," গ্রেগর সামসা মরিয়া হয়ে মনে মনে ভাবল।

"Was für einen anstrengenden Beruf ich mir da doch
ausgesucht habe!"
"কী কঠিন পেশা আমি নিজের জন্য বেছে নিয়েছি!"

„Ich muss beruflich Tag für Tag reisen."
"দিনের পর দিন, কাজের জন্য আমাকে ঘুরে বেড়াতে হয়।"

„Büroarbeit ist viel einfacher als die Arbeit unterwegs."
"রাস্তায় কাজ করার চেয়ে অফিসের কাজ অনেক সহজ।"

„Und ich habe den Fluch, ständig reisen zu müssen."
"আর আমার অভিশাপ আছে ঘুরে বেড়াতে হয়।"

„Die ganze Sorge, die Züge nicht rechtzeitig zu verpassen."
"ট্রেনের জন্য সময়মতো পৌঁছানোর সমস্ত উদ্বেগ।"

„Meine Mahlzeiten sind unregelmäßig und das Essen ist
schlecht."
"আমার খাবারের সময় অনিয়মিত, এবং খাবারও খারাপ।"

„Meine Freunde wechseln ständig, je nachdem, wo ich
hinziehe."
"আমার বন্ধুরা সবসময় শহর থেকে শহরে পরিবর্তন হয়।"

„Meine Interaktionen sind kühl und professionell."
"আমার সাথে যে মিথস্ক্রিয়া হয় তা ঠান্ডা এবং পেশাদার।"

„Sollen sich doch die Teufel mit solchen Arbeiten
vergnügen!"
"এই ধরণের কাজে শয়তানকে নিজেকে আনন্দিত করতে দাও!"

Er verspürte ein leichtes Jucken im oberen Bereich seines
Bauches.
সে তার পেটের উপরের অংশে হালকা চুলকানি অনুভব করল।

Er stemmte sich mit dem Rücken gegen den Bettpfosten.
সে নিজেকে বিছানার খুঁটির সাথে, পিঠ দিয়ে ঠেলে দিল।

Er wollte seinen Kopf besser heben können.
সে আরও ভালোভাবে মাথা তুলতে চাইছিল।

Er fand die juckende Stelle, die ihn plagte.
সে চুলকানির জায়গাটি খুঁজে পেল যা তাকে বিরক্ত করছিল।

Sein Kopf schien mit kleinen weißen Punkten bedeckt zu
sein.
তার মাথা ছোট ছোট সাদা বিন্দু দিয়ে ঢাকা বলে মনে হচ্ছিল।

Was diese kleinen weißen Punkte waren, konnte er nicht sagen.

এই ছোট সাদা বিন্দুগুলো কী ছিল তা সে বলতে পারল না।

Er hatte geplant, die Stelle mit einem seiner Beine zu berühren.

সে তার এক পা দিয়ে সেই জায়গাটা স্পর্শ করার পরিকল্পনা করেছিল।

Doch als er die Stelle berührte, verspürte er ein seltsames Frösteln.

কিন্তু যখন সে জায়গাটা স্পর্শ করল তখন সে একটা অদ্ভুত ঠান্ডা অনুভব করল।

Daraufhin zog er sein Bein sofort von der Stelle weg.

তাই সে তৎক্ষণাৎ তার পা সরিয়ে নিল ঘটনাস্থল থেকে।

Ihm blieb nichts anderes übrig, als das Jucken zu ertragen.

চুলকানির অনুভূতি মেনে নেওয়া ছাড়া তার আর কোন উপায় ছিল না।

Und er kehrte in seine vorherige Position im Bett zurück.

এবং সে বিছানায় তার আগের অবস্থানে ফিরে গেল।

„Wer so früh aufwacht, wird echt ziemlich dumm.“

"এত তাড়াতাড়ি ঘুম থেকে ওঠা সত্যিই একজনকে বেশ বোকা করে তোলে।"

„Ein Mann braucht genug Schlaf", dachte er sich.

"একজন মানুষের পর্যাপ্ত ঘুম হওয়া উচিত," সে মনে মনে ভাবল।

„Die anderen Handelsreisenden leben in Luxus.“

"অন্যান্য ভ্রমণকারী বিক্রয়কর্মীরা বিলাসবহুল জীবনযাপন করেন।"

„Morgens übermittle ich die erhaltenen Bestellungen.“

"সকালে আমি আমার প্রাপ্ত অর্ডারগুলি স্থানান্তর করি।"

„Währenddessen frühstücken die Herren noch.“

"এদিকে ঐ ভদ্রলোকরা এখনও নাস্তা করছেন।"

„Stellen Sie sich nur vor, ich würde das bei meinem Chef versuchen.“

"ভাবুন তো, আমি যদি আমার বসের সাথে এটা করার চেষ্টা করতাম।"

„Er würde mich feuern, bevor ich mit dem Frühstück fertig bin.“

"আমি নাস্তা শেষ করার আগেই সে আমাকে চাকরিচ্যুত করত।"

„Aber vielleicht wäre das auch nicht das Schlimmste.“

"কিন্তু হয়তো সেটাও সবচেয়ে খারাপ জিনিস হবে না।"

„Das Problem ist, dass meine Eltern mich zurückhalten.“

"সমস্যা হলো আমার বাবা-মা আমাকে আটকে রাখছেন।"

„Ohne sie hätte ich schon längst gekündigt.“
"তারা না থাকলে আমি ইতিমধ্যেই পদত্যাগ করতাম।"

„Ich hätte mich dem Chef entgegengestellt und es ihm gesagt.“
"আমি বসের সামনে দাঁড়িয়ে তাকে বলতাম।"

„Ich würde genau sagen, was ich von ihm und der Stelle halte.“
"আমি তাকে এবং তার কাজ সম্পর্কে যা ভাবি তা ঠিকই বলব।"

„Er würde vom Schreibtisch fallen, wenn ich ihm alles erzählen würde!“
"আমি যদি তাকে সবকিছু বলে দেই তাহলে সে তার ডেস্ক থেকে পড়ে যাবে!"

„Es ist sehr seltsam, wie er an seinem Schreibtisch sitzt.“
"তার ডেস্কে বসার ধরণটা খুবই অদ্ভুত।"

„Seine Art, mit seinen Untergebenen zu sprechen, ist nicht in Ordnung.“
"সে তার অধঃস্তনদের সাথে যেভাবে কথা বলে তা ঠিক নয়।"

„Und das Schlimmste ist, dass sein Gehör so schlecht ist.“
"আর সবচেয়ে খারাপ দিক হলো তার শ্রবণশক্তি খুবই দুর্বল।"

„Sie haben also keine andere Wahl, als ganz nah bei ihm zu sitzen.“
"তাহলে তার খুব কাছে বসে থাকা ছাড়া তোমার আর কোন উপায় নেই।"

„Aber trotz allem ist die Hoffnung noch nicht völlig verloren.“
"কিন্তু যা বলা হচ্ছে, আশা এখনও পুরোপুরি হারিয়ে যায়নি।"

„Ich werde das Geld sparen, um die Schulden meiner Eltern zu begleichen.“
"আমি আমার বাবা-মায়ের ঋণ পরিশোধ করার জন্য টাকা জমাবো।"

„Ich kann nichts tun, solange sie ihm noch Geld schulden.“
"যতক্ষণ পর্যন্ত তারা তার কাছে টাকা পাওনা, আমি কিছুই করতে পারব না।"

„Aber wenn die Schulden beglichen sind, werde ich es auf jeden Fall tun.“
"কিন্তু ঋণ পরিশোধ হয়ে গেলে আমি অবশ্যই তা করব।"

„Es wird wahrscheinlich noch fünf bis sechs Jahre dauern.“

"সম্ভবত আরও পাঁচ থেকে ছয় বছর সময় লাগবে।"

"Ja, dann wird die große Trennung definitiv erfolgen."
"হ্যাঁ, তাহলে অবশ্যই বড় বিচ্ছেদ হবে।"

„Fürs Erste muss ich jedoch aufstehen.“
"তবে, আপাতত, আমাকে বিছানা থেকে উঠতে হবে।"

„Weil mein Zug um fünf Uhr abfährt.“
"কারণ আমার ট্রেন পাঁচটায় ছাড়বে।"

Gregor blickte auf den tickenden Wecker auf dem Tisch.
গ্রেগর টেবিলের উপর টিক টিক করে বাজতে থাকা অ্যালার্ম ঘড়ির দিকে তাকাল।

"Himmlischer Vater!", dachte er, als er die Uhrzeit sah.
"স্বর্গীয় পিতা!" সময় দেখে সে ভাবল।

Halb sieben war schon still und leise vergangen.
সাড়ে ছটা বাজে, নীরবে চলে গেছে।

Und die Zeiger der Uhr bewegten sich immer weiter vorwärts.
আর ঘড়ির কাঁটাগুলো নিজেদের মতো করে সামনের দিকে এগিয়ে যেতে থাকল।

Es war nun fast Viertel vor sieben.
আর এখন সময় সোয়া সাতটার দিকে এগিয়ে আসছিল।

"Vielleicht hat der Wecker nicht geklingelt, um mich zu wecken?", dachte er.
"হয়তো আমাকে জাগিয়ে তোলার জন্য অ্যালার্ম বাজেনি?" সে ভাবলো।

Von seinem Bett aus inspizierte Gregor den Wecker.
বিছানা থেকে গ্রেগর অ্যালার্ম ঘড়িটি পরীক্ষা করল।

Der Wecker war korrekt auf vier Uhr eingestellt.
অ্যালার্ম ঘড়িটি সঠিকভাবে চারটার জন্য সেট করা ছিল।

Er konnte es sich nicht erklären, aber der Alarm musste losgegangen sein.
সে এটা ব্যাখ্যা করতে পারল না, কিন্তু অ্যালার্মটা নিশ্চয়ই বেজে উঠল।

"Wie konnte ich den Wecker verschlafen, ohne es zu merken?"
"আমি না জেনে অ্যালার্মের মধ্যে কীভাবে ঘুমিয়ে পড়লাম?"

Wenn der Alarm losgeht, wackeln sogar die Möbel.
যখন অ্যালার্ম বাজে, তখন আসবাবপত্রও কেঁপে ওঠে।

Er wusste, dass sein Schlaf alles andere als ruhig gewesen war.

সে জানত যে তার ঘুম মোটেও শান্তিপূর্ণ ছিল না।

Aber vielleicht war das der Grund, warum sein Schlaf so viel tiefer war.

কিন্তু হয়তো সে কারণেই তার ঘুম অনেক গভীর ছিল।

Er musste darüber nachdenken, was er nun tun sollte.

তাকে ভাবতে হয়েছিল এখন তার কী করা উচিত।

Der nächste Zug fuhr erst um sieben Uhr ab.

পরবর্তী ট্রেনটি সাতটা পর্যন্ত ছাড়েনি।

Diesen Zug zu erreichen, wäre nahezu unmöglich.

ওই ট্রেন ধরা প্রায় অসম্ভব হয়ে পড়ত।

Und die benötigten Textilien hatte er noch nicht eingepackt.

আর সে এখনও তার প্রয়োজনীয় কাপড় প্যাক করেনি।

Er fühlte sich auch nicht besonders frisch und agil.

তাকে বিশেষভাবে সতেজ এবং চটপটে বোধ হচ্ছিল না।

Vielleicht bestand die Möglichkeit, in den Zug einzusteigen.

হয়তো ট্রেনে ওঠার সুযোগ ছিল।

Doch ein Tadel vom Chef war so oder so unvermeidlich.

কিন্তু বসের কাছ থেকে তিরস্কার অনিবার্য ছিল যে কোনওভাবেই।

Der Angestellte wäre in den Fünf-Uhr-Zug eingestiegen.

কেরানি পাঁচটার ট্রেনে উঠতেন।

Der Büroangestellte war ein willensschwaches Werkzeug des Chefs.

অফিসের কেরানি ছিল বসের মেরুদণ্ডহীন প্রাণী।

Gregors Abwesenheit wäre also bereits gemeldet worden.

তাহলে গ্রেগরের অনুপস্থিতির খবর ইতিমধ্যেই জানা যেত।

„Was wäre, wenn ich mich krankmelde?", überlegte Gregor.

"আমি যদি অসুস্থ হয়ে ফোন করি?" গ্রেগর ভাবছিল।

Das wäre aber äußerst peinlich und verdächtig.

কিন্তু সেটা হবে অত্যন্ত লজ্জাজনক এবং সন্দেহজনক।

Gregor war in der gesamten Zeit, die er dort arbeitete, nie krank gewesen.

গ্রেগর যখন সেখানে কাজ করতেন, তখন তিনি কখনও অসুস্থ ছিলেন না।

Und er hatte ihnen bereits fünf Jahre Dienst geleistet.
এবং তিনি ইতিমধ্যেই তাদের পাঁচ বছরের চাকরি দিয়েছিলেন।

Die Chancen standen gut, dass der Chef vorbeikommen würde, um nach ihm zu sehen.
হয়তো বস তার খোঁজ নিতে আসবেন।

Er würde wahrscheinlich den Arzt der Krankenversicherung mitbringen.
সে সম্ভবত স্বাস্থ্য বীমা ডাক্তারকে নিয়ে আসবে।

Und er würde die Eltern für ihren faulen Sohn verantwortlich machen.
আর সে তাদের অলস ছেলের জন্য বাবা-মাকে দোষারোপ করবে।

Sie könnten gegen ihn keine Einwände erheben.
তারা তার বিরুদ্ধে কোন আপত্তি জানাতে পারবে না।

Denn für ihn gab es nur zwei Arten von Arbeitern.
কারণ তার কাছে মাত্র দুই ধরণের কর্মী ছিল।

Entweder waren die Arbeiter kerngesund oder arbeitsscheu.
হয় শ্রমিকরা সম্পূর্ণ সুস্থ ছিল, নয়তো কাজ করতে লজ্জা পাচ্ছিল।

Und läge er mit dieser grundlegenden Analyse überhaupt falsch?
আর সে কি সেই মৌলিক বিশ্লেষণে ভুল হবে?

In diesem Fall hatte er sicherlich ein starkes Argument.
অবশ্যই, এই ক্ষেত্রে, তার একটি জোরালো যুক্তি ছিল।

Trotz seines Aussehens fühlte sich Gregor tatsächlich recht wohl.
তার চেহারা সত্ত্বেও, গ্রেগর আসলে বেশ ভালো বোধ করছিল।

Der unnötig lange Schlaf hatte ihn etwas schläfrig gemacht.
অপ্রয়োজনীয় দীর্ঘ ঘুম তাকে একটু তন্দ্রাচ্ছন্ন করে তুলল।

Abgesehen davon konnte er sich aber über keine Krankheit beklagen.
কিন্তু তা ছাড়া সে অসুস্থতার অভিযোগ করতে পারেনি।

Er verspürte sogar einen besonders starken und gesunden Hunger.
এমনকি তিনি বিশেষভাবে তীব্র এবং স্বাস্থ্যকর ক্ষুধা অনুভব করেছিলেন।

Während er diesen Gedanken nachging, schlug die Uhr erneut.

এইসব ভাবনা ভাবতে ভাবতেই আবার ঘড়িটা বেজে উঠল।

Laut Alarm war es jetzt Viertel vor sieben.
অ্যালার্ম অনুসারে এখন সোয়া সাতটা বাজে।

Und nun klopfte es auch leise an der Tür.
আর এখন দরজায় মৃদু টোকাও পড়ল।

„Gregor", rief ihm jemand zu – es war die Mutter.
"গ্রেগর," কেউ একজন তাকে ডাকল - এটা ছিল মা।

„Es ist Viertel vor sieben", bestätigte sie den Alarm.
"এখন সোয়া সাতটা বাজে," সে অ্যালার্মটি নিশ্চিত করল।

"Wolltest du nicht gehen?", fragte die sanfte Stimme.
"তুমি কি চলে যেতে চাওনি?" মৃদু কণ্ঠে জিজ্ঞাসা করল।

Gregor erschrak, als er seine eigene Stimme antworten hörte.
গ্রেগর যখন তার উত্তরের কণ্ঠস্বর শুনতে পেল, তখন সে ভয় পেয়ে গেল।

Es war immer noch dieselbe Stimme, die er schon immer hatte.
কণ্ঠস্বরটি এখনও সেই কণ্ঠস্বর যা তার সবসময় ছিল।

Doch nun mischte sich ein neuer Klang in seine Stimme.
কিন্তু এখন তার কণ্ঠে নতুন একটা সুর মিশে গেল।

Tief aus seinem Inneren entfuhr ihm auch ein schmerzhafter Schrei.
তার ভেতর থেকেও একটা যন্ত্রণাদায়ক চিৎকার বেরিয়ে এলো।

Zunächst schien seine Stimme die Worte klar zu formen.
প্রথমে তার কণ্ঠস্বর স্পষ্টভাবে শব্দ গঠন করছে বলে মনে হয়েছিল।

Doch dann hörte Gregor das Echo seiner Stimme in seinem Kopf.
কিন্তু তারপর গ্রেগর তার কণ্ঠস্বরের মানসিক প্রতিধ্বনি শুনতে পেল।

Die Aufnahme seiner Stimme ist auf seltsame Weise zerbrochen.
তার কণ্ঠের রেকর্ডিংটি অদ্ভুতভাবে ভেঙে গেল।

Und er war sich nicht sicher, ob er richtig gehört hatte.
আর সে নিশ্চিত ছিল না যে সে ঠিকমতো শুনেছে কিনা।

Gregor verspürte den starken Wunsch, eine ausführliche Antwort zu geben.
গ্রেগরের মনে গভীর ইচ্ছা জাগলো বিস্তারিত উত্তর দেওয়ার।

Er wollte seiner Mutter alles genau erklären.
সে তার মাকে সবকিছু স্পষ্টভাবে ব্যাখ্যা করতে চেয়েছিল।

Doch angesichts der Umstände musste er sich einschränken.
কিন্তু, পরিস্থিতির পরিপ্রেক্ষিতে, তাকে নিজেকে সীমাবদ্ধ রাখতে হয়েছিল।

Und er antwortete viel kürzer, als er es gern getan hätte.
আর সে তার পছন্দের চেয়ে অনেক ছোট উত্তর দিল।

"Ja, Mutter, keine Sorge, danke, ich bin schon wach."
"ইঁয়া মা, চিন্তা করো না, ধন্যবাদ, আমি ইতিমধ্যেই উঠে পড়েছি।"

Die Holztür trug vermutlich dazu bei, seine Stimme zu dämpfen.
কাঠের দরজাটি সম্ভবত তার কণ্ঠস্বরকে দমন করতে সাহায্য করেছিল।

Draußen blieb die Veränderung in Gregors Stimme unbemerkt.
বাইরে গ্রেগরের কণ্ঠস্বরের পরিবর্তন অলক্ষিত রইল।

Die Mutter schien mit seiner Erklärung zufrieden zu sein.
মা তার ব্যাখ্যায় সন্তুষ্ট বলে মনে হলো।

Und sie ging genauso leise wieder, wie sie gekommen war.
আর সে আবার চলে গেল ঠিক যেমনটা সে এসেছিল ঠিক তেমনই।

Doch das kurze Gespräch hatte eine unerwünschte Folge.
কিন্তু ছোট্ট কথোপকথনের একটা অবাঞ্ছিত প্রভাব পড়েছিল।

Er erregte die Aufmerksamkeit der anderen Familienmitglieder.
সে পরিবারের অন্যান্য সদস্যদের দৃষ্টি আকর্ষণ করে।

Gregor war noch zu Hause und nicht zur Arbeit gegangen.
গ্রেগর তখনও বাড়িতে ছিল এবং কাজে যায়নি।

Und nun klopfte auch der Vater an die Seitentür.
আর এখন বাবাও পাশের দরজায় কড়া নাড়লেন।

Er klopfte schwach, aber entschlossen mit der Faust.
সে দুর্বলভাবে আঘাত করল, কিন্তু দৃঢ়ভাবে, তার মুষ্টি দিয়ে।

„Gregor, Gregor", rief er, „was ist das Problem?"
"গ্রেগর, গ্রেগর," সে বলল, "সমস্যাটা কী?"

Nach einer Weile warnte er erneut, diesmal mit tieferer Stimme.
কিছুক্ষণ পর সে আরও গভীর কণ্ঠে আবার সতর্ক করল।

Doch nun klopfte die Schwester an die andere Tür.

কিন্তু অন্য পাশের দরজায় বোন এবার নক করলো।

"Gregor? Geht es dir nicht gut?", fragte sie leise.

"গ্রেগর? তুমি কি ভালো নেই?" সে শান্তভাবে জিজ্ঞাসা করল।

„Brauchen Sie irgendetwas?", fragte sie besorgt.

"তোমার কি কিছু প্রয়োজন আছে," সে চিন্তিত হয়ে জিজ্ঞেস করল।

Gregor antwortete beiden Seiten: „Ich bin schon fertig."

গ্রেগর উভয় পক্ষের উত্তর দিলেন: "আমি ইতিমধ্যেই শেষ।"

Er hatte sich größte Mühe gegeben, alle Wörter sorgfältig auszusprechen.

সে সব শব্দ সাবধানে উচ্চারণ করার জন্য যথাসাধ্য চেষ্টা করেছিল।

Und er entfernte alles Auffällige aus seiner Stimme.

আর সে তার কণ্ঠস্বরে স্পষ্ট সবকিছু মুছে ফেলল।

Auch der Vater schien mit der Antwort zufrieden zu sein.

বাবাও উত্তরে সন্তুষ্ট বলে মনে হলো।

Und er kehrte zu seinem unvollendeten Frühstück zurück.

এবং সে তার অসমাপ্ত নাস্তায় ফিরে গেল।

Doch die Schwester flüsterte: „Gregor, mach auf, ich flehe dich an."

কিন্তু বোন ফিসফিস করে বলল, "গ্রেগর, মুখ খুলো, আমি তোমাকে অনুরোধ করছি।"

Doch ihre Sorge um ihn konnte ihn in keiner Weise bewegen.

কিন্তু তার প্রতি তার উদ্বেগ তাকে কোনওভাবেই নাড়া দিতে পারেনি।

Gregor hatte nicht die Absicht, ihr die Tür zu öffnen.

গ্রেগরের তার জন্য দরজা খোলার কোনও ইচ্ছা ছিল না।

Durch seine Reisen hatte er sich einige vorsichtige Gewohnheiten angeeignet.

ভ্রমণের মাধ্যমে সে কিছু সতর্ক অভ্যাস অর্জন করেছিল।

Und er lobte sich selbst dafür, die Türen abgeschlossen zu haben.

আর দরজা বন্ধ করার জন্য সে নিজের প্রশংসা করল।

Zunächst wollte er in Ruhe und in seinem eigenen Tempo aufstehen.

প্রথমে সে চুপচাপ নিজের সময়ে উঠতে চেয়েছিল।

Und er wollte sich ungestört anziehen.
আর, বিরক্ত না হয়ে, সে পোশাক পরতে চাইল।

Nachdem er das geschafft hatte, wollte er frühstücken.
সেটা অর্জনের পর, সে তখন নাস্তা করতে চাইল।

Erst dann wollte er die Situation weiter überdenken.
কেবল তখনই তিনি পরিস্থিতিটি আরও বিবেচনা করতে চেয়েছিলেন।

Er wusste, dass es sinnlos war, im Bett Pläne zu schmieden.
সে জানত বিছানায় বসে পরিকল্পনা করে কোন লাভ নেই।

Zu einem vernünftigen Schluss zu gelangen, wäre unmöglich.
একটি যুক্তিসঙ্গত সিদ্ধান্তে পৌঁছানো অসম্ভব হবে।

Es gab schon andere Male, da war er mit leichten Schmerzen aufgewacht.
অন্য সময় তিনি হালকা ব্যথা নিয়ে ঘুম থেকে উঠেছিলেন।

Diese Schmerzen erwiesen sich stets als reine Einbildung.
এই যন্ত্রণাগুলো সবসময়ই নিছক কল্পনায় পরিণত হয়েছে।

Beim Aufstehen verschwanden die Schmerzen ausnahmslos.
বিছানা থেকে নামার সময় ব্যথা সবসময় কমে যেত।

Er war neugierig, was mit diesen Ideen geschehen würde.
এই ধারণাগুলির কী হবে তা দেখার জন্য সে কৌতূহলী ছিল।

Die Veränderung seiner Stimme war wahrscheinlich nur auf eine Erkältung zurückzuführen.
তার কণ্ঠস্বরের এই পরিবর্তন সম্ভবত ঠান্ডা লাগার কারণেই হয়েছে।

Erkältungen sind für Reisende einfach ein Berufsrisiko.
ভ্রমণকারীদের জন্য ঠান্ডা কেবল একটি পেশাগত বিপদ।

Er hatte keinen Zweifel daran, dass dies die logische Erklärung war.
তার কোন সন্দেহ ছিল না যে এটাই যৌক্তিক ব্যাখ্যা।

Es gelang ihm mühelos, die Decke von sich zu streifen.
নিজের গা থেকে কম্বলটা খুলে ফেলাটা সহজেই সম্ভব হয়েছিল।

Er musste nur einatmen und sich aufblasen.
তাকে শুধু শ্বাস নিতে হয়েছিল এবং নিজেকে ফুলিয়ে তুলতে হয়েছিল।

Die Decke rutschte von seinem Körper und landete auf dem Boden.

কম্বলটি তার শরীর থেকে সরে মেঝেতে পড়ে গেল।

Sein unglaublich breiter Körperbau erschwerte auch andere Dinge.

তার অবিশ্বাস্যভাবে প্রশস্ত শরীর অন্যান্য জিনিসগুলিকে কঠিন করে তুলেছিল।

Er hätte Arme und Hände gebraucht, um aufzustehen.

তার দাঁড়ানোর জন্য হাত ও হাতের প্রয়োজন হত।

Aber er hatte nicht mehr die Gliedmaßen, die er früher gehabt hatte.

কিন্তু তার আগের মতো অঙ্গ-প্রত্যঙ্গ ছিল না।

Anstelle von Armen und Händen hatte er viele kleine Beine.

বাহু ও হাতের পরিবর্তে তার অনেক ছোট ছোট পা ছিল।

Und seine Beine bewegten sich ständig, ohne dass er es kontrollieren konnte.

আর তার পা ক্রমাগত নড়ছিল, তার নিয়ন্ত্রণ ছাড়াই।

Er versuchte, ein Bein zu beugen, aber stattdessen streckte es sich.

সে একটা পা বাঁকানোর চেষ্টা করল, কিন্তু তার বদলে সেটা প্রসারিত হয়ে গেল।

Schließlich gelang es ihm, ein Bein unter seine Kontrolle zu bringen.

অবশেষে সে একটি পা নিজের নিয়ন্ত্রণে আনতে সক্ষম হলো।

Doch dann wurde die Bewegung der anderen Beine freigegeben.

কিন্তু তারপর অন্য পায়ের নড়াচড়া ছেড়ে দেওয়া হলো।

Und seine Beine zuckten vor lauter Aufregung.

আর প্রচণ্ড উত্তেজনায় তার সব পা কাঁপছিল।

Zuerst wollte er seinen Unterkörper aus dem Bett bekommen.

প্রথমে সে তার শরীরের নিচের অংশ বিছানা থেকে বের করতে চাইল।

Seinen Unterkörper hatte er aber noch nicht gesehen.

কিন্তু সে আসলে এখনও তার শরীরের নিচের অংশ দেখতে পায়নি।

Und es erwies sich ohnehin als zu schwierig, diesen Teil zu versetzen.

আর যাই হোক, এই অংশটি সরানো খুব কঠিন প্রমাণিত হয়েছিল।

Schließlich wagte er mit all seiner Kraft einen waghalsigen Schritt.

অবশেষে, তার সমস্ত শক্তি দিয়ে, সে একটি বন্য পদক্ষেপ নিল।

Ohne weiter zu zögern, trat er vorwärts.

আর দ্বিধা না করে সে নিজেকে এগিয়ে নিল।

Doch er hatte die falsche Richtung eingeschlagen.

কিন্তু সে ভুল দিক বেছে নিয়েছিলো যাওয়ার জন্য।

Er schlug mit voller Wucht mit dem Körper gegen den unteren Bettpfosten.

সে তার শরীরকে নীচের বিছানার খুঁটিতে জোরে আঘাত করে।

Der brennende Schmerz, den er empfand, lehrte ihn eine wertvolle Lektion.

তার অনুভব করা জ্বলন্ত যন্ত্রণা তাকে একটি মূল্যবান শিক্ষা দিয়েছিল।

Sein Unterkörper war vielleicht empfindlicher.

তার শরীরের নিচের অংশ হয়তো বেশি সংবেদনশীল ছিল।

Also versuchte er zuerst, seinen Oberkörper aus dem Bett zu bekommen.

তাই সে প্রথমে তার শরীরের উপরের অংশ বিছানা থেকে তোলার চেষ্টা করল।

Er drehte seinen Kopf vorsichtig in die richtige Richtung.

সে সাবধানে সঠিক দিকে মাথা ঘুরিয়ে নিল।

Und schon bald lag sein Kopf am Bettrand.

আর শীঘ্রই তার মাথা বিছানার কিনারার দিকে মুখ করে ছিল।

Diese vorsichtige Vorgehensweise fiel ihm tatsächlich leicht.

এই সতর্ক পদক্ষেপটি আসলে তার জন্য সহজ ছিল।

Und weder seine Breite noch sein Gewicht hinderten ihn an seinen Bewegungen.

আর তার প্রস্থ এবং ওজন তার নড়াচড়া থামাতে পারেনি।

Die Masse seines Körpers folgte langsam der Drehung des Kopfes.

মাথার ঘূর্ণনের সাথে সাথে তার শরীরের ভর ধীরে ধীরে বাড়তে থাকে।

Doch dann streckte er den Kopf über die Bettkante.

কিন্তু তারপর সে বিছানার কিনারায় মাথা রাখল।

Und er sah sich einer neuen Angst gegenüber, über die er noch nicht nachgedacht hatte.

এবং সে এমন একটি নতুন ভয়ের মুখোমুখি হল যা সে এখনও ভাবেনি।

Ein weiteres Vorgehen in dieser Richtung könnte gefährlich sein.

এভাবে আরও এগিয়ে যাওয়া বিপজ্জনক হতে পারে।

Er hatte gedacht, er würde sich einfach fallen lassen.

সে ভেবেছিল যে সে নিজেকে পড়ে যেতে দেবে।

Es wäre aber ein Wunder, wenn er sich dabei nicht am Kopf verletzen würde.

কিন্তু যদি তার মাথায় আঘাত না লাগত, তাহলে সেটা হবে অলৌকিক ঘটনা।

Jetzt war nicht der richtige Zeitpunkt, um ein Bewusstseinsverlustrisiko einzugehen.

এখন জ্ঞান হারানোর ঝুঁকি নেওয়ার সময় নয়।

Vielleicht wäre es doch besser, im Bett zu bleiben.

হয়তো সর্বোপরি বিছানায় থাকাই ভালো হবে।

Doch dann musste er denselben Aufwand betreiben, um zurückzukehren.

কিন্তু তারপর তাকে ফিরে আসার জন্য একই প্রচেষ্টা করতে হয়েছিল।

Nach all der Mühe lag er da, genau wie zuvor.

এত চেষ্টার পরও সে আগের মতোই শুয়ে ছিল।

Und nun schienen seine Beine noch wütender zu sein als zuvor.

আর এখন তার পা আগের চেয়েও বেশি রেগে গেছে।

Die Bewegungen seiner Beine waren noch unkontrollierbarer geworden.

তার পায়ের নড়াচড়া আরও বেশি অনিয়ন্ত্রিত হয়ে পড়েছিল।

Er sah keinen Ausweg aus seiner Situation.

সে যে পরিস্থিতির মধ্যে ছিল তা থেকে বেরিয়ে আসার কোন উপায় দেখছিল না।

Aus diesem Chaos konnte kein Frieden und keine Ordnung hergestellt werden.

এই বিশৃঙ্খলা থেকে শান্তি ও শৃঙ্খলা বের করা যায়নি।

Aber er wusste, dass auch im Bett zu bleiben keine Option war.

কিন্তু সে জানত বিছানায় থাকাও কোন বিকল্প নয়।

Alles zu opfern war die vernünftigste Option.

সবকিছু ত্যাগ করাই ছিল সবচেয়ে বুদ্ধিমানের কাজ।

Er klammerte sich an den kleinsten Hoffnungsschimmer, jemals wieder aufstehen zu können.
বিছানা থেকে ওঠার সামান্যতম আশাও সে ধরে রাখল।

Wenn ihm das gelingt, hat sich das ganze Risiko gelohnt.
যদি সে এটা করতে পারত, তাহলে সমস্ত ঝুঁকিই তার জন্য উপযুক্ত হত।

Doch gleichzeitig erinnerte er sich auch an etwas anderes.
কিন্তু একই সাথে তার অন্য কিছু মনে পড়ল।

„Besser als verzweifelte Entscheidungen sind ruhige Überlegungen."
"হতাশাজনক সিদ্ধান্তের চেয়ে শান্ত প্রতিফলন ভালো।"

Mit aller Kraft konzentrierte er seinen Blick auf das Fenster.
সর্বাত্মক প্রচেষ্টার মাধ্যমে সে জানালার দিকে চোখ নিবদ্ধ করল।

Doch was er sah, stimmte ihn wenig zuversichtlich und erfreute ihn nicht.
কিন্তু সে যা দেখল তাতে আত্মবিশ্বাস এবং আনন্দের অভাব ছিল।

Der Morgennebel hüllte die gesamte enge Straße ein.
সকালের কুয়াশা পুরো সরু রাস্তা ঢেকে ফেলেছিল।

Der Wecker klingelte erneut; es war nun sieben Uhr.
আবার অ্যালার্ম ঘড়িটা বেজে উঠল; এখন সাতটা বাজে।

„Es ist bereits sieben Uhr und es ist immer noch so neblig."
"এখন সাতটা বেজে গেছে আর এখনও এত কুয়াশা আছে।"

Eine Zeitlang lag er still da und atmete nur schwach.
কিছুক্ষণ সে চুপচাপ শুয়ে রইল, কেবল দুর্বলভাবে শ্বাস নিচ্ছিল।

Vielleicht würde etwas Ruhe eine gewisse Normalität herbeiführen.
হয়তো কিছুটা নীরবতা কিছুটা স্বাভাবিকতা এনে দেবে।

Völliges Schweigen könnte die wahren Zustände herbeiführen.
সম্পূর্ণ নীরবতাই প্রকৃত পরিস্থিতি তৈরি করতে পারে।

Doch bevor die Uhr erneut schlug, durchbrach er das Schweigen.
কিন্তু আবার ঘড়ি বাজানোর আগেই, সে নীরবতা ভাঙল।

Bevor die Uhr wieder schlägt, muss ich aus dem Bett sein.

"ঘড়ি আবার বাজানোর আগে আমাকে বিছানা থেকে উঠতে হবে।"

„Ich muss bis dahin unbedingt komplett aus dem Bett sein."

"তখন আমার বিছানা থেকে পুরোপুরি উঠে পড়তে হবে।"

„Nach Viertel nach sieben schickt das Büro jemanden."

"সন্ধ্যা সোয়া সাতটার পর অফিস কাউকে পাঠাবে।"

„Weil das Büro vor sieben Uhr öffnete."

"কারণ অফিস সাতটার আগেই খোলে।"

Und nun begann er, seinen Körper aus dem Bett zu schaukeln.

আর সে এখন বিছানা থেকে তার শরীর দুলাতে শুরু করল।

Er hatte aufgehört, sich auf seinen Ober- oder Unterkörper zu konzentrieren.

সে তার শরীরের উপরের বা নীচের দিকে মনোযোগ দেওয়া ছেড়ে দিয়েছিল।

Sein ganzer Körper musste aus dem Bett herausragen.

তার শরীরের পুরো অংশ বিছানা থেকে বেরিয়ে আসতে হয়েছিল।

Bei einem Sturz in diese Richtung sollte sein Kopf geschützt sein, dachte er.

সে ভাবলো, এভাবে পড়ে গেলে তার মাথা রক্ষা করা উচিত।

Er hatte geplant, den Kopf zu heben, sobald er auf dem Boden aufschlug.

সে মাটিতে পড়ার সময় মাথা উঁচু করার পরিকল্পনা করেছিল।

Sein Rücken schien hart genug für den Aufprall zu sein.

তার শরীরের পেছনের অংশ আঘাতের জন্য যথেষ্ট শক্ত মনে হচ্ছিল।

Und der Teppich diente dazu, die Landung abzufedern.

আর অবতরণ নরম করার জন্য কাপেট ছিল।

Seine größte Sorge galt jedoch dem Lärm.

তবে তার সবচেয়ে বড় উদ্বেগ ছিল বিকট শব্দ।

Das krachende Geräusch würde alle im Haus erschrecken.

ধাক্কার শব্দে বাড়ির সবাই ভীত হয়ে পড়বে।

Vielleicht hätten sie keine Angst vor dem lauten Lärm.

হয়তো তারা বিকট শব্দে ভয় পেত না।

Aber sie wären mit Sicherheit besorgt, wenn sie davon hörten.

কিন্তু যদি তারা শুনতে পেত তাহলে তারা অবশ্যই চিন্তিত হত।

Man musste aber das Risiko eingehen, Aufmerksamkeit zu erregen.

কিন্তু মনোযোগ আকর্ষণের ঝুঁকি নিতেই হয়েছিল।

Die neue Methode war eher ein Spiel als eine Anstrengung.

নতুন পদ্ধতিটি প্রচেষ্টার চেয়ে বরং একটি খেলা ছিল।

Er musste seinen Körper in plötzlichen und ruckartigen Bewegungen hin und her wiegen.

হঠাৎ এবং ঝাঁকুনি দিয়ে তাকে তার শরীর নাড়াতে হয়েছিল।

Gregor war schon halb aus dem Bett aufgestanden.

গ্রেগর ইতিমধ্যেই বিছানা থেকে অর্ধেক উঠে পড়েছিল।

Nun kam ihm gerade ein neuer Gedanke.

এবার তার মনে একটা নতুন চিন্তা এলো।

„Es wäre alles so einfach, wenn mir jemand zu Hilfe käme."

"কেউ যদি আমার সাহায্যে আসতো তাহলে সবকিছু খুব সহজ হতো।"

„Zwei kräftige Personen würden völlig ausreichen."

"দু'জন শক্তিশালী লোকই যথেষ্ট।"

Sein Vater und das Dienstmädchen wären stark genug.

তার বাবা এবং দাসী যথেষ্ট শক্তিশালী হবে।

Sie müssten nur ihre Arme unter seinen Rücken schieben.

তাদের কেবল তার পিঠের নীচে তাদের হাত রাখতে হবে।

Und dann könnten sie ihn ganz leicht aus dem Bett ziehen.

আর তারপর তারা সহজেই তাকে বিছানা থেকে তুলে ফেলতে পারত।

Vielleicht hätten sie sein Gewicht langsam reduzieren müssen.

হয়তো তাদের ধীরে ধীরে তার ওজন কমাতে হতো।

Hoffentlich hätten die Beine dann ihren Zweck gefunden.

আশা করি তখন পাগুলো তাদের উদ্দেশ্য খুঁজে পেত।

Wäre es nicht letztendlich besser, um Hilfe zu rufen?

"সর্বোপরি, সাহায্যের জন্য ফোন করা কি ভালো হবে না?"

Das Problem war natürlich, dass er die Türen abgeschlossen hatte.

সমস্যাটা অবশ্যই ছিল যে সে দরজাগুলো বন্ধ করে দিয়েছিল।

Irgendwie hatte der Gedanke etwas, das ihn amüsierte.

এই চিন্তায় এমন কিছু ছিল যা তাকে সুড়সুড়ি দিচ্ছিল।

Und trotz seiner Notlage konnte er sich ein Lächeln nicht verkneifen.

আর কষ্ট সত্ত্বেও, সে হাসি চেপে রাখতে পারল না।

Er war schon kurz davor, das Gleichgewicht zu verlieren.

সে এখন তার ভারসাম্য হারানোর কাছাকাছি ছিল।

Mit jedem Schwung kam er dem Umkippen vom Bett näher.

প্রতিটি দোলনা তাকে বিছানা থেকে নামার কাছাকাছি নিয়ে আসছিল।

Bald musste er die endgültige Entscheidung treffen.

শীঘ্রই তাকে চূড়ান্ত সিদ্ধান্ত নিতে হবে।

In fünf Minuten würde es Viertel nach sieben sein.

পাঁচ মিনিট পরেই সোয়া সাতটা বাজে।

Während er diesen Gedanken nachging, klingelte es an der Tür.

এইসব ভাবনা ভাবতে ভাবতেই দরজার বেল বেজে উঠল।

„Das ist jemand aus dem Büro", sagte er zu sich selbst.

"ওটা অফিসের কেউ," সে মনে মনে বলল।

Und er erstarrte fast vor Angst angesichts des Besuchers.

আর দর্শনার্থীর কারণে সে ভয়ে প্রায় নিথর হয়ে গেল।

Seine Beine tanzten noch wilder als zuvor.

তার পা আগের চেয়েও বেশি উন্মত্তভাবে নাচছিল।

Doch dann herrschte einen Moment lang Stille.

কিন্তু তারপর, কিছুক্ষণের জন্য, সবকিছু নীরব রইল।

„Sie werden die Tür nicht öffnen", sagte Gregor zu sich selbst.

"ওরা দরজা খুলবে না," গ্রেগর মনে মনে বলল।

Er war noch immer einer sinnlosen Hoffnung verfallen.

সে তখনও কোন অর্থহীন আশায় আটকে ছিল।

Doch dann ging das Dienstmädchen natürlich zur Tür.

কিন্তু তারপর, অবশ্যই, দাসী দরজার দিকে হেঁটে গেল।

Und wie immer öffnete sie dem Besucher die Tür.

এবং, সর্বদা হিসাবে, তিনি দর্শনার্থীর জন্য দরজা খুলে দিলেন।

Gregor brauchte nur die erste Begrüßung des Besuchers zu hören.

গ্রেগরের কেবল অতিথির প্রথম অভিবাদন শুনতে হয়েছিল।

Er konnte sofort erkennen, wer ihn gesucht hatte.
সে সরাসরি বলতে পারল কে তার জন্য এসেছে।

Der Hauptschreiber selbst war gekommen, um nach Samsa zu sehen.
প্রধান কেরানি নিজেই সামসার খোঁজ নিতে এসেছিলেন।

Warum war Gregor der Einzige, der zu diesem Schicksal verurteilt wurde?
কেন গ্রেগরকেই এই পরিণতির মুখোমুখি হতে হল?

Warum musste ausgerechnet er in einer solchen Organisation dienen?
কেন কেবল তাকেই এমন একটি প্রতিষ্ঠানে কাজ করতে হল?

Das geringste Versehen weckte sofort Misstrauen.
সামান্যতম অবহেলা তৎক্ষণাৎ সন্দেহের উদ্রেক করে।

Waren alle Angestellten, die dort arbeiteten, Schurken?
সেখানে কাজ করা সব কর্মচারী কি বখাটে ছিল?

Gab es denn keinen treuen und ergebenen Menschen unter ihnen?
তাদের মধ্যে কি কোন বিশ্বস্ত ও নিবেদিতপ্রাণ ব্যক্তি ছিল না?

Hätten sie nicht einfach einen Lehrling schicken können?
তারা কি একজন শিক্ষানবিশ পাঠাতে পারত না?

War diese ganze Infragestellung überhaupt notwendig?
এই সব প্রশ্ন তোলা কি আসলেই প্রয়োজন ছিল?

Musste der Bevollmächtigte persönlich erscheinen?
অনুমোদিত প্রতিনিধিকে কি নিজে আসতে হয়েছিল?

Musste wirklich die gesamte unschuldige Familie informiert werden?
পুরো নিরীহ পরিবারকে কি জানানোর দরকার ছিল?

All diese Überlegungen veranlassten Gregor zum Handeln.
এই সমস্ত বিবেচনা গ্রেগরকে পদক্ষেপ নিতে অনুপ্রাণিত করেছিল।

Er schwang sich mit aller Kraft aus dem Bett.
সে তার সমস্ত শক্তি দিয়ে বিছানা থেকে নেমে পড়ল।

Es gab einen lauten Knall, aber es war eigentlich kein richtiges Geräusch.
একটা জোরে শব্দ হলো, কিন্তু আসলে সেটা কোন শব্দ ছিল না।

Der Fall wurde durch den Teppich etwas abgemildert.
কার্পেটের কারণে শরৎকালটা একটু নরম হয়ে গিয়েছিল।

Sein Rücken war elastischer, als Gregor angenommen hatte.
গ্রেগর যা ভেবেছিল তার চেয়েও বেশি স্থিতিস্থাপক ছিল তার পিঠ।

Der Klang war also dumpfer und nicht so auffällig.
তাই শব্দটা আরও মৃদু ছিল, এবং তেমন লক্ষণীয় ছিল না।

Doch er hatte seinen Kopf während des Sturzes nicht geschützt.
কিন্তু পতনের সময় সে তার মাথার যত্ন নেয়নি।

Und als er auf den Boden aufschlug, schlug er auch mit dem Kopf auf.
আর যখন সে মাটিতে পড়ে গেল, তখন তার মাথায়ও আঘাত লাগল।

Er rieb sich vor Wut und Schmerz den Kopf am Teppich.
রাগে আর যন্ত্রণায় সে কার্পেটে মাথা ঘষে।

Der Manager im Nachbarzimmer hörte jedoch den Lärm.
কিন্তু পাশের ঘরে থাকা ম্যানেজার শব্দ শুনতে পেলেন।

„Da ist etwas hineingefallen", stellte er richtig fest.
"ওখানে কিছু একটা পড়ে গেছে," সে সঠিকভাবে লক্ষ্য করল।

Gregor versuchte, sich den Manager in seine Lage zu versetzen.
গ্রেগর তার পরিস্থিতিতে ম্যানেজারকে কল্পনা করার চেষ্টা করল।

„Könnte ihm dasselbe passieren?", fragte er sich.
"তার সাথেও কি একই ঘটনা ঘটতে পারে?" সে ভাবলো।

Er akzeptierte, dass dieses seltsame Ereignis möglich sein könnte.
তিনি মেনে নিলেন যে এই অদ্ভুত ঘটনাটি সম্ভব হতে পারে।

Und dann ging der Hauptsekretär ein paar Schritte in den Raum.
আর তারপর প্রধান কেরানি কয়েক পা এগিয়ে ঘরের দিকে এগোলেন।

Es war fast schon eine plumpe Antwort auf seine Frage.
এটা তার জিজ্ঞাসা করা প্রশ্নের প্রায় একটা অশোধিত উত্তর ছিল।

Seine Lederstiefel knarrten, als er sich der Tür näherte.
দরজার কাছে আসতেই তার চামড়ার বুটগুলো চিৎকার করে উঠল।

Aus dem Zimmer zu seiner Rechten flüsterte ihm seine Magd zu.

ডান দিকের ঘর থেকে তার কাজের মেয়েটি তাকে ফিসফিসিয়ে বলল।

„Gregor, der Bevollmächtigte, ist hier.“

"গ্রেগর, অনুমোদিত প্রতিনিধি এখানে।"

„Ich weiß“, sagte Gregor, aber nur leise zu sich selbst.

"আমি জানি," গ্রেগর বলল, কিন্তু কেবল নিজের কাছে চুপচাপ।

Er wagte es nicht, seine Stimme lauter als ein Flüstern zu erheben.

ফিসফিসানির উপরে তার কণ্ঠস্বর উঁচু করার সাহস তার হলো না।

Weil Gregor nicht wollte, dass seine Schwester ihn hörte.

কারণ গ্রেগর চাইছিল না তার বোন তার কথা শুনুক।

„Gregor“, sagte der Vater aus dem Zimmer links.

"গ্রেগর," বাম দিকের ঘর থেকে বাবা বললেন।

Der Manager ist gekommen, um nach dem Rechten zu sehen.

"ম্যানেজার সমস্যাটা কী তা পরীক্ষা করতে এসেছেন।"

„Er fragte, warum du nicht den frühen Zug genommen hast.“

"সে জিজ্ঞেস করল তুমি কেন আগের ট্রেনে যাওনি?"

„Wir wissen nicht, was wir ihm sagen sollen“, sagte der Vater.

"আমরা জানি না তাকে কী বলব," বাবা বললেন।

„Übrigens möchte er auch persönlich mit Ihnen sprechen.“

"যাইহোক, সেও তোমার সাথে ব্যক্তিগতভাবে কথা বলতে চায়।"

„Bitte öffnen Sie die Tür, damit er mit Ihnen sprechen kann.“

"দয়া করে দরজাটা খুলে দিন, যাতে সে আপনার সাথে কথা বলতে পারে।"

„Er wird so freundlich sein, das Chaos im Zimmer zu entschuldigen.“

"ঘরের গোলমালের জন্য সে যথেষ্ট সদয় হবে।"

"Guten Morgen, Herr Samsa", rief ihm der Manager zu.

"শুভ সকাল, মিঃ সামসা," ম্যানেজার তাকে ডাকলেন।

Und er sprach ganz gewiss in freundlicher Weise mit ihm.

এবং তিনি অবশ্যই তার সাথে বন্ধুত্বপূর্ণভাবে কথা বলেছিলেন।

„Es geht ihm nicht gut", sagte die Mutter zum Manager.
"ওর শরীর ভালো নেই," মা ম্যানেজারকে বললেন।

„Es geht ihm überhaupt nicht gut, glauben Sie mir, lieber Manager."
"বিশ্বাস করো, প্রিয় ম্যানেজার, সে মোটেও ভালো নেই।"

"Warum sonst sollte Gregor den Morgenzug verpassen?"
"নাহলে গ্রেগর কেন সকালের ট্রেন মিস করবে?"

„Der Junge hat nichts anderes im Kopf als das Geschäft."
"ছেলেটার মাথায় ব্যবসা ছাড়া আর কিছুই নেই।"

„Es ärgert mich fast, dass er nichts anderes tut."
"এটা আমাকে প্রায় বিরক্ত করে যে সে আর কিছুই করে না।"

„Ich wünschte, er würde abends an die frische Luft gehen."
"আমি চাই সে সন্ধ্যায় তাজা বাতাসের জন্য বাইরে যেত।"

„Er war acht Tage geschäftlich in der Stadt."
"সে ব্যবসার কাজে আট দিন শহরে ছিল।"

„Aber er war ja jeden dieser Abende zu Hause."
"কিন্তু তারপর সে প্রতি সন্ধ্যায় বাড়িতেই থাকত"

„Er sitzt an unserem Tisch und liest die Zeitung."
"সে আমাদের টেবিলে বসে খবরের কাগজ পড়ছে।"

„Manchmal studiert er auch die Fahrpläne der Züge."
"অন্যান্য সময়ে, সে ট্রেনের সময়সূচী অধ্যয়ন করে।"

„Manchmal beschäftigt er sich mit Tischlerarbeiten."
"মাঝে মাঝে সে নিজেকে কাঠমিস্ত্রির কাজে ব্যস্ত রাখে।"

„Zum Beispiel schnitzte er einen kleinen Bilderrahmen aus Holz."
"উদাহরণস্বরূপ, তিনি একটি ছোট কাঠের ছবির ফ্রেম খোদাই করেছিলেন।"

„An zwei oder drei Abenden war er mit der Säge beschäftigt."
"দুই বা তিন সন্ধ্যা ধরে সে করাত নিয়ে ব্যস্ত ছিল।"

„Sie werden staunen, wie hübsch der Bilderrahmen ist."
"ছবির ফ্রেমটা কত সুন্দর তা দেখে তুমি অবাক হয়ে যাবে।"

„Er hat den Bilderrahmen in seinem Zimmer aufgehängt."
"সে তার ঘরে ছবির ফ্রেম টাঙিয়ে রেখেছে।"

„Wenn er die Tür öffnet, werden Sie seine Holzarbeiten sehen."
"যখন সে দরজা খুলবে, তুমি তার কাঠের কাজ দেখতে পাবে।"

„Übrigens freut es mich, dass Sie hier sind, Herr Prokurist."
"যাইহোক, আমি খুশি যে আপনি এখানে আছেন, মিঃ প্রোকুরিস্ট।"

„Wir allein hätten Gregor nicht dazu bringen können, die Tür zu öffnen."
"আমরা একা গ্রেগরকে দরজা খুলতে বাধ্য করতে পারতাম না।"

„Er ist so stur", gestand seine Mutter dem Angestellten.
"সে খুব জেদী," তার মা কেরানির কাছে স্বীকার করলেন।

„Er ist ganz sicher krank, obwohl er das vorher bestritten hat."
"তিনি অবশ্যই অসুস্থ, যদিও তিনি আগে অস্বীকার করেছিলেন।"

„Ich komme gleich", sagte Gregor langsam und bedächtig.
"আমি এখনই আসছি," গ্রেগর ধীরে ধীরে এবং সাবধানে বলল।

Doch er machte keine Anstalten, sich der Tür des Zimmers zuzuwenden.
কিন্তু সে ঘরের দরজার দিকে কোন নড়াচড়া করল না।

Er wollte kein Wort des Gesprächs verpassen.
তিনি কথোপকথনের একটি শব্দও হারাতে চাননি।

Der Hauptsekretär stimmte der Einschätzung der Mutter zu.
প্রধান কেরানি মায়ের মূল্যায়নের সাথে একমত হলেন।

"Ich kann es Ihnen auch nicht anders erklären, Madam."
"আমি এটা অন্য কোনভাবে ব্যাখ্যা করতে পারব না, ম্যাডাম।"

„Hoffen wir alle, dass er keine schwere Krankheit hat", sagte er.
"আসুন আমরা সবাই আশা করি তার কোনও গুরুতর অসুস্থতা নেই," তিনি বলেন।

„Andererseits stellt es eine Gefahr in unserer Branche dar."
"অন্যদিকে, এটি আমাদের শিল্পে একটি বিপদ।"

„Wir Geschäftsleute müssen oft Unannehmlichkeiten überwinden."
"আমরা ব্যবসায়ীদের প্রায়শই অস্বস্তি কাটিয়ে উঠতে হয়।"

„Profis müssen leichte Schmerzen einfach aushalten."

"পেশাদারদের কেবল সামান্য যন্ত্রণার মধ্য দিয়ে এগিয়ে যেতে হয়।"

Währenddessen klopfte sein Vater erneut an die andere Tür.
ইতিমধ্যে তার বাবা আবার অন্য দরজায় কড়া নাড়লেন।

„Kann der Hauptsekretär jetzt hereinkommen?", wollte er wissen.
"প্রধান কেরানি কি এখন আসতে পারেন?" সে জানতে চাইল।

"Nein, das kann er nicht", antwortete Gregor auf die Frage seines Vaters.
"না, সে পারবে না," গ্রেগর তার বাবার প্রশ্নের উত্তর দিল।

Im Raum links von uns herrschte betretenes Schweigen.
বাম দিকের ঘরে একটা অদ্ভুত নীরবতা নেমে এলো।

Im Zimmer rechts begann die Schwester zu schluchzen.
ডান দিকের ঘরে বোন কাঁদতে শুরু করল।

Warum war die Schwester nicht zu den anderen gegangen?
বোন কেন অন্যদের সাথে থাকতে যায়নি?

Sie war wahrscheinlich gerade erst aufgestanden, dachte er.
সে সম্ভবত বিছানা থেকে উঠে এসেছে, সে ভাবল।

Vielleicht hatte sie noch gar nicht angefangen, sich anzuziehen.
সে হয়তো এখনও পোশাক পরা শুরু করেনি।

Gregor aber verstand nicht, warum sie weinte.
কিন্তু গ্রেগর বুঝতে পারল না কেন সে কাঁদছে।

Lag es daran, dass er nicht aufgestanden war und den Manager hereingelassen hatte?
এটা কি এই কারণে যে সে উঠে ম্যানেজারকে ভেতরে যেতে দেয়নি?

Lag es daran, dass er Gefahr lief, seinen Job zu verlieren?
এটা কি তার চাকরি হারানোর ঝুঁকির কারণে হয়েছিল?

Könnte der Chef wie früher gegen die Eltern vorgehen?
বস কি আগের মতো বাবা-মায়ের পিছনে আসতে পারেন?

Würde er seine alten Forderungen an sie wiederholen?
তিনি কি আবার তাদের কাছে সেই পুরনো দাবিগুলোই করতে যাচ্ছিলেন?

Diese Dinge waren wahrscheinlich unnötig.
এই বিষয়গুলো নিয়ে সম্ভবত চিন্তিত হওয়ার দরকার ছিল না।

Im Moment hatte sie keinen Grund zu weinen.

আপাতত তার কান্নার কোন কারণ ছিল না।

Gregor war noch da und sorgte für seine Familie.
গ্রেগর তখনও এখানেই ছিলেন, পরিবারের ভরণপোষণ করছিলেন।

Und er hatte nie die Absicht, die Familie zu verlassen.
আর পরিবার ছেড়ে যাওয়ার কোনও ইচ্ছা তার কখনও ছিল না।

Im Moment lag er einfach nur da auf dem Teppich.
আপাতত সে কেবল কার্পেটের উপর শুয়ে রইল।

Die Familie wusste nichts von seinem Zustand.
পরিবার জানত না যে সে কী অবস্থায় আছে।

Hätten sie das gewusst, hätten sie seinen Chef nicht ermutigt.
যদি তারা জানত তাহলে তারা তার বসকে উৎসাহিত করত না।

Sie hätten nicht einmal den Manager ins Haus gelassen.
তারা ম্যানেজারকেও ঘরে ঢুকতে দিত না।

Ihn abzuweisen wäre nicht besonders unhöflich gewesen.
তাকে ফিরিয়ে দেওয়াটা খুব একটা অভদ্র হতো না।

Er hätte später problemlos eine passende Ausrede finden können.
পরে সে সহজেই একটা উপযুক্ত অজুহাত খুঁজে পেতে পারত।

Dafür hätte er nicht entlassen werden können.
এটা এমন কিছু ছিল না যার জন্য তাকে বরখাস্ত করা যেত।

Gregor war der Ansicht, dass es jetzt vernünftiger wäre, allein gelassen zu werden.
গ্রেগরের মনে হলো এখন একা থাকাটাই বেশি বুদ্ধিমানের কাজ হবে।

Ihn durch Weinen und Reden zu stören, brachte wenig.
কান্নাকাটি এবং কথা বলে তাকে বিরক্ত করে খুব একটা লাভ হয়নি।

Doch die anderen beunruhigte die Ungewissheit.
কিন্তু অনিশ্চয়তাই অন্যদের বিরক্ত করছিল।

Und genau diese Unsicherheit entschuldigte ihr Verhalten.
আর এই অনিশ্চয়তাই তাদের আচরণকে অজুহাত হিসেবে রেখেছিল।

„Herr Samsa!", rief der Manager mit erhobener Stimme.
"মিঃ সামসা," ম্যানেজার উঁচু স্বরে ডাকলেন।

„Was ist los mit dir?", wollte er wissen.
"তোমার কি হচ্ছে?" সে জানতে চাইল।

„Du hast dich in deinem Zimmer verbarrikadiert."
"তুমি তোমার ঘরে নিজেকে আটকে রেখেছো।"

„Sie antworten nur mit ‚Ja' oder ‚Nein'."
"তুমি কেবল 'হ্যাঁ' অথবা 'না' দিয়ে উত্তর দাও।"

„Du bereitest deinen Eltern große Sorgen."
"তুমি তোমার বাবা-মাকে খুব চিন্তিত করে তুলছো।"

„Ich sehe keinen guten Grund, warum Sie sie beunruhigen sollten."
"তুমি কেন তাদের চিন্তিত করবে তার কোন যুক্তিসঙ্গত কারণ আমি দেখতে পাচ্ছি না।"

„Es gibt da noch eine Sache, die ich nebenbei erwähnen möchte."
"আমি আরেকটি বিষয় উল্লেখ করব।"

„Sie vernachlässigen auch Ihre geschäftlichen Pflichten uns gegenüber."
"আপনি আমাদের প্রতি আপনার ব্যবসায়িক কর্তব্যও অবহেলা করছেন।"

„Eine solche Verantwortungslosigkeit entspricht so gar nicht Ihrem Charakter."
"এত দায়িত্বজ্ঞানহীনতা তোমার চরিত্রের বাইরে।"

„Ich spreche hier im Namen Ihrer Eltern und Ihres Chefs."
"আমি এখানে তোমার বাবা-মা এবং তোমার বসের পক্ষে বলছি।"

„Und ich bitte Sie um eine sofortige und klare Erklärung."
"এবং আমি আপনার কাছে একটি তাৎক্ষণিক এবং স্পষ্ট ব্যাখ্যা চাইছি।"

„Das Ganze erstaunt mich wirklich, das muss ich sagen."
"এই পুরো ব্যাপারটা সত্যিই আমাকে অবাক করে, আমি অবশ্যই বলব।"

„Ich dachte, ich kenne dich als ruhigen und vernünftigen Menschen."
"আমি ভেবেছিলাম তোমাকে আমি একজন শান্ত এবং যুক্তিসঙ্গত ব্যক্তি হিসেবে চিনি।"

„Aber jetzt zeigst du uns eine andere Seite von dir."
"কিন্তু এখন তুমি আমাদের তোমার ভিন্ন একটা দিক দেখাচ্ছো।"

„Plötzlich zeigst du deine ganz eigenen Launen."
"হঠাৎ তুমি তোমার অদ্ভুত ইচ্ছাগুলো দেখাচ্ছো।"

„Aber es könnte eine Erklärung für Ihr Scheitern geben."

"কিন্তু তোমার ব্যর্থতার একটা ব্যাখ্যা থাকতে পারে।"

„Der Chef erwähnte eine Forderung, die Sie für uns eingetrieben hatten."

"বস আমাদের জন্য তুমি যে ঋণ আদায় করেছ তার কথা উল্লেখ করেছেন।"

"Ich habe dem Chef in Ihrem Namen mein Ehrenwort gegeben."

"আমি তোমার পক্ষ থেকে বসকে আমার সম্মানের কথা জানিয়েছি।"

„Aber jetzt sehe ich deine unverständliche Sturheit."

"কিন্তু এখন আমি তোমার অবোধ্য জেদ দেখতে পাচ্ছি।"

"Vielleicht verliere ich auch noch jegliche Lust, dir überhaupt zu helfen."

"আমি হয়তো এখনও তোমাকে সাহায্য করার ইচ্ছা হারিয়ে ফেলবো।"

„Ihre Arbeitsplatzsicherheit ist keineswegs völlig stabil."

"আপনার চাকরির নিরাপত্তা কোনওভাবেই সম্পূর্ণ স্থিতিশীল নয়।"

„Eigentlich wollte ich euch das alles unter vier Augen erzählen."

"আমি প্রথমে তোমাকে এই সব একান্তে বলতে চেয়েছিলাম।"

„Aber jetzt sehe ich, dass Sie wollen, dass ich hier meine Zeit verschwende."

"কিন্তু এখন আমি বুঝতে পারছি তুমি চাও আমি এখানে আমার সময় নষ্ট করি।"

„Ich sehe also keinen Grund, warum deine Eltern das nicht wissen sollten."

"তাহলে তোমার বাবা-মায়ের কেন না জানা উচিত, তার কোনও কারণ আমি দেখতে পাচ্ছি না।"

„Ihre Leistungen in letzter Zeit waren nicht zufriedenstellend."

"তোমার সাম্প্রতিক পারফর্মেন্স সন্তোষজনক নয়।"

„Ich räume ein, dass die Verkäufe zu dieser Jahreszeit langsamer laufen."

"আমি স্বীকার করছি যে বছরের এই সময় বিক্রি কম থাকে।"

„Aber es gibt keine Jahreszeit, in der es keine Verkäufe gibt."

"কিন্তু বছরের এমন কোন সময় নেই যখন বিক্রি বন্ধ থাকে।"

Für einen Moment vergaß Gregor alles um sich herum.

এক মুহূর্তের জন্য গ্রেগর তার চারপাশের সবকিছু ভুলে যায়।

„Aber Herr Prokurist!", rief Gregor verzweifelt aus.
"কিন্তু মিঃ প্রোকুরিস্ট," হতাশায় গ্রেগর চিৎকার করে উঠল।

"Ich öffne die Tür sofort, jetzt gleich, keine Sorge."
"আমি এখনই দরজা খুলছি, চিন্তা করো না।"

„Das Problem ist, dass ich mich ziemlich unwohl fühle."
"সমস্যা হল আমি বেশ অসুস্থ বোধ করছি।"

„Mir war schwindelig, deshalb konnte ich die Tür nicht erreichen."
"আমার মাথা ঘোরার কারণে আমি দরজার কাছে যেতে পারিনি।"

„Ich liege zwar noch im Bett, aber es geht mir schon viel besser."
"আমি এখনও বিছানায় শুয়ে আছি, কিন্তু আমার অনেক ভালো লাগছে।"

"Einen Moment bitte, ich stehe gerade erst auf."
"এক মিনিট, দয়া করে, আমি বিছানা থেকে নামছি।"

"Einen Moment Geduld, Herr Prokurist, ist alles, worum ich bitte."
"আমি শুধু এক মুহূর্ত ধৈর্য চাই, মিঃ প্রোকুরিস্ট।"

„Es läuft nicht so gut, wie ich dachte, aber ich werde es schon schaffen."
"এটা যতটা ভেবেছিলাম ততটা ভালো যাচ্ছে না, কিন্তু আমি ঠিক থাকব।"

"Wie kann so etwas einem Menschen so schnell passieren?"
"একজন মানুষের সাথে এত তাড়াতাড়ি এমন ঘটনা কীভাবে ঘটতে পারে?"

„Mir ging es gestern Abend gut, das wissen meine Eltern."
"গত রাতে আমার ভালো লাগছিল, আমার বাবা-মা সেটা জানেন।"

„Aber vielleicht hatte ich damals schon eine kleine Vorahnung."
"কিন্তু হয়তো তখন আমার একটু পূর্বাভাস ছিল।"

„Man könnte sich fragen, warum ich es nicht im Büro gemeldet habe."
"আপনি হয়তো জিজ্ঞাসা করতে পারেন কেন আমি অফিসে রিপোর্ট করিনি।"

„Ich dachte, ich würde mich morgen früh wieder viel besser fühlen."
"আমি ভেবেছিলাম সকালে আবার অনেক ভালো বোধ করব।"

„Man denkt immer, dass sie die Krankheit bis dahin besiegt haben werden."

"কেউ সবসময় ভাবে যে ততক্ষণে তারা অসুস্থতাকে জয় করে ফেলবে।"

„Aber bitte! Verschonen Sie meine Eltern vor diesen Anschuldigungen!"

"কিন্তু দয়া করে! আমার বাবা-মাকে এই অভিযোগ থেকে রেহাই দিন!"

„Mir wurde kein Wort von dem erzählt, was Sie mir erzählt haben."

"তুমি যা বলেছো, সে সম্পর্কে আমাকে একটা কথাও বলা হয়নি।"

„Sie haben möglicherweise die letzten von mir versandten Befehle nicht gelesen."

"তুমি হয়তো আমার পাঠানো শেষ অর্ডারগুলো পড়োনি।"

„Übrigens, du brauchst dir heute keine Sorgen um mich zu machen."

"যাইহোক, আজ তোমাকে আমার জন্য চিন্তা করতে হবে না।"

„Ich werde trotzdem den Zug um acht Uhr nehmen."

"আমি এখনও আটটার ট্রেন ধরব।"

„Die wenigen Stunden Ruhe haben mich ausreichend gestärkt."

"কয়েক ঘন্টার বিশ্রাম আমাকে যথেষ্ট শক্তিশালী করেছে।"

"Sie müssen wirklich nicht warten, Manager."

"আপনার অপেক্ষা করার আসলে কোন দরকার নেই, ম্যানেজার।"

„Auch ich werde schon bald im Büro sein."

"আমিও খুব শীঘ্রই অফিসে আসব।"

"Und bitte seien Sie so freundlich, ein gutes Wort für mich einzulegen."

"আর দয়া করে আমার জন্য একটা ভালো কথা বলবেন।"

Gregor hatte seine Erklärung recht hastig vorgetragen.

গ্রেগর বেশ তাড়াহুড়ো করে তার ব্যাখ্যাটি বলে ফেলেছিল।

Er wusste selbst kaum, was er eigentlich sagen wollte.

সে আসলে কী বলতে চাইছিল তা সে বুঝতে পারছিল না।

Er ging zu der Kiste und versuchte, sich daran hochzuziehen.

সে বাক্সটা হাতে নিল, এবং সেটা দিয়ে উঠে দাঁড়ানোর চেষ্টা করল।

Er hatte wirklich die feste Absicht, die Tür zu öffnen.

দরজা খোলার ব্যাপারে তার সত্যিই যথেষ্ট ইচ্ছা ছিল।

Er wollte vom Bevollmächtigten empfangen werden.
তিনি অনুমোদিত প্রতিনিধির সাথে দেখা করতে চেয়েছিলেন।

Und er wollte das Problem persönlich mit ihm lösen.
এবং তিনি ব্যক্তিগতভাবে তার সাথে সমস্যাটি সমাধান করতে চেয়েছিলেন।

Er war gespannt darauf, wie die anderen auf ihn reagieren würden.
অন্যরা তার প্রতি কেমন প্রতিক্রিয়া দেখাবে তা জানতে সে আগ্রহী ছিল।

Sie sind bestimmt inzwischen auch gespannt darauf, wie es ihm geht.
তারাও এখন কেমন আছে তা দেখার জন্য আগ্রহী হবে।

Es gab zwei mögliche Arten, wie sie auf ihn reagieren konnten.
তার প্রতি তাদের প্রতিক্রিয়া জানাতে দুটি সম্ভাব্য উপায় ছিল।

Eine Möglichkeit war, dass sie Angst bekommen würden.
একটা সম্ভাবনা ছিল যে তারা ভীত হবে।

Wenn sie Angst hatten, dann trug er keine Verantwortung.
যদি তারা ভীত হয়ে পড়ত, তাহলে তার কোনও দায়িত্ব ছিল না।

Und dann müsste er sich keine Sorgen mehr um die Situation machen.
আর তখন তাকে পরিস্থিতি নিয়ে চিন্তা করতে হবে না।

Es gab aber auch noch eine andere Möglichkeit, die man in Betracht ziehen musste.
কিন্তু ভাবার আরেকটি সম্ভাবনাও ছিল।

Vielleicht würden sie ihn so, wie er war, einfach hinnehmen.
হয়তো তারা শান্তভাবে সে যেভাবে ছিল তা মেনে নিত।

Dann hätte auch Gregor keinen Grund, sich aufzuregen.
তাহলে গ্রেগরেরও মন খারাপ করার কোন কারণ থাকবে না।

Es bliebe noch genügend Zeit, den Zug zu erreichen.
ট্রেন পেতে এখনও যথেষ্ট সময় আছে।

Das Aufrechtstehen war jedoch alles andere als einfach.
তবে, সোজা হয়ে দাঁড়ানো মোটেও সহজ কাজ ছিল না।

Bei seinen ersten Versuchen rutschte er von der Kiste ab.

প্রথম কয়েকবার চেষ্টাতেই সে বাক্স থেকে পড়ে যায়।

Die Kiste war zu glatt, als dass er sich dagegen stemmen konnte.

বাক্সটি এতটাই মসৃণ ছিল যে তার পক্ষে এর বিরুদ্ধে দাঁড়ানো সম্ভব ছিল না।

Und schließlich gab er sich noch einen letzten Anstoß, um aufzustehen.

এবং অবশেষে সে নিজেকে উঠে দাঁড়ানোর জন্য শেষ ধাক্কা দিল।

Er schenkte den Schmerzen in seinem Bauch keine Beachtung mehr.

সে তার পেটের ব্যথার দিকে আর মনোযোগ দিল না।

Egal wie groß der Schmerz sein würde, er würde es durchstehen.

যতই যন্ত্রণা হোক না কেন, সে তা কাটিয়ে উঠবে।

Er ließ sich gegen die Lehne eines nahegelegenen Stuhls fallen.

সে নিজেকে কাছের একটি চেয়ারের পিছনে পড়ে যেতে দিল।

Und er hielt sich mit seinen kleinen Beinchen am Rand fest.

আর সে তার ছোট ছোট পা দিয়ে কিনারা ধরে রাখল।

Zu diesem Zeitpunkt hatte er sich besser im Griff.

এই মুহূর্তে সে নিজের উপর আরও নিয়ন্ত্রণ অর্জন করতে পেরেছিল।

Und sein Fall war stiller als der vorherige.

আর তার পতন আগেরটির চেয়ে বেশি নীরব ছিল।

Weil er dem Manager zuhören musste.

কারণ তাকে ম্যানেজারের কথা শুনতে হত।

„Habt ihr irgendetwas davon verstanden?", fragte er die Eltern.

"তুমি কি এর কিছু বুঝতে পেরেছো?" সে বাবা-মাকে জিজ্ঞাসা করল।

"Er würde uns doch nicht zum Narren halten, oder?"

"সে আমাদের বোকা বানাবে না, তai না?"

„Um Gottes Willen!", rief die Mutter und weinte bereits.

"ঈশ্বরের দোহাই," মা ডাকলেন, ইতিমধ্যেই কাঁদছিলেন।

„Er könnte schwer krank sein und wir quälen ihn."

"সে হয়তো গুরুতর অসুস্থ এবং আমরা তাকে যন্ত্রণা দিচ্ছি।"

"Grete! Grete!", schrie sie ihrer Tochter zu.

"গ্রেট! গ্রেট!" সে চিৎকার করে মেয়েকে বলল।

„Mutter?", rief die Schwester von der anderen Seite.
"মা?" ওপাশ থেকে বোন ডাকল।

Dann kommunizierten sie durch Gregors Zimmer.
তারপর তারা গ্রেগরের ঘরের মাধ্যমে যোগাযোগ করল।

„Gregor ist sehr krank und braucht Medikamente."
"গ্রেগর খুব অসুস্থ এবং তার ওষুধ খাওয়ানো দরকার।"

„Sie müssen sofort zum Arzt gehen."
"তোমাকে এক্ষুনি ডাক্তারের কাছে যেতে হবে।"

Hast du gehört, wie Gregor eben gesprochen hat?
"তুমি কি গ্রেগর এখন যেভাবে কথা বলছে তা শুনতে পাচ্ছ?"

„Das war die Stimme eines Tieres", sagte der Manager.
"ওটা একটা পশুর কণ্ঠস্বর ছিল," ম্যানেজার বললেন।

Seine Worte waren leise im Vergleich zu den Schreien der Mutter.
মায়ের চিৎকারের তুলনায় তার কথাগুলো ছিল নীরব।

"Anna! Anna!", rief der Vater durch das Vorzimmer.
"আন্না! আন্না!" বাবা সামনের কক্ষ দিয়ে ডাকলেন।

Und er klatschte in die Hände, um ihre Aufmerksamkeit zu erregen.
আর সে তাদের দৃষ্টি আকর্ষণ করার জন্য হাততালি দিল।

"Holt sofort einen Schlüsseldienst!", befahl er dem Dienstmädchen.
"তাড়াতাড়ি একজন তালা মিস্ত্রী নিয়ো!" সে দাসীকে আদেশ দিল।

Die Mädchen rannten in ihren Röcken durch das Vorzimmer.
মেয়েরা, তাদের স্কার্ট পরে, সামনের ঘরের মধ্য দিয়ে দৌড়ে গেল।

Und ihre Röcke raschelten, als sie an seinem Zimmer vorbeiliefen.
আর তার ঘরের পাশ দিয়ে দৌড়ানোর সময় তাদের স্কার্টগুলো খসখসে হয়ে উঠল।

„Wie konnte sich die Schwester so schnell anziehen?", dachte er.
"বোন এত তাড়াতাড়ি পোশাক পরল কিভাবে?" সে ভাবল।

Die Tür war aufgerissen, aber nicht zugeschlagen.

দরজাটি ছিঁড়ে খোলা ছিল, কিন্তু জোরে বন্ধ করা হয়নি।

Dies kommt häufig in Haushalten vor, in denen ein großes Unglück geschieht.

যেসব বাড়িতে বড় ধরনের দুর্ভাগ্য ঘটে, সেখানে এটি সাধারণ।

All das hatte Gregor jedoch deutlich ruhiger gemacht.

কিন্তু এই সবকিছুর ফলে গ্রেগর অনেক শান্ত হয়ে গিয়েছিল।

Als er seine eigenen Worte hörte, erschienen sie ihm klar.

যখন সে তার নিজের কথাগুলো শুনল, তখন তার কাছে সেগুলো স্পষ্ট মনে হল।

Tatsächlich war er der Ansicht, seine Worte seien eigentlich klarer gewesen.

আসলে, তিনি অনুভব করেছিলেন যে তার কথাগুলি আসলে আরও স্পষ্ট হয়ে উঠেছে।

Die anderen aber verstanden nicht mehr, was er sagte.

কিন্তু অন্যরা আর বুঝতে পারল না সে কী বলছিল।

Vielleicht hatte er sich inzwischen an seine Ohren gewöhnt.

হয়তো এতক্ষণে সে তার কানের সাথে অভ্যস্ত হয়ে গেছে।

Aber zumindest verstanden sie seine Situation jetzt besser.

কিন্তু অন্তত তারা এখন তার পরিস্থিতি আরও ভালোভাবে বুঝতে পেরেছে।

Sie erkannten, dass mit ihm tatsächlich etwas nicht stimmte.

তারা বুঝতে পারল যে তার সাথে সত্যিই কিছু একটা সমস্যা আছে।

Und sie taten nun alles, was sie konnten, um ihm zu helfen.

আর তারা এখন তাকে সাহায্য করার জন্য যথাসাধ্য চেষ্টা করছিল।

Dies gab Gregor ein Gefühl des Selbstvertrauens, das ihm gefehlt hatte.

এতে গ্রেগরের মনে একটা আত্মবিশ্বাসের অনুভূতি জাগলো যার অভাব তার ছিল।

Und er fühlte sich in der Familie wieder viel sicherer.

এবং সে পরিবারে আবার অনেক বেশি নিরাপদ বোধ করল।

Er hatte das Gefühl, wieder in den menschlichen Kreis aufgenommen zu sein.

তিনি অনুভব করলেন যে তিনি আবার মানব বৃত্তে অন্তর্ভুক্ত হয়েছেন।

Nun musste er hoffen, dass der Schlüsseldienst die Tür öffnen konnte.

এখন তাকে আশা করতে হলো যে তালা মিস্ত্রি দরজা খুলতে পারবে।

Und er hoffte, der Arzt könne solche Aufgaben ausführen.
এবং তিনি আশা করেছিলেন যে ডাক্তার এই ধরনের কাজগুলি সম্পাদন করতে পারবেন।

Er würde bald wieder mehr reden müssen.
শীঘ্রই তাকে আবার আরও কথা বলতে হবে।

Seine Stimme musste so klar wie möglich sein.
তার কণ্ঠস্বর যতটা সম্ভব স্পষ্ট হতে হবে।

Zur Vorbereitung auf das Treffen räusperte er sich.
সভার প্রস্তুতি নিতে সে গলা পরিষ্কার করল।

Er bemühte sich jedoch, nur sehr leise zu husten.
তবে, সে খুব আস্তে আস্তে কাশি দেওয়ার জন্য যথাসাধ্য চেষ্টা করেছিল।

Das Geräusch klang möglicherweise anders als ein menschlicher Husten.
হয়তো মানুষের কাশির শব্দের চেয়ে আলাদা শোনাচ্ছিল।

Er wusste, dass er solche Dinge nicht mehr unterscheiden konnte.
সে জানত যে সে আর এই ধরণের জিনিসের পার্থক্য করতে পারবে না।

Im Nebenzimmer war es vollkommen still geworden.
পাশের ঘরে একেবারে নীরবতা নেমে এলো।

Die Eltern saßen wahrscheinlich am Tisch.
বাবা-মা সম্ভবত টেবিলে বসে ছিলেন।

Möglicherweise flüsterten sie mit dem Manager.
তারা হয়তো ম্যানেজারের সাথে ফিসফিস করে কথা বলছিল।

Vielleicht lehnten alle an der Tür und lauschten.
হয়তো সবাই দরজায় হেলান দিয়ে শুনছিল।

Gregor schob den Stuhl langsam in Richtung Tür.
গ্রেগর আস্তে আস্তে চেয়ারটা দরজার দিকে ঠেলে দিল।

Er stemmte sich gegen die Tür und hielt sich aufrecht.
সে দরজার সাথে ধাক্কা মেরে নিজেকে সোজা করে রাখল।

Er stellte fest, dass sich an seinen Fußsohlen ein wenig Klebstoff befand.
সে জানতে পারল যে তার পায়ের পাতায় একটু আঠা লেগে আছে।

Und er ruhte sich dort einen Moment lang von der Anstrengung aus.

এবং পরিশ্রমের পর তিনি সেখানে এক মুহূর্ত বিশ্রাম নিলেন।

Nachdem er sich ausreichend ausgeruht hatte, begann er mit der nächsten Aufgabe.
যথেষ্ট বিশ্রাম নেওয়ার পর, সে পরবর্তী কাজ শুরু করল।

Er begann, den Schlüssel mit dem Mund im Schloss zu drehen.
সে মুখ দিয়ে তালার চাবি ঘুরাতে শুরু করল।

Leider schien er gar keine Zähne zu haben.
দুর্ভাগ্যবশত, মনে হচ্ছিল তার কোন আসল দাঁত নেই।

Aber welche andere Möglichkeit hätte er gehabt, an die Schlüssel zu gelangen?
কিন্তু চাবিগুলো কেড়ে নেওয়ার আর কী উপায় ছিল তার?

Zum Glück für ihn waren seine Kiefer natürlich sehr kräftig.
সৌভাগ্যবশত তার চোয়াল অবশ্যই খুব শক্তিশালী ছিল।

Mit Hilfe seiner Kiefermuskeln brachte er den Schlüssel tatsächlich in Bewegung.
তার চোয়ালের সাহায্যে সে সত্যিই চাবিটি নড়াচড়া করতে সক্ষম হয়েছিল।

Er hatte keinen Zweifel daran, dass er sich damit auch selbst schadete.
তার কোন সন্দেহ ছিল না যে সে নিজেরও ক্ষতি করছে।

Weil eine braune Flüssigkeit aus seinem Mund kam.
কারণ তার মুখ থেকে বাদামী রঙের তরল বের হচ্ছিল।

Die braune Flüssigkeit ergoss sich über den Schlüssel und die Tür hinunter.
বাদামী তরলটি চাবির উপর দিয়ে দরজার নিচে প্রবাহিত হচ্ছিল।

Aber Gregor kümmerte es nicht, dass er sich selbst schadete.
কিন্তু গ্রেগর নিজের ক্ষতি করছে কিনা তা পরোয়া করেনি।

„Können Sie das hören?", fragte der Manager im Nebenraum.
"তুমি কি শুনতে পাচ্ছ?" পাশের ঘরের ম্যানেজার বললেন।

„Er dreht den Schlüssel um", hatte der Manager bemerkt.
"সে চাবি ঘুরাচ্ছে," ম্যানেজার লক্ষ্য করেছিলেন।

Diese Worte waren eine große Ermutigung für Gregor.
এই কথাগুলো গ্রেগরের জন্য এক বিরাট উৎসাহ ছিল।

Aber auch Vater und Mutter hätten rufen sollen:

কিন্তু বাবা এবং মায়েরও উচিত ছিল চিৎকার করে বলা:

„Gut gemacht, Gregor!", hätten sie ihm zurufen sollen.

"ভালো, গ্রেগর," তাদের তাকে চিৎকার করে বলা উচিত ছিল।

„Immer weiter, immer weiter am Schlüssel drehen, du schaffst das."

"চালিয়ে যাও, চাবিটা ঘুরিয়ে রাখো, তুমি এটা করতে পারবে।"

Stattdessen musste Gregor sich ihre Begeisterung vorstellen.

কিন্তু পরিবর্তে গ্রেগরকে তাদের উত্তেজনা কল্পনা করতে হয়েছিল।

Er presste die Zähne zusammen mit aller Kraft, die er hatte.

সে তার সমস্ত শক্তি দিয়ে তার চোয়াল মুঠো করে ধরল।

Und er drehte den Schlüssel weiter im Schloss.

আর সে তালার চাবিটা ঘুরাতে থাকল।

Sein Körper wand sich schmerzhaft im Kreis.

যন্ত্রণাদায়কভাবে তার শরীরটা একটা বৃত্তের মতো ঘুরপাক খাচ্ছিল।

Er konnte sich nur noch mit dem Mund aufrecht halten.

সে এখন কেবল মুখ দিয়ে নিজেকে সোজা করে ধরে রেখেছে।

Um den Schlüssel weiterzudrehen, drückte er gegen die Tür.

চাবিটা ঘুরিয়ে ঘুরিয়ে ঘুরিয়ে দরজায় চেপে ধরল সে।

Schließlich weckte das Knacken des Schlosses Gregor wieder auf.

অবশেষে তালা ভাঙার শব্দে গ্রেগর আবার জেগে উঠল।

„Ich brauchte also keinen Schlüsseldienst", seufzte er erleichtert.

"তাহলে আমার তালা মিস্ত্রির দরকার ছিল না," সে স্বস্তির নিঃশ্বাস ফেলল।

Jetzt musste er nur noch die Tür öffnen, die er aufgeschlossen hatte.

এখন তাকে কেবল সেই দরজাটি খুলতে হবে যা সে খুলে রেখেছিল।

Und mit dem Kopf auf dem Türgriff öffnete er die Tür.

আর হাতলের উপর মাথা রেখে সে দরজা খুলল।

Er befand sich hinter der Tür, die in sein Zimmer führte.

সে দরজার পিছনে ছিল, যা তার ঘরে খোলা ছিল।

Die Tür war also schon offen, bevor man ihn sehen konnte.

তাই তাকে দেখা যাওয়ার আগেই দরজা খুলে গিয়েছিল।

Als Nächstes musste er sich um die Tür herummanövrieren.
এরপর তাকে দরজার চারপাশে নিজেকে কৌশলে ঘুরতে হয়েছিল।

Diese schwierige Bewegung erforderte auch viel Mühe.
এই কঠিন আন্দোলনের জন্যও অনেক পরিশ্রম করতে হয়েছিল।

Er wollte nicht ungeschickt in den nächsten Raum fallen.
সে পাশের ঘরে এলোমেলোভাবে পড়তে চাইছিল না।

So hatte er keine Zeit, sich auf irgendetwas anderes zu konzentrieren.
তাই অন্য কোনও কিছুতে মনোযোগ দেওয়ার সময় তার ছিল না।

Doch dann hörte er den Hauptsekretär laut „Oh!" ausrufen.
কিন্তু তারপর সে প্রধান কেরানিকে জোরে "ওহ!" বলতে শুনতে পেল।

Es klang, als würde der Wind durchs Haus rauschen.
মনে হচ্ছিল যেন ঘরের উপর দিয়ে বাতাস বইছে।

Er war zufällig derjenige, der der Tür am nächsten stand.
ঘটনাক্রমে সে দরজার সবচেয়ে কাছের লোক ছিল।

Und als er ihn nun sah, presste er die Hand an den Mund.
আর এখন, তাকে দেখে, সে তার মুখের কাছে হাত চেপে ধরল।

Langsam bewegte er sich rückwärts, weg von Gregor.
সে ধীরে ধীরে নিজেকে পিছনের দিকে সরিয়ে নিল, গ্রেগরের কাছ থেকে দূরে।

Aber es war, als ob eine unsichtbare Kraft auf ihn einwirkte.
কিন্তু মনে হচ্ছিল যেন কোন অদৃশ্য শক্তি তার উপর কাজ করছে।

Das Erste, was die Mutter tat, war, den Vater anzusehen.
মা প্রথমেই বাবার দিকে তাকালেন।

Trotz der Anwesenheit des Managers war ihr Haar zerzaust.
ম্যানেজারের উপস্থিতি সত্ত্বেও, তার চুল এলোমেলো ছিল।

Sie verschränkte die Arme und machte zwei Schritte nach vorn.
সে তার বাহুগুলো খুলে দুই পা এগিয়ে গেল।

Doch dann brach sie mitten in ihrem Rock zusammen.
কিন্তু তারপর সে তার স্কার্টের মাঝখানে পড়ে গেল।

Ihr Kleid breitete sich um sie herum auf dem Boden aus.
তার পোশাকটি মেঝেতে তার চারপাশে ছড়িয়ে পড়ে।

Und ihr Kopf verschwand auf ihren eigenen Brüsten.
আর তার মাথাটা তার নিজের স্তনের উপর অদৃশ্য হয়ে গেল।

Der Vater ballte mit feindseligem Gesichtsausdruck die Faust.

বাবা বিদ্বেষপূর্ণ ভঙ্গিতে তার মুঠি মুঠো করলেন।

Er schien Gregor zurück in sein Zimmer drängen zu wollen.

সে যেন গ্রেগরকে তার ঘরে ঠেলে দিতে চাইছিল।

Dann blickte er unsicher im Wohnzimmer umher.

তারপর সে অনিশ্চিতভাবে বসার ঘরের চারপাশে তাকাল।

Und schließlich bedeckte er seine Augen mit den Händen.

এবং অবশেষে সে তার চোখ দুটি দুই হাতের মধ্যে ঢেকে ফেলল।

Und er weinte bitterlich, bis seine mächtige Brust erbebte.

আর সে অঝোরে কাঁদতে লাগলো যতক্ষণ না তার বুক কাঁপতে লাগলো।

Gregor betrat ihr Zimmer tatsächlich gar nicht.

গ্রেগর আসলে তাদের ঘরে মোটেও যায়নি।

Stattdessen lehnte er sich an den Türrahmen.

বরং সে দরজার ফ্রেমের সাথে হেলান দিয়ে বসল।

Von außen war nur die Hälfte seines Körpers sichtbar.

বাইরের লোকদের কাছে তার শরীরের অর্ধেকই দৃশ্যমান ছিল।

Und auf seinem Körper befand sich sein Kopf, zur Seite geneigt.

আর তার শরীরের উপরে ছিল তার মাথা, পাশে হেলে থাকা।

Das Licht war inzwischen viel heller geworden als zuvor.

এতক্ষণে আলো আগের চেয়ে অনেক উজ্জ্বল হয়ে উঠেছে।

Man konnte nun deutlich die andere Straßenseite sehen.

এখন রাস্তার অন্য পাশ স্পষ্ট দেখা যাচ্ছিল।

Ein Teil des endlosen, grauen Krankenhauses gab sich zu erkennen.

অন্তহীন, ধূসর হাসপাতালের একটি অংশ নিজেকে উন্মোচিত করল।

Der Morgenregen hatte noch nicht ganz aufgehört.

সকালের বৃষ্টি তখনও পুরোপুরি থামেনি।

Doch nun waren die Regentropfen größer und weiter voneinander entfernt.

কিন্তু এখন বৃষ্টির ফোঁটাগুলো আরও বড় এবং আরও দূরে।

Das Frühstücksbuffet war in Hülle und Fülle vorhanden.

নাস্তার খাবারগুলো টেবিলে প্রচুর পরিমাণে ছিল।

Der Vater hielt das Frühstück für die wichtigste Mahlzeit.
বাবা সকালের নাস্তাকে সবচেয়ে গুরুত্বপূর্ণ খাবার মনে করতেন।

Das Frühstück war eine Mahlzeit, die er stundenlang in die Länge zog.
সকালের নাস্তা এমন একটা খাবার যা সে ঘণ্টার পর ঘণ্টা ধরে খেত।

Und in diesen Stunden las er die verschiedenen Zeitungen.
আর এই সময়গুলোতে সে বিভিন্ন সংবাদপত্র পড়ত।

Direkt gegenüber hing ein Foto von Gregor.
ঠিক বিপরীত দেয়ালে গ্রেগরের একটি ছবি ঝুলছে।

Das Foto an der Wand zeigte ihn als Leutnant.
দেয়ালের ছবিতে তাকে একজন লেফটেন্যান্ট হিসেবে দেখানো হয়েছে।

Es war ein Foto aus seiner Zeit beim Militär.
এটি ছিল তার সামরিক বাহিনীতে কাটানো সময়ের একটি ছবি।

Seine Hand ruhte auf seinem Schwert, und er hatte ein unbeschwertes Lächeln im Gesicht.
তার হাত তার তরবারির উপর ছিল, এবং তার মুখে একটা নির্লিপ্ত হাসি ছিল।

Seine Haltung und seine Uniform flößten einen gewissen Respekt ein.
তার ভঙ্গি এবং তার পোশাকের জন্য এক ধরণের সম্মানের প্রয়োজন ছিল।

Die andere Tür, die zum Vorzimmer führte, war ebenfalls offen.
অন্য দরজাটি যেটি সামনের কক্ষে নিয়ে গিয়েছিল তাও খোলা ছিল।

Und die Tür zur Wohnung war auch noch offen.
আর অ্যাপার্টমেন্টের দরজাটাও তখনও খোলা ছিল।

Man konnte bis zum Vorhof des Wohnhauses sehen.
অ্যাপার্টমেন্টের সামনের উঠোন পর্যন্ত পুরোটা দেখা যেত।

Und dann führte die Treppe hinunter auf die Straße.
আর তারপর সিঁড়িগুলো নিচের রাস্তায় নেমে গেল।

Gregor war der Einzige, der die Fassung bewahrt hatte.
গ্রেগরই একমাত্র ব্যক্তি যে তার মন শান্ত রেখেছিল।

Er hat das gesehen, daher lag die Verantwortung für das Gespräch bei ihm.
তিনি এটা দেখেছিলেন, তাই কথোপকথনের দায়িত্ব ছিল তার।

"So, ich werde mich jetzt für die Arbeit anziehen", sagte er.

"আচ্ছা, আমি এখন কাজের জন্য পোশাক পরবো," সে বলল।

„Sobald ich die Textilmuster verpackt habe, werde ich abreisen."
"টেক্সটাইলের নমুনাগুলো প্যাক করার পর আমি চলে যাব।"

"Beabsichtigen Sie immer noch, mich zu entlassen, Herr Prokurist?"
"আপনি কি এখনও আমাকে গুলি করে মারার ইচ্ছা পোষণ করেন, মিঃ প্রোকুরিস্ট?"

„Wie Sie sehen, bin ich nicht so stur, wie Sie dachten."
"তুমি দেখতেই পাচ্ছো আমি অতটা জেদী নই যতটা তুমি ভেবেছিলে।"

„Und Sie können sehen, dass ich doch gerne arbeite."
"আর তুমি দেখতেই পারছো যে আমি কাজ করতে ভালোবাসি।"

„Ich kann zugeben, dass Reisen aus beruflichen Gründen nicht einfach ist."
"আমি স্বীকার করতে পারি যে কাজের জন্য ভ্রমণ করা সহজ নয়।"

„Aber ich kann auch akzeptieren, dass es Teil meines Jobs ist."
"কিন্তু আমি এটাও মেনে নিতে পারি যে এটা আমার কাজের অংশ।"

"Manager, wo gehen Sie hin? Zurück ins Büro?"
"ম্যানেজার, আপনি কোথায় যাচ্ছেন? অফিসে ফিরে?"

„Werden Sie alles, was Sie gesehen haben, wahrheitsgemäß berichten?"
"তুমি কি সত্যি করে যা দেখেছো সব বলবে?"

„Manchmal kommt es vor, dass man nicht zur Arbeit gehen kann."
"কখনও কখনও এমন হয় যে কেউ কাজে যেতে অক্ষম হয়।"

„Das ist der richtige Zeitpunkt, um sich an vergangene Erfolge zu erinnern."
"অতীতের অর্জনগুলো স্মরণ করার এটাই সঠিক সময়।"

„Nachdem die Schwierigkeit beseitigt wurde, funktioniert es sogar noch besser."
"কঠিনতা দুর করার পর, কেউ আরও ভালোভাবে কাজ করে।"

„Mein Fleiß und meine Konzentration werden zunehmen."
"আমার অধ্যবসায় এবং একাগ্রতা আরও বৃদ্ধি পাবে।"

"Sie wissen ganz genau, dass ich dem Chef etwas schulde."
"তুমি খুব ভালো করেই জানো যে আমি বসের কাছে ঋণী।"

„Aber ich mache mir auch Sorgen um meine Eltern und meine Schwester."
"কিন্তু, আমি আমার বাবা-মা এবং আমার বোনের জন্যও চিন্তিত।"

„Ich stecke in einer schwierigen Lage, aber ich werde einen Weg finden, da wieder herauszukommen."
"আমি একটা কঠিন পরিস্থিতিতে আছি, কিন্তু আমি আমার পথ বের করে আনব।"

„Macht es nicht noch schwieriger, als es ohnehin schon ist."
"এটাকে আগের চেয়ে আরও কঠিন করো না।"

„Als Kollegen müssen wir uns auch gegenseitig helfen."
"সহকর্মী হিসেবে আমাদেরও একে অপরকে সাহায্য করতে হবে।"

„Ich weiß, dass die Büroangestellten die Reisenden nicht mögen."
"আমি জানি অফিসের কর্মীরা ভ্রমণকারীদের পছন্দ করে না।"

„Ihr glaubt, wir verdienen ein Vermögen und führen ein gutes Leben."
"তুমি কি মনে করো আমরা অনেক টাকা কামাই এবং ভালো জীবনযাপন করি?"

„Sie haben keinen wirklichen Grund, ihre Vorurteile zu hinterfragen."
"তাদের পক্ষপাত বিবেচনা করার কোন বাস্তব কারণ নেই।"

„Sie als befugter Beamter haben jedoch eine andere Rolle."
"কিন্তু আপনার, অনুমোদিত কর্মকর্তা, আলাদা ভূমিকা আছে।"

„Sie haben einen besseren Überblick als die anderen Mitarbeiter."
"আপনার অন্যান্য কর্মীদের তুলনায় ভালো ধারণা আছে।"

„Tatsächlich glaube ich, dass Sie den besten Überblick haben."
"আসলে আমার মনে হয় তোমার কাছে সবচেয়ে ভালো ধারণা থাকতে পারে।"

„Sie haben einen besseren Überblick als der Chef selbst."
"তুমি বসের চেয়েও ভালো ধারণা পাও।"

„Ich gebe zu, dass der Chef die unternehmerische Arbeit leistet."
"আমি স্বীকার করছি যে বস উদ্যোক্তা কাজ করেন।"

„Aber es ist leicht, dass seine Urteile in die Irre geführt werden.“
"কিন্তু তার বিচার-বিশ্লেষণ ভুল হওয়া সহজ।"

„Und diese kleinen Fehleinschätzungen können uns zum Nachteil gereichen.“
"এবং এই ছোট ছোট ভুল সিদ্ধান্তগুলি আমাদের ক্ষতি করতে পারে।"

„Sie wissen ja, wie leicht es ist, über den Reisenden zu sprechen.“
"তুমি জানো ভ্রমণকারী সম্পর্কে কথা বলা কত সহজ।"

„Er ist nicht da, um seinen Ruf vor Gerüchten zu verteidigen.“
"তিনি গসিপ থেকে তার খ্যাতি রক্ষা করার জন্য সেখানে নেই।"

„Diese Anschuldigungen können leicht nur Zufälle sein.“
"এই অভিযোগগুলি সহজেই কাকতালীয় হতে পারে।"

„Viele Beschwerden beruhen nicht einmal auf irgendeiner Wahrheit.“
"অনেক অভিযোগের মূলে কোনও সত্যতাও থাকে না।"

„Er ist fast das ganze Jahr über nicht im Büro.“
"সে প্রায় সারা বছর ধরে অফিসের বাইরে থাকে।"

Welche Chance hat er, seinen Ruf zu verteidigen?
"তার নিজের সুনাম রক্ষা করার আর কী সুযোগ আছে?"

„Er erfährt gar nichts von den Anschuldigungen.“
"তিনি অভিযোগ সম্পর্কে শুনতেও পান না।"

„Er erfährt erst, was gesagt wurde, wenn es zu spät ist.“
"যখন অনেক দেরি হয়ে যায়, তখন সে কী বলা হয়েছে তা জানতে পারে।"

„Zu diesem Zeitpunkt ist er von der Tagesreise völlig erschöpft.“
"এই পর্যায়ে সে সারাদিনের যাত্রায় ক্লান্ত।"

„Er muss die schrecklichen Konsequenzen trotzdem am eigenen Leib erfahren.“
"যাই হোক তাকে ভয়াবহ পরিণতি ভোগ করতে হবে।"

„Auch wenn er keine Möglichkeit hat, das Problem zu verstehen.“
"যদিও তার সমস্যাটা বোঝার কোন উপায় নেই।"

"Oh Manager, gehen Sie nicht, ohne mir ein Wort zu sagen."

"ওহ ম্যানেজার, আমাকে একটা কথা না বলে চলে যেও না।"

„Sag mir wenigstens, dass du mir teilweise zustimmst."
"অন্তত আমাকে বলো যে তুমি আমার সাথে আংশিকভাবে একমত।"

Der Manager hatte sich aber schon viel früher von Gregor abgewandt.
কিন্তু ম্যানেজার অনেক আগেই গ্রেগরের কাছ থেকে মুখ ফিরিয়ে নিয়েছিলেন।

Seine Schulter zuckte, als er Gregor anblickte.
গ্রেগরের দিকে ফিরে তাকালে তার কাঁধ কেঁপে উঠল।

Und er blieb während der gesamten Rede kein einziges Mal stehen.
আর বক্তৃতার সময় তিনি একবারের জন্যও স্থির থাকেননি।

Er hatte Gregor mit zusammengepressten Lippen angesehen.
সে ঠোঁট কুঁচকে গ্রেগরের দিকে ফিরে তাকাচ্ছিল।

Er hatte sich allmählich in Richtung Tür zurückgezogen.
সে ধীরে ধীরে দরজার দিকে পিছু হটছিল।

Aber auch er konnte den Blick nicht von Gregor abwenden.
কিন্তু সে গ্রেগরের উপর থেকে চোখও সরাতে পারল না।

Er hatte das Gefühl, es gäbe ein geheimes Verbot, den Raum zu verlassen.
তার মনে হলো ঘর থেকে বের হওয়ার উপর গোপন নিষেধাজ্ঞা আছে।

Zu diesem Zeitpunkt befand er sich aber bereits in der Eingangshalle.
কিন্তু এই পর্যায়ে সে ইতিমধ্যেই প্রবেশদ্বারে পৌঁছে গেছে।

Und nun machte er eine plötzliche Bewegung in Richtung Ausgang.
আর এখন সে হঠাৎ করেই বেরিয়ে যাওয়ার দিকে এগিয়ে গেল।

Er streckte seine rechte Hand in Richtung der Treppe aus.
সে তার ডান হাত সিঁড়ির দিকে বাড়িয়ে দিল।

Vielleicht wartete eine übernatürliche Macht darauf, ihn zu retten.
হয়তো কোন অতিপ্রাকৃত শক্তি তাকে বাঁচানোর জন্য অপেক্ষা করছিল।

Gregor wusste, dass er ihn so nicht gehen lassen konnte.
গ্রেগর জানত যে সে তাকে এভাবে চলে যেতে দিতে পারে না।

Der Manager darf nicht in der Stimmung zurückkehren, in der er sich befand.
ম্যানেজারের আগের মেজাজে ফিরে আসা উচিত নয়।

Gregors Arbeitsplatz war stark gefährdet.
গ্রেগরের চাকরির নিরাপত্তা খুবই ঝুঁকির মধ্যে ছিল।

Die Eltern konnten das alles nicht vollständig verstehen.
বাবা-মা এই সব পুরোপুরি বুঝতে পারেননি।

Über die Jahre hatten sie sich an seine Arbeitsplatzsicherheit gewöhnt.
বছরের পর বছর ধরে তারা তার চাকরির নিরাপত্তার সাথে অভ্যস্ত হয়ে পড়েছিল।

Und sie waren davon überzeugt, dass er den Job auf Lebenszeit hatte.
এবং তারা নিশ্চিত হয়ে গিয়েছিল যে তার আজীবনের জন্য এই চাকরি আছে।

Stattdessen hatten sie sich mit anderen Sorgen beschäftigt.
বরং তারা আরও অন্যান্য উদ্বেগ নিয়ে ব্যস্ত হয়ে পড়েছিল।

Doch diese Bedenken führten dazu, dass sie jegliche Weitsicht verloren.
কিন্তু এই উদ্বেগগুলি তাদের সমস্ত দুরদর্শিতা হারিয়ে ফেলে।

Gregor hatte jedoch die elterliche Weitsicht nicht verloren.
তবে গ্রেগর পিতামাতার দুরদর্শিতা হারাননি।

Jemand musste den Bevollmächtigten stoppen.
কাউকে না কাউকে অনুমোদিত প্রতিনিধিকে থামাতে হয়েছিল।

Er musste ihn beruhigen und überzeugen.
তাকে শান্ত করতে হবে, এবং বোঝাতে হবে।

Davon hing die Zukunft von Gregor und seiner Familie ab!
গ্রেগর এবং তার পরিবারের ভবিষ্যৎ এর উপর নির্ভর করছিল!

Wenn doch nur die kluge Schwester da gewesen wäre, um zu helfen.
যদি বুদ্ধিমতী বোনটি এখানে সাহায্য করতে আসতো!

Sie hatte schon geweint, als Gregor noch in seinem Zimmer war.
গ্রেগর যখন তার ঘরে ছিল, তখন সে ইতিমধ্যেই কেঁদে ফেলেছিল।

Zu diesem Zeitpunkt lag er einfach nur ruhig auf dem Rücken.

সেই মুহূর্তে সে চুপচাপ পিঠের উপর শুয়ে ছিল।

Sie wusste damals schon um die Bedeutung der Situation.
সে তখন পরিস্থিতির গুরুত্ব ইতিমধ্যেই বুঝতে পেরেছিল।

Der Manager hatte bekanntermaßen eine Schwäche für Frauen.
ম্যানেজারের মহিলাদের প্রতি একটা সুপরিচিত দুর্বলতা ছিল।

Sie hätte ihn leicht dazu überreden können, länger zu bleiben.
সে সহজেই তাকে আরও কিছুক্ষণ থাকার জন্য রাজি করাতে পারত।

Sie hätte die Tür geschlossen und ihn wieder hineingeführt.
সে দরজা বন্ধ করে তাকে আবার ভেতরে নিয়ে যেত।

Doch leider war die Schwester bereits aufgebrochen, um einen Arzt zu holen.
কিন্তু দুর্ভাগ্যবশত বোন ডাক্তার দেখাতে গিয়েছিল।

Deshalb blieb Gregor nichts anderes übrig, als es selbst zu tun.
অতএব, গ্রেগরের নিজের কাজটি করা ছাড়া আর কোন উপায় ছিল না।

Er hatte nicht bedacht, welche Fähigkeiten er tatsächlich besaß.
সে আসলে তার ক্ষমতা কী তা ভেবে দেখেনি।

Und er hatte vergessen, seiner Fähigkeit zu sprechen zu misstrauen.
আর সে তার কথা বলার ক্ষমতার উপর অবিশ্বাস করতে ভুলে গিয়েছিল।

Dennoch verließ er die Sicherheit seines Zimmers.
কিন্তু তবুও, সে তার ঘরের নিরাপত্তা বাহিনী ছেড়ে চলে গেল।

Und er drängte sich durch die Öffnung des Zimmers.
আর সে ঘরের খোলা অংশ দিয়ে নিজেকে ঠেলে ভেতরে ঢুকে গেল।

Der Manager war bereits auf dem Weg die Treppe hinunter.
ম্যানেজার ইতিমধ্যেই সিঁড়ি দিয়ে নেমে যাচ্ছিলেন।

Aber er hielt sich mit beiden Händen am Geländer fest.
কিন্তু সে দুই হাতে রেলিং ধরে ছিল।

Gregor stürzte, als er sich durch die Tür schob.
দরজা ঠেলে ভেতরে ঢুকতে ঢুকতে গ্রেগর পড়ে গেল।

Er stieß einen kleinen Schrei aus, als er nach Halt griff.

সে সাপোর্টের জন্য হাত ধরার সময় একটা ছোট্ট চিৎকার করে উঠল।

Doch anstatt in Panik zu geraten, verspürte er ein körperliches Wohlbefinden.
কিন্তু আতঙ্কিত হওয়ার পরিবর্তে, তিনি শারীরিক সুস্থতা অনুভব করলেন।

Zum ersten Mal an diesem Morgen fühlte sich etwas richtig an.
সেই সকালে প্রথমবারের মতো কিছু ঠিক মনে হলো।

Alle seine Beine standen nun auf festem Boden.
তার সব পায়ের নিচে এখন শক্ত মাটি ছিল।

Er war überrascht, wie gut er seine Beine kontrollieren konnte.
সে অবাক হয়ে গেল যে সে তার পা কতটা ভালোভাবে নিয়ন্ত্রণ করতে পারে।

Er freute sich, festzustellen, dass seine Beine ihm vollkommen gehorchten.
সে খুশি হলো যখন দেখলো তার পা পুরোপুরি তার কথা মেনে চলছে।

Tatsächlich trugen ihn seine Beine überall hin, wo er hinwollte.
আসলে তার পা তাকে যেখানে ইচ্ছা সেখানেই নিয়ে যেত।

Bald würden all seine Sorgen ein Ende finden.
শীঘ্রই তার সমস্ত দুঃখের অবসান হতে বাধ্য।

Doch im selben Augenblick sprang seine eigene Mutter auf.
কিন্তু ঠিক সেই মুহূর্তে তার নিজের মা লাফিয়ে উঠলেন।

Ihre Arme waren ausgestreckt und ihre Finger gespreizt.
তার বাহু প্রসারিত ছিল, এবং তার আঙুলগুলি ছড়িয়ে ছিল।

Und sie schrie: „Hilfe, um Gottes willen, helft mir!"
আর সে চিৎকার করে বলল, "বাঁচাও, ঈশ্বরের দোহাই, কেউ সাহায্য করো!"

Sie neigte den Kopf; sie wollte Gregor besser sehen.
সে মাথা কাত করল; সে গ্রেগরকে আরও ভালোভাবে দেখতে চেয়েছিল।

Doch im Gegensatz zu ihrer ersten Handlung rannte sie zurück.
কিন্তু প্রথম পদক্ষেপের সংকোচনে, সে পিছনে দৌড়ে গেল।

Sie hatte vergessen, dass der Tisch hinter ihr gedeckt war.
সে ভুলে গিয়েছিল যে টেবিলটি তার পিছনে রাখা আছে।

Alle Speisen fürs Frühstück standen noch auf dem Tisch.

নাস্তার সব জিনিসপত্র তখনও টেবিলেই ছিল।

Sie setzte sich hastig auf den Tisch, als sei sie abgelenkt.
সে তাড়াহুড়ো করে টেবিলের উপর বসল, যেন বিভ্রান্ত।

Und sie schien den verschütteten Kaffee nicht zu bemerken.
আর সে ছিটকে পড়া কফিটা লক্ষ্য করেনি বলে মনে হচ্ছে।

Der Kaffee, der inzwischen in den Teppich eingezogen war.
কফিটা এখন কার্পেটে ভিজে যাচ্ছিল।

„Mutter, Mutter", sagte Gregor leise und blickte zu ihr auf.
"মা, মা," গ্রেগর মৃদুস্বরে বলল, তার দিকে তাকিয়ে।

Im Moment war ihm der Manager nicht wichtig.
এই মুহূর্তে ম্যানেজার তার কাছে গুরুত্বপূর্ণ ছিল না।

Aber da war auch noch der Kaffee, der auf den Teppich tropfte.
কিন্তু কার্পেটে কফির টুকরো

Gregor konnte nicht widerstehen und schnappte nach dem Kaffee.
গ্রেগর কফির দিকে মুখ তুলে তাকাতে পারল না।

Die Mutter fing wegen seines Verhaltens wieder an zu weinen.
তার আচরণের কারণে মা আবার কাঁদতে শুরু করলেন।

Sie sprang vom Tisch, um Abstand von ihm zu gewinnen.
তার থেকে দুরে থাকার জন্য সে টেবিল থেকে লাফিয়ে পড়ল।

Und sie rannte in die Arme ihres Vaters, um Schutz zu suchen.
আর সে নিরাপত্তার জন্য বাবার কোলে ছুটে গেল।

Doch Gregor hatte jetzt keine Zeit mehr für seine Eltern.
কিন্তু গ্রেগরের কাছে এখন তার বাবা-মায়ের জন্য সময় নেই।

Der zuständige Beamte befand sich bereits auf der Treppe.
অনুমোদিত কর্মকর্তা ইতিমধ্যেই সিঁড়িতে ছিলেন।

Er hatte sein Kinn auf dem Geländer, um ins Haus zu schauen.
সে ঘরের ভেতরে তাকানোর জন্য রেলিংয়ের উপর তার থুতনি রেখেছিল।

Offenbar wollte er sich das Spektakel noch ein letztes Mal ansehen.

স্পষ্টতই সে দৃশ্যটি শেষবারের মতো দেখতে চেয়েছিল।

Und Gregor unternahm einen letzten Versuch, den Manager zu erreichen.
আর গ্রেগর ম্যানেজারের কাছে পৌঁছানোর জন্য শেষ চেষ্টা করল।

Er rannte so sicher wie möglich zur Tür.
সে যতটা সম্ভব নিরাপদে দরজার দিকে দৌড়ে গেল।

Aber der Hauptsekretär muss etwas geahnt haben.
কিন্তু প্রধান কেরানি নিশ্চয়ই কিছু সন্দেহ করেছিলেন।

Denn er sprang mehrere Stufen hinunter und verschwand.
কারণ সে বেশ কয়েক সিঁড়ি লাফিয়ে নেমে অদৃশ্য হয়ে গেল।

"Huh!", rief Gregor, und sein Ruf hallte durch das Treppenhaus.
"হ!" সিঁড়ি দিয়ে প্রতিধ্বনিত হয়ে গ্রেগর চিৎকার করে উঠল।

Die Flucht des Managers schien auch seinen Vater zu verwirren.
ম্যানেজারের পালানোর ঘটনা তার বাবাকেও বিভ্রান্ত করে তুলেছিল বলে মনে হয়েছিল।

Bis dahin war es ihm gelungen, recht gefasst zu bleiben.
ততক্ষণ পর্যন্ত সে বেশ শান্ত থাকতে পেরেছিল।

Doch leider verlor auch er die Fassung, die er zuvor besessen hatte.
কিন্তু দুর্ভাগ্যবশত সেও তার আগের মানসিক ভারসাম্য হারিয়ে ফেলে।

Er hätte Gregor bei seinem Vorhaben helfen sollen.
তার যা করা উচিত ছিল তা হল গ্রেগরকে তার সাধনায় সাহায্য করা।

Doch er packte den Gehstock des Managers mit einer Hand.
কিন্তু, সে এক হাতে ম্যানেজারের হাঁটার লাঠি ধরল।

In seiner anderen Hand hielt er nun eine Zeitung.
আর অন্য হাতে এখন তার হাতে একটি খবরের কাগজ।

Und nun behinderte er Gregor direkt bei seinem Vorhaben.
আর সে এখন সরাসরি গ্রেগরের সাধনায় বাধা হয়ে দাঁড়ালো।

Er hatte sich zwischen Gregor und die Straße gestellt.
সে নিজেকে গ্রেগর এবং রাস্তার মাঝখানে দাঁড় করিয়েছিল।

Er stampfte mit den Füßen auf und fuchtelte mit dem Stock und der Zeitung herum.

সে তার পায়ে স্ট্যাম্প মারল, আর লাঠি আর খবরের কাগজটা নাড়ল।

Und er zwang Gregor aktiv zurück in sein Zimmer.
আর সে সক্রিয়ভাবে গ্রেগরকে তার ঘরে ফিরিয়ে আনতে জোর করছিল।

Keine der Bitten, die Gregor äußerte, half.
গ্রেগর যত অনুরোধ করার চেষ্টা করেছিল, তার কোনওটিই সাহায্য করেনি।

Weil keines seiner Anliegen verstanden wurde.
কারণ তার করা কোনও অনুরোধই বোঝা যায়নি।

Er wandte den Kopf in eine tiefere, demütigere Haltung.
সে তার মাথা আরও গভীর, আরও বিনয়ী দৃষ্টিকোণের দিকে ঘুরিয়ে নিল।

Doch sein Vater antwortete, indem er noch heftiger mit den Füßen aufstampfte.
কিন্তু তার বাবা আরও জোরে পায়ে টোকা দিয়ে উত্তর দিলেন।

Die Mutter öffnete trotz des kühlen Wetters ein Fenster.
ঠান্ডা আবহাওয়া সত্ত্বেও মা জানালা খুলে দিলেন।

Und sie presste ihr Gesicht in die Hände vor Kälte.
আর ঠান্ডায় সে তার মুখটা হাতে চেপে ধরল।

Der Wind konnte nun durch die gesamte Wohnung strömen.
বাতাস এখন পুরো অ্যাপার্টমেন্ট জুড়ে বয়ে যেতে পারত।

Ein starker Luftzug wehte vom Treppenhaus in die Gasse.
সিঁড়ি থেকে গলিতে একটা তীব্র বাতাস বইতে লাগল।

Die Vorhänge wurden vom starken Wind hin und her bewegt.
প্রবল বাতাসে পর্দাগুলো এদিক-ওদিক উড়ে যাচ্ছিল।

Und die Zeitung auf dem Tisch raschelte im Wind.
আর টেবিলের উপর রাখা খবরের কাগজটা বাতাসে দুলছিল।

Sogar einige Blätter wurden von draußen ins Haus geweht.
এমনকি কিছু পাতা বাইরে থেকে ঘরে উড়িয়ে দেওয়া হয়েছিল।

Der Vater stampfte mit den Füßen und schob unerbittlich.
বাবা পায়ে পা ঠেলে অবিরাম ধাক্কা দিলেন।

Und er zischte und gab Geräusche von sich, wie es ein Wilder tun würde.
আর সে হিস হিস করে উঠল এবং বন্য মানুষের মতো শব্দ করল।

Gregor hatte das Rückwärtsgehen aber noch nicht geübt.
কিন্তু গ্রেগর তখনও উল্টোদিকে হাঁটার অভ্যাস করেননি।

Selbst Gregor würde zugeben, dass diese Bewegung wesentlich langsamer vonstatten ging.

এমনকি গ্রেগরও স্বীকার করতেন যে এই গতিবিধি অনেক ধীর ছিল।

Doch alles, was er wollte, war die Gelegenheit, umzukehren.

তবে সে শুধু ঘুরে দাঁড়ানোর সুযোগ চেয়েছিল।

Dann wäre er sofort in sein Zimmer gegangen.

তাহলে সে সরাসরি তার ঘরে চলে যেত।

Aber er hatte zu große Angst, seinen Vater ungeduldig zu machen.

কিন্তু সে তার বাবাকে অধৈর্য করে তুলতে খুব ভয় পেত।

Und es bestand die Drohung mit einem Schlag mit dem Stock.

আর লাঠি দিয়ে আঘাতের হুমকিও ছিল।

Ein solcher Schlag auf den Hinterkopf könnte tödlich sein.

মাথার পিছনে এমন আঘাত মারাত্মক হতে পারে।

Am Ende blieb Gregor jedoch keine andere Wahl.

কিন্তু শেষ পর্যন্ত গ্রেগরের আর কোন উপায় ছিল না।

Ihm wurde klar, dass er nicht einmal mehr geradeaus rückwärts gehen konnte.

সে বুঝতে পারল যে সে সোজা হয়ে পিছনের দিকে হাঁটতেও পারছে না।

Er begann sich so schnell wie möglich umzudrehen.

সে যত দ্রুত সম্ভব ঘুরে দাঁড়াতে শুরু করল।

Doch in Wirklichkeit war diese Drehbewegung genauso langsam.

কিন্তু বাস্তবে এই বাঁকের গতি ঠিক ততটাই ধীর ছিল।

Und ihm folgten die besorgten Blicke des Vaters.

আর তার পিছু নিল বাবার উদ্বিগ্ন দৃষ্টি।

Vielleicht bemerkte der Vater Gregors gute Absichten.

হয়তো বাবা গ্রেগরের ভালো উদ্দেশ্য লক্ষ্য করেছিলেন।

Weil er ihn nicht daran hinderte, sich umzudrehen.

কারণ সে তাকে ঘুরে দাঁড়াতে বিরক্ত করেনি।

Er benutzte sogar die Spitze seines Stocks, um die Drehung zu steuern.

এমনকি তিনি ঘূর্ণন পরিচালনার জন্য তার লাঠির ডগা ব্যবহার করতেন।

Gregor wünschte sich aber dennoch, sein Vater hätte ihn nicht angefaucht!

কিন্তু গ্রেগর তখনও চাইত বাবা যদি তাকে ফিসফিস না করত!

Das Zischen trug nur noch zur Verwirrung des Augenblicks bei.

হিস হিস শব্দ মুহূর্তের বিভ্রান্তি আরও বাড়িয়ে দিল।

Und dann unterlief ihm ein Fehler, und er bog in die falsche Richtung ab.

আর তারপর সে একটা ভুল করে ভুল পথে চলে গেল।

Am Ende gelang es ihm schließlich doch, den richtigen Weg einzuschlagen.

শেষ পর্যন্ত সে সঠিক পথের মুখোমুখি হতে সক্ষম হয়েছিল।

Und er war zufrieden mit den Fortschritten, die er gemacht hatte.

এবং তিনি যে অগ্রগতি করেছেন তাতে তিনি সন্তুষ্ট ছিলেন।

Doch dann trat das nächste Problem noch deutlicher zutage.

কিন্তু এরপর পরবর্তী সমস্যাটি আরও স্পষ্ট হয়ে ওঠে।

Sein Körper war zu breit, um problemlos durch die Tür zu passen.

তার শরীর এতটাই চওড়া ছিল যে দরজা দিয়ে সহজে ঢুকতে পারত না।

In seinem jetzigen Zustand bemerkte der Vater dies nicht.

তার বর্তমান অবস্থায় বাবা এটা লক্ষ্য করেননি।

Deshalb kam es ihm nicht in den Sinn, die Tür weiter zu öffnen.

তাই দরজাটা আর খোলার কথা তার মাথায় এলো না।

Dann wäre genügend Platz für Gregor gewesen.

তাহলে গ্রেগরের জন্য পর্যাপ্ত জায়গা থাকত।

Seine einzige Priorität war es, Gregor in sein Zimmer zu bringen.

তার একমাত্র অগ্রাধিকার ছিল গ্রেগরকে তার ঘরে নিয়ে যাওয়া।

Er hätte aufstehen müssen, um durch die Tür zu passen.

দরজা দিয়ে ভেতরে ঢুকতে হলে তাকে দাঁড়িয়ে থাকতে হতো।

Der Vater hätte ein solches Manöver jedoch nicht zugelassen.

কিন্তু বাবা এমন কৌশলের অনুমতি দিতেন না।

Tatsächlich fauchte er ihn noch heftiger an als zuvor.

আসলে সে আগের চেয়েও বেশি হিংস্রভাবে তার দিকে ফিসফিস করছিল।

Es klang nach mehr als nur einem Mann, der ihn anzischt.

এটা শুনে মনে হচ্ছিল যেন একজন লোক তাকে দেখে ফিসফিস করছে না।

Seine Forderungen schienen nun an Dringlichkeit gewonnen zu haben.

তার দাবিগুলোর পেছনে একটা নতুন তাগিদ আছে বলে মনে হচ্ছিল।

Für Spielereien war jetzt wirklich keine Zeit mehr.

আসলে এখন আর এলোমেলো করার সময় ছিল না।

Was auch immer geschah, Gregor musste durch die Tür gelangen.

যাই ঘটুক না কেন, গ্রেগরকে দরজা দিয়ে ঢুকতে হবে।

Er kämpfte sich ohne jegliche Rücksicht auf sich selbst durch.

সে কোনও আত্মসম্মান ছাড়াই নিজেকে এগিয়ে নিয়ে গেল।

Durch die Bewegung wurde eine Seite seines Körpers nach oben gedrückt.

নড়াচড়ার ফলে তার শরীরের একপাশ উপরের দিকে উঠে গেল।

Und er lag unbeholfen und schief zwischen den Türrahmen.

আর সে দরজার মাঝখানে বিশ্রী এবং বাঁকাভাবে শুয়ে ছিল।

Eine seiner Flanken war am Holz wundgescheuert.

তার এক পাশ কাঠের সাথে কাঁচা ঘষা লেগেছিল।

Und er hatte hässliche Flecken auf der weiß gestrichenen Tür hinterlassen.

আর সে সাদা রঙ করা দরজায় কুৎসিত দাগ রেখে গিয়েছিল।

Auf einer Seite seines Körpers hingen die Beine zitternd in der Luft.

তার একপাশের পা বাতাসে কাঁপতে কাঁপতে ঝুলছিল।

Seine anderen Beine drückten schmerzhaft gegen den Boden.

তার অন্য পাগুলো যন্ত্রণাদায়কভাবে মেঝেতে চেপে ধরেছিল।

Bald würde er vollständig zwischen den Türen eingeklemmt sein.

শীঘ্রই সে দরজার মাঝখানে পুরোপুরি আটকে যাবে।

Und dann hätte er sich überhaupt nicht mehr bewegen können.

আর তাহলে সে কিছুতেই নড়াচড়া করতে পারত না।

Doch der Vater gab ihm einen wahrhaft befreienden, starken Anstoß.

কিন্তু বাবা তাকে সত্যিকার অথেই মুক্তির এক জোরালো ধাক্কা দিলেন।

Und er stürzte, stark blutend, tief in sein Zimmer hinein.

আর সে পড়ে গেল, প্রচণ্ড রক্তক্ষরণে, তার ঘরের অনেক দূরে।

Der Vater knallte die Tür hinter sich mit seinem Stock zu.

বাবা তার লাঠি দিয়ে দরজাটা পিছনে ধাক্কা দিলেন।

Und dann kehrte endlich wieder Ruhe ein.

এবং তারপর অবশেষে আবার কিছুটা শান্তি ও নীরবতা ফিরে এলো।

Teil Zwei
দ্বিতীয় অংশ

Gregor wachte erst viel später am Tag auf.
গ্রেগর অনেক রাত পর্যন্ত ঘুম থেকে ওঠেনি।

Die Dämmerung war hereingebrochen; er hatte tief und fest geschlafen.
সন্ধ্যা নেমে এসেছিল; সে ভারী এবং অজ্ঞান অবস্থায় ঘুমিয়ে পড়েছিল।

Er wäre auch ohne Störung aufgewacht.
বিরক্ত না হলেও সে জেগে উঠত।

Denn er fühlte sich ausreichend ausgeruht und gut geschlafen.
কারণ সে যথেষ্ট বিশ্রাম পেয়েছে এবং ভালো ঘুম পেয়েছে বলে মনে হয়েছে।

Aber er glaubte, draußen flüchtige Schritte zu hören.
কিন্তু সে ভেবেছিল বাইরে কিছু ক্ষণস্থায়ী পদক্ষেপের শব্দ সে শুনতে পেয়েছে।

Und vielleicht hat jemand die Haustür sorgfältig geschlossen.
আর কেউ হয়তো সাবধানে সদর দরজা বন্ধ করে দিয়েছে।

Das Licht der elektrischen Straßenbahn lag blass an der Decke.
বৈদ্যুতিক ট্রামের আলো ছাদে ফ্যাকাশে পড়েছিল।

Auch die Oberseite der Möbel wurde ein wenig beleuchtet.
আসবাবপত্রের উপরের অংশটিও একটু আলো পেয়েছে।

Doch unten am Boden, auf Gregors Höhe, war es dunkel.
কিন্তু মাটিতে, গ্রেগরের স্তরে, অন্ধকার ছিল।

Seine Beine schoben ihn langsam wieder in Richtung Tür.
তার পা ধীরে ধীরে তাকে আবার দরজার দিকে ঠেলে দিল।

Er war sehr neugierig, zu sehen, was dort geschehen war.
সেখানে কী ঘটেছে তা দেখার জন্য সে খুব কৌতূহলী ছিল।

Seine Kontrolle über seine Fühler war jedoch noch nicht entwickelt.
কিন্তু তার অনুভূতির উপর তার নিয়ন্ত্রণ তখনও বিকশিত হয়নি।

Obwohl er diese neuen Sensoren allmählich zu schätzen begann.

যদিও সে এই নতুন সেন্সরগুলির প্রশংসা করতে শুরু করেছিল।

Eine lange, unansehnliche Narbe schien seine linke Seite hinunterzulaufen.

তার বাম পাশ দিয়ে একটা লম্বা, অপ্রীতিকর দাগ গড়ে উঠল।

Die Narbe fühlte sich an, als würde sie diese Seite seines Körpers einengen.

দাগটা যেন তার শরীরের ওই দিকটা শক্ত করে ধরেছে।

Und so musste er buchstäblich auf seinen zwei Beinreihen humpeln.

আর তাই তাকে আক্ষরিক অথেই তার দুই সারি পায়ে খোঁড়াতে হয়েছিল।

Eines seiner Beine war an diesem Morgen schwer verletzt worden.

সেদিন সকালে তার একটি পা গুরুতর আহত হয়েছিল।

Es war wirklich ein Wunder, dass er sich nicht noch mehr Beine gebrochen hatte.

সত্যিই এটা একটা অলৌকিক ঘটনা যে তার আর পা ভাঙেনি।

Und so schleppte er sein verletztes Bein leblos hinter sich her.

আর তাই সে তার আহত পা নিস্প্রাণভাবে পিছনে টেনে নিয়ে গেল।

Als er die Tür erreichte, erkannte er etwas Tiefgreifendes.

দরজার কাছে পৌঁছানোর পর সে গভীর কিছু বুঝতে পারল।

Es war der Geruch von etwas, der ihn dorthin gelockt hatte.

কিছু একটার গন্ধই তাকে সেখানে আকৃষ্ট করেছিল।

In Gregors Zimmer war etwas Essbares für ihn hinterlassen worden.

গ্রেগরের ঘরে তার জন্য কিছু ভোজ্য জিনিস রেখে গিয়েছিল।

Stückchen Weißbrot schwimmen in einer Schüssel mit süßer Milch.

মিষ্টি দুধের পাত্রে ভাসমান সাদা রুটির টুকরো।

Er konnte seine innere Freude kaum verbergen.

তার ভেতরে যে আনন্দ ছিল তা সে খুব একটা ধরে রাখতে পারছিল না।

Er war jetzt noch hungriger als am Morgen.

সকালের চেয়েও এখন তার খিদে বেশি।

Er tauchte sofort seinen Kopf in die Schüssel mit Milch.

সে তৎক্ষণাৎ দুধের পাত্রে মাথা ডুবিয়ে দিল।

Die Milch quoll ihm fast über den ganzen Kopf, bis zu den Augen.

দুধ তার মাথার প্রায় পুরোটা দিয়ে, চোখ পর্যন্ত বেড়ে উঠল।

Doch schon bald riss er den Kopf zurück, bitter enttäuscht.

কিন্তু শীঘ্রই সে তার মাথা পিছনে টেনে নিল, তীব্র হতাশ হয়ে।

Das Essen war aufgrund seiner empfindlichen linken Seite schwierig.

তার বাম পাশ নাজুক থাকায় খাওয়া কঠিন ছিল।

Und er konnte nur essen, indem er mit dem ganzen Körper keuchte.

আর সে কেবল সারা শরীর দিয়ে হাঁপাতে হাঁপাতে খেতে পারত।

Das war jedoch nicht der wahre Grund für seine Enttäuschung.

কিন্তু এটাই তার হতাশার আসল কারণ ছিল না।

Milch war schon immer eines seiner Lieblingsgerichte gewesen.

দুধ সবসময়ই তার প্রিয় খাবারের মধ্যে একটি ছিল।

Er hatte keinen Zweifel daran, dass seine Schwester sich daran erinnerte.

তার কোন সন্দেহ ছিল না যে তার বোন এটা মনে রেখেছে।

Und das war der Grund, warum sie ihm Milch gegeben hatte.

আর সেই কারণেই সে তাকে দুধ দিয়েছিল।

Er konnte nicht erklären, warum er Milch jetzt nicht mehr mochte.

সে এখন কেন দুধ অপছন্দ করে তা ব্যাখ্যা করতে পারছিল না।

Und er wandte sich fast widerwillig von der Schüssel ab.

আর সে প্রায় অনিচ্ছায় বাটি থেকে মুখ ফিরিয়ে নিল।

Enttäuscht kroch er zurück in die Mitte des Raumes.

হতাশ হয়ে সে হামাগুড়ি দিয়ে ঘরের মাঝখানে ফিরে গেল।

Hier konnte er durch den Türspalt hindurchsehen.

এখানে সে দরজার ফাটল দিয়ে দেখতে পেল।

Er konnte sehen, dass im Wohnzimmer das Feuer brannte.

সে দেখতে পেল যে বসার ঘরে আগুন জ্বলছে।

Gewöhnlich las der Vater um diese Zeit die Zeitung.
সাধারণত এই সময়ে বাবা খবরের কাগজ পড়েন।

Er las seiner Mutter immer mit erhobener Stimme vor.
সে সবসময় উঁচু স্বরে মাকে পড়ে শোনাত।

Manchmal lauschte auch die Schwester dem Vater.
মাঝে মাঝে বোনও বাবার কথা শুনত।

Sie hatte Gregor immer von diesem Vorlesen erzählt.
সে সবসময় গ্রেগরকে এই পাঠের কথা জোরে বলত।

Doch heute war aus dem Zimmer kein Laut zu hören.
কিন্তু আজ ঘর থেকে কোন শব্দ আসছিল না।

Vielleicht war diese Gewohnheit bereits in Vergessenheit geraten.
হয়তো এই অভ্যাসটা ইতিমধ্যেই চলে গেছে।

Eine tiefe Stille hatte sich über die gesamte Wohnung gelegt.
পুরো অ্যাপার্টমেন্ট জুড়ে একটা গভীর নীরবতা নেমে এলো।

Obwohl er wusste, dass die Wohnung ganz sicher nicht leer war.
যদিও সে জানত যে অ্যাপার্টমেন্টটি অবশ্যই খালি ছিল না।

„Was für ein ruhiges Leben die Familie doch führte", dachte Gregor.
"কি শান্ত জীবনযাপন করছে পরিবারটা," ভাবলো গ্রেগর।

Und er blickte mit großem Stolz in die Dunkelheit.
আর সে গভীর গর্বের সাথে অন্ধকারের দিকে তাকিয়ে রইল।

Er war stolz auf das Leben, das er ihnen hatte ermöglichen können.
তাদের যে জীবন দিতে পেরেছিলেন, তাতে তিনি গর্বিত ছিলেন।

Er war stolz auf die schöne Wohnung, in der sie lebten.
তারা যে সুন্দর অ্যাপার্টমেন্টে থাকত, তাতে সে গর্বিত ছিল।

Doch sollte dieser Frieden nun ein schreckliches Ende nehmen?
কিন্তু এই সমস্ত শান্তি কি ভয়াবহ পরিণতিতে পৌঁছাতে যাচ্ছিল?

Würde man ihnen ihren Wohlstand nehmen?
তাদের সমৃদ্ধি কি তাদের কাছ থেকে কেড়ে নেওয়া হবে?

War ihre Zufriedenheit nun in Zukunft ungewiss?
ভবিষ্যতে কি তাদের সন্তুষ্টি অনিশ্চিত ছিল?

Doch er wollte sich nicht in solchen Gedanken verlieren.
কিন্তু সে এইসব চিন্তায় নিজেকে হারিয়ে ফেলতে চাইছিল না।

Um sich die Zeit zu vertreiben, kroch er die Wände rauf und runter.
নিজেকে ব্যস্ত রাখার জন্য সে দেয়াল বেয়ে উপরে-নিচে হামাগুড়ি দিল।

Im Laufe des langen Abends wurde eine Tür einen Spalt breit geöffnet.
দীর্ঘ সন্ধ্যায় একটি দরজা সামান্য খোলা ছিল।

Und zu einem anderen Zeitpunkt öffnete sich die andere Tür einen Spaltbreit.
আর এক সময় অন্য দরজাটা একটু খুলে গেল।

Doch beide Male wurden die Türen schnell wieder geschlossen.
কিন্তু দুবারই দরজাগুলো আবার দ্রুত বন্ধ করে দেওয়া হয়।

Offenbar hatte jemand draußen den Wunsch, hereinzukommen.
স্পষ্টতই বাইরের কেউ ভেতরে আসার ইচ্ছা পোষণ করেছিল।

Aber sie hatten auch zu viele Bedenken, hereinzukommen.
কিন্তু তাদের ভেতরে আসার ব্যাপারেও অনেক উদ্বেগ ছিল।

Gregor blieb nun direkt vor der Wohnzimmertür stehen.
গ্রেগর এবার সরাসরি বসার ঘরের দরজার কাছে এসে থামল।

Er war fest entschlossen, den zögernden Besucher irgendwie zu verführen.
সে কোনভাবে দ্বিধাগ্রস্ত দর্শনার্থীকে প্রলুব্ধ করার জন্য দৃঢ়প্রতিজ্ঞ ছিল।

Und er wollte auch wissen, wer der Besucher gewesen war.
আর সে জানতে চেয়েছিলো যে অতিথিটি কে ছিল।

Doch an diesem Abend wurde die Tür kein drittes Mal geöffnet.
কিন্তু সেই সন্ধ্যায় তৃতীয়বারের মতো দরজা খোলা হয়নি।

Und Gregor verbrachte seine Zeit vergeblich damit, an der Tür zu warten.
আর গ্রেগর দরজার কাছে অপেক্ষা করে বৃথা সময় নষ্ট করল।

Früher am Tag wollten sie alle in den Raum kommen.

সেদিনের শুরুতে তারা সবাই ঘরে আসতে চেয়েছিল।

Jetzt, da die Türen unverschlossen waren, würde es ihnen leichter fallen.

এখন দরজাগুলো খুলে দেওয়া হয়েছে, তাদের জন্য এটা সহজ হবে।

Aber sie entschieden sich dafür, auf der anderen Seite des Raumes zu bleiben.

কিন্তু তারা ঘরের অন্য প্রান্তে থাকা বেছে নিল।

Gregor bemerkte, dass die Schlüssel nicht mehr in ihren Schlössern steckten.

গ্রেগর লক্ষ্য করল যে চাবিগুলো আর তাদের তালায় নেই।

Jemand muss die Schlüssel zum Außenschloss umgesteckt haben.

কেউ নিশ্চয়ই বাইরের তালার চাবিগুলো সরিয়ে দিয়েছে।

Erst spät in der Nacht wurde das Licht im Wohnzimmer ausgeschaltet.

কেবল গভীর রাতেই বসার ঘরের আলো নিভিয়ে দেওয়া হত।

Die Familie muss die ganze Zeit wach geblieben sein.

পরিবারটি নিশ্চয়ই পুরো সময় জেগে ছিল।

Und Gregor konnte deutlich hören, wie sie sich auf Zehenspitzen davonschlichen.

আর গ্রেগর স্পষ্ট শুনতে পেল ওদের পা টিপে টিপে দূরে সরে যাওয়ার শব্দ।

Nun würde bis zum Morgen niemand zu Gregor kommen.

এখন সকাল পর্যন্ত কেউ গ্রেগরের কাছে আসবে না।

So hatte er lange Zeit für sich, um ungestört nachzudenken.

তাই সে নিজেকে নিয়ে অনেকক্ষণ সময় পেয়েছিল, নির্বিঘ্নে চিন্তা করার জন্য।

Wie könnte man sein Leben jetzt am besten neu ordnen?

এখন তার জীবন পুনর্গঠনের সবচেয়ে ভালো উপায় কী হবে?

Doch die hohen Wände des leeren Zimmers ängstigten ihn.

কিন্তু খালি ঘরের উঁচু দেয়াল তাকে ভয় পাইয়ে দেয়।

Ihm blieb keine andere Wahl, als sich flach auf den Boden zu legen.

মাটিতে শুয়ে থাকা ছাড়া তার আর কোন উপায় ছিল না।

Und er fand in diesem Raum niemals die Ursache seiner Angst.

আর সেই জায়গায় সে কখনোই তার ভয়ের কারণ খুঁজে পায়নি।

Es war dasselbe Zimmer, in dem er seit fünf Jahren lebte.
এটি সেই একই ঘরে যেখানে সে পাঁচ বছর ধরে থাকত।

Halb bewusst machte er eine Bewegung in Richtung Sofa.
অজ্ঞান অবস্থায় সে সোফার দিকে এগিয়ে গেল।

Und ohne jede Scham versteckte er sich unter dem Sofa.
আর কোন লজ্জা ছাড়াই সে নিজেকে সোফার নিচে লুকিয়ে রাখল।

Dort unten fühlte er sich sofort wieder sehr wohl.
নিচে সে তৎক্ষণাৎ আবার খুব আরাম বোধ করল।

Obwohl sein Rücken etwas gequetscht war.
যদিও তার পিঠে একটু চাপ ছিল।

Auch unter dem Sofa konnte er seinen Kopf nicht mehr heben.
সে আর সোফার নিচে মাথা তুলতে পারল না।

Aber selbst das zog er einem Aufenthalt im Freien vor.
কিন্তু তবুও সে যেকোনো খোলা জায়গায় থাকার চেয়ে বেশি পছন্দ করত।

Er bedauerte jedoch, dass sein Körper so breit war.
তবে, তার শরীর এত চওড়া ছিল বলে তার আফসোস ছিল।

Das Sofa konnte seinen ganzen Körper nicht vollständig bedecken.
সোফাটি তার পুরো শরীর পুরোপুরি ঢেকে রাখতে পারেনি।

Er blieb die ganze Nacht unter dem Sofa.
সারা রাত সে সোফার নিচেই রইল।

Die Nacht verbrachte er halb schlafend, geplagt von seinem Hunger.
যে রাতটা সে আধো ঘুমিয়ে কাটিয়েছিল, ক্ষুধার জ্বালায় অস্থির।

Und die Zeit, die er wach war, verbrachte er entweder in Sorgen oder in Hoffnung.
আর জাগ্রত সময়টা সে হয় চিন্তিত হয়ে, নয়তো আশাবাদী হয়ে কাটিয়েছে।

Doch all seine vagen Hoffnungen führten zu demselben Schluss.
কিন্তু তার সমস্ত অস্পষ্ট আশা একই সিদ্ধান্তে পৌঁছেছিল।

Ihm blieb nichts anderes übrig, als vorerst zu schweigen.
মুহূর্তের জন্য চুপ করে থাকা ছাড়া তার আর কোন উপায় ছিল না।

Er musste der Familie gegenüber Geduld und
Rücksichtnahme zeigen.
তাকে পরিবারের প্রতি ধৈর্য এবং বিবেচনা দেখাতে হয়েছিল।

Es war die einzige Möglichkeit, die Unannehmlichkeiten
erträglich zu machen.
অসুবিধা সহনীয় করার এটাই ছিল একমাত্র উপায়।

Die Unannehmlichkeiten, die er nun der Familie auferlegte.
সে যে অসুবিধার সম্মুখীন হচ্ছিল তা এখন পরিবারের উপর চাপিয়ে দিচ্ছিল।

Er musste nicht lange warten, um sein Mitgefühl unter
Beweis zu stellen.
তার করুণা প্রমাণের জন্য তাকে বেশিক্ষণ অপেক্ষা করতে হয়নি।

Früh am Morgen schaute die Schwester in sein Zimmer.
খুব ভোরে বোন তার ঘরে তাকাল।

Obwohl es eigentlich genauso viel Nacht wie Morgen war.
যদিও আসলে তখন সকালের মতোই রাতও ছিল।

Sie war vollständig angezogen und schien aufgeregt zu sein.
সে সম্পূর্ণ পোশাক পরেছিল, এবং মনে হচ্ছিল যেন উত্তেজনা দেখাচ্ছে।

Die Tragfähigkeit seiner neu getroffenen Entscheidung
könnte sich bewähren.
তার নতুন সিদ্ধান্তের শক্তি পরীক্ষা করা যেতে পারে।

Sie entdeckte ihn nicht sofort auf Anhieb.
প্রথম দেখাতেই সে তাকে খুঁজে পেল না।

Er musste irgendwo sein; weggeflogen konnte er nicht sein.
তাকে কোথাও থাকতেই হবে; সে উড়ে যেতে পারত না।

Doch dann schweifte ihr Blick ein zweites Mal durch den
Raum.
কিন্তু তারপর তার চোখ আবার ঘরের উপর পড়ল।

Und dieses Mal entdeckte sie seinen Oberkörper unter dem
Sofa.
আর এবার সে সোফার নিচে তার ধড় দেখতে পেল।

Sie war so verängstigt, dass sie jegliche Selbstbeherrschung
verlor.
সে এতটাই ভীত ছিল যে সে সমস্ত আত্মনিয়ন্ত্রণ হারিয়ে ফেলেছিল।

Und ihre erste Reaktion war, die Tür wieder zuzuschlagen.

আর তার প্রথম প্রতিক্রিয়া ছিল দরজাটা আবার জোরে বন্ধ করে দেওয়া।

Doch sie schien ihr Verhalten auch sofort zu bereuen.

কিন্তু সে তার আচরণের জন্য তাৎক্ষণিকভাবে অনুতপ্তও হয়ে উঠল।

Kaum hatte sie die Tür zugeschlagen, öffnete sie sie auch schon wieder.

দরজাটা ধাক্কা দেওয়ার সাথে সাথেই সে আবার দরজা খুলে দিল।

Und diesmal schlich sie sich leise auf Zehenspitzen in den Raum.

আর এবার সে আলতো করে পা টিপে টিপে ঘরে ঢুকল।

Sie bewegte sich, als ob sie eine schwerkranke Person besuchen würde.

সে এমনভাবে নড়াচড়া করছিল যেন সে একজন গুরুতর অসুস্থ ব্যক্তির সাথে দেখা করতে আসছে।

Oder sie könnte einen völlig Fremden besucht haben.

অথবা সে হয়তো সম্পূর্ণ অপরিচিত কারো সাথে দেখা করতে গিয়েছিল।

Gregor drückte seinen Kopf fast bis an den Rand des Sofas.

গ্রেগর তার মাথাটা প্রায় সোফার কিনারায় ঠেলে দিল।

Und von unterhalb des Tresors beobachtete er sie im Zimmer.

আর সেফের নিচ থেকে সে ঘরে তাকে দেখছিল।

Würde sie bemerken, dass er die Milch stehen gelassen hatte?

সে কি লক্ষ্য করবে যে সে দুধ ছেড়ে দিয়েছে?

Er hatte die Milch nicht etwa aus Mangel an Hunger stehen gelassen.

ক্ষুধার অভাবে সে দুধ ছাড়েনি।

Wollte sie ihm stattdessen anderes Essen bringen?

সে কি তার জন্য আলাদা খাবার আনতে যাচ্ছিল?

Vielleicht ein Gericht, das seinen Vorlieben besser entsprach.

হয়তো এমন একটা খাবার যা তার পছন্দের সাথে বেশি মানানসই।

Aber sie hätte seinen Appetit selbst bemerken müssen.

কিন্তু তাকে নিজেই তার ক্ষুধা লক্ষ্য করতে হত।

Er wäre lieber verhungert, als sie davon erfahren zu lassen.

তাকে এটা জানানোর চেয়ে সে ক্ষুধার্ত থাকাই ভালো মনে করত।

Eigentlich hätte er es ihr sehr gerne gesagt.
আসলে সে তাকে বলতে খুব চাইত।

Er war wirklich versucht, unter dem Sofa hervorzuschießen.
সোফার নিচ থেকে গুলি করার জন্য সে সত্যিই লোভিত হয়ে উঠল।

Er wollte sich seiner Schwester zu Füßen werfen.
সে তার বোনের পায়ের কাছে নিজেকে লুটিয়ে দিতে চাইল।

Und er wollte sie um etwas Leckeres zu essen bitten.
আর সে তার কাছে ভালো কিছু খেতে চাইতে চাইল।

Doch dann blickte die Schwester zu der Schüssel mit Milch.
কিন্তু তারপর বোন দুধের বাটির দিকে তাকাল।

Sie bemerkte sofort, dass die Schüssel noch voll war.
সে তৎক্ষণাৎ লক্ষ্য করল যে বাটিটি এখনও পূর্ণ।

**Sie war ziemlich überrascht, dass Gregor nichts gegessen
hatte.**
গ্রেগর কিছু খায়নি, এটা জেনে সে বেশ অবাক হলো।

Nur ein wenig Milch war auf den Boden verschüttet worden.
মেঝেতে কেবল সামান্য দুধ ছিটকে পড়েছিল।

Sie nahm sofort die Schüssel und trug sie hinaus.
সে তৎক্ষণাৎ বাটিটি তুলে নিল, এবং তা বাইরে নিয়ে গেল।

**Er sah, dass sie die Schüssel nicht mit bloßen Händen
aufgehoben hatte.**
সে দেখল সে খালি হাতে বাটিটি তুলে নেয়নি।

Stattdessen hob sie die Schüssel mit einem der Lappen hoch.
পরিবর্তে, সে একটি ন্যাকড়া দিয়ে বাটিটি তুলে নিল।

Gregor vergaß dieses kleine Detail jedoch sehr schnell.
কিন্তু গ্রেগর খুব দ্রুত এই ছোটখাটো বিষয়টা ভুলে গেল।

Er war nun von etwas ganz anderem viel begeisterter.
সে এখন অন্য কিছু নিয়ে অনেক বেশি উত্তেজিত ছিল।

Was könnte sie als Ersatz für die Milch mitbringen?
দুধের পরিবর্তে সে কী আনতে পারে?

**Er hatte verschiedene Vermutungen darüber, was sie wohl
mitbringen könnte.**
সে কী আনতে পারে তা নিয়ে তার নানান চিন্তাভাবনা ছিল।

Doch die Güte seiner Schwester übertraf seine Erwartungen.
কিন্তু তার বোনের দয়া তার প্রত্যাশা ছাড়িয়ে গেল।

Ihr wurde klar, dass sie herausfinden musste, was seine neuen Vorlieben waren.
সে বুঝতে পারল যে তার নতুন রুচি কী তা তাকে পরীক্ষা করতে হবে।

Deshalb brachte sie eine ganze Auswahl an verschiedenen Speisen mit.
তাই সে বিভিন্ন ধরণের খাবার নিয়ে এলো।

Halbverfaultes Gemüse, Knochen vom Abendessen.
আধা পচা সবজি, রাতের খাবারের হাড়।

Die eingedickte Soße von der anderen Mahlzeit, die sie gegessen hatten.
তারা যে অন্য খাবারটি খেয়েছিল তার থেকে তৈরি শক্ত সস।

Ein paar Rosinen, einige Mandeln, trockenes Brot, Butterbrot.
কিছু কিশমিশ, কিছু বাদাম, শুকনো রুটি, মাখনের রুটি।

Etwas Brot, das mit Butter bestrichen und gesalzen war.
কিছু রুটি যা মাখন মাখানো ছিল এবং লবণও দেওয়া হয়েছিল।

Käse, den Gregor vor zwei Tagen noch für ungenießbar erklärt hatte.
পনির, যা গ্রেগর দুই দিন আগে অখাদ্য ঘোষণা করেছিলেন।

Die gesamte Auswahl an Speisen wurde auf einer Zeitung ausgelegt.
এই সমস্ত খাবারের তালিকা একটি সংবাদপত্রে ছাপানো হয়েছিল।

Und sie stellte auch eine Schüssel mit Wasser neben seine Mahlzeiten.
আর সে তার খাবারের পাশে এক বাটি জলও রেখে দিল।

Sie wusste, dass Gregor nicht vor ihr gegessen hätte.
সে জানত গ্রেগর তার সামনে খাবে না।

Aus Respekt vor ihm verließ sie deshalb wieder den Raum.
তাই তার প্রতি শ্রদ্ধা জানিয়ে সে আবার ঘর থেকে বেরিয়ে গেল।

Und sie hat beim Weggehen sogar den Schlüssel im Schloss umgedreht.
আর সে চলে যাওয়ার সময় তালার চাবিটাও ঘুরিয়ে দিয়েছিল।

Aber sie drehte den Schlüssel ganz leise und vorsichtig um.

কিন্তু সে খুব শান্তভাবে এবং সাবধানে চাবি ঘুরিয়ে দিল।

Auf diese Weise würde nur Gregor wissen, dass die Tür verschlossen war.

এইভাবে কেবল গ্রেগরই জানতে পারবে দরজাটি বন্ধ।

Nun konnte er es sich so bequem machen, wie er wollte.

এখন সে নিজেকে যতটা ইচ্ছা আরামদায়ক করে তুলতে পারত।

Gregors Beine surrten, als es Zeit zum Essen war.

খাওয়ার সময় হলে গ্রেগরের পা ঘুরছিল।

Bemerkenswert ist, dass er keinerlei Beschwerden mehr verspürte.

লক্ষণীয় বিষয় হল, তিনি আর কোনও অস্বস্তি অনুভব করেননি।

Seine Wunden müssen bereits vollständig verheilt sein.

তার ক্ষত ইতিমধ্যেই সম্পূর্ণরূপে সেরে গেছে।

Weil er seine früheren Behinderungen nicht mehr spürte.

কারণ সে আর তার আগের অক্ষমতা অনুভব করে না।

Seine neue Fähigkeit zu heilen überraschte und verblüffte ihn.

তার নতুন আরোগ্য ক্ষমতা তাকে অবাক ও বিস্মিত করেছিল।

Vor mehr als einem Monat schnitt er sich mit einem Messer in den Finger.

এক মাসেরও বেশি সময় আগে সে ছুরি দিয়ে তার আঙুল কেটে ফেলেছিল।

Bis vor zwei Tagen schmerzte ihn diese Wunde noch.

দুই দিন আগে পর্যন্তও সেই ক্ষত তাকে কষ্ট দিচ্ছিল।

„Bin ich jetzt viel weniger empfindlich?", dachte er bei sich.

"আমি কি এখন অনেক কম সংবেদনশীল?" সে মনে মনে ভাবল।

Inzwischen lutschte er gierig an dem Käse.

এতক্ষণে সে লোভের সাথে পনির চুষতে শুরু করেছে।

Er fühlte sich vom Käse mehr angezogen als von den anderen Speisen.

অন্যান্য খাবারের তুলনায় পনিরের প্রতি তার আকর্ষণ বেশি ছিল।

Er aß schnell ein Stück Käse nach dem anderen.

সে দ্রুত একের পর এক পনিরের টুকরো খেয়ে ফেলল।

Beim Genuss des Geschmacks traten ihm vor Zufriedenheit die Tränen in die Augen.

এর স্বাদে তার চোখ তৃপ্তিতে জলে ভরে গেল।

Nach dem Käse aß er das Gemüse und die Soße.
পনিরের পর সে সবজি এবং সস খেয়ে ফেলল।

Das frische Essen schmeckte ihm jedoch nicht.
তবে, তাজা খাবার তার কাছে ভালো লাগেনি।

Tatsächlich konnte er nicht einmal den Geruch von frischen Lebensmitteln ertragen.
আসলে সে তাজা খাবারের গন্ধও সহ্য করতে পারত না।

Er hat sogar die anderen Lebensmittel von den frischen Lebensmitteln weggezerrt.
এমনকি সে তাজা খাবার থেকে অন্য খাবারও টেনে নিয়ে গেল।

Und im Nu hatte er auch noch das Essbare aufgegessen.
আর খুব দ্রুত সে সবচেয়ে ভোজ্য খাবারটি শেষ করে ফেলল।

Das ganze leckere Essen hatte eine schläfrig machende Wirkung auf ihn.
সব সুস্বাদু খাবার তার উপর এক বিষণ্ণ প্রভাব ফেলেছিল।

Und er lag träge an der Stelle, wo er gegessen hatte.
আর সে যেখানে খেয়েছিল সেখানেই অলসভাবে শুয়ে পড়ল।

Schließlich kam seine Schwester zurück, um noch einmal nach ihm zu sehen.
অবশেষে তার বোন আবার তাকে দেখতে ফিরে এলো।

Sie hatte die Weitsicht, den Schlüssel ganz langsam umzudrehen.
তার দুরদর্শিতা ছিল খুব ধীরে ধীরে চাবি ঘোরানোর।

Dies war für Gregor ein Warnsignal, sich zurückzuziehen.
এর ফলে গ্রেগরকে সতর্ক করে দেওয়া হয়েছিল যে তার সরে আসা উচিত।

Benommen und erschrocken huschte er zurück unter das Sofa.
হতবাক ও চমকে উঠে সে দ্রুত সোফার নিচে ফিরে গেল।

Doch diesmal war es nicht so einfach, unter dem Sofa zu bleiben.
কিন্তু এবার সোফার নিচে থাকা এত সহজ ছিল না।

Sein Körper war durch das viele Essen etwas runder geworden.

খাবারের কারণে তার শরীর একটু গোলাকার হয়ে গিয়েছিল।

Und er musste sich beherrschen, nicht wieder auszulaufen.
আর তাকে নিজেকে নিয়ন্ত্রণ করতে হয়েছিল যাতে আবার রান আউট না হয়।

Auch wenn die Schwester nicht lange im Zimmer blieb.
যদিও বোনটি ঘরে বেশিক্ষণ থাকেনি।

In dem engen Raum rang er nach Luft.
সেই সংকীর্ণ জায়গার নিচে তার নিঃশ্বাস নিতে কষ্ট হচ্ছিল।

Doch er überwand die kurzen Anfälle von Atemnot.
কিন্তু সে ছোট ছোট শ্বাসরোধের ধাক্কা কাটিয়ে উঠেছিল।

Mit aufgerissenen Augen beobachtete er die Aktivitäten der Schwester.
চোখ ফুলিয়ে সে বোনের কার্যকলাপ দেখছিল।

Die ahnungslose Schwester schüttete alles in einen Eimer.
নিষ্পাপ বোনটি সবকিছু একটা বালতিতে ঢেলে দিল।

Sie entsorgte nicht nur das Essen, das Gregor nicht gegessen hatte.
সে শুধু গ্রেগর যে খাবার খায়নি তা ফেলেই দেয়নি।

Aber sie entsorgte auch das Essen, das er nicht angerührt hatte.
কিন্তু সে যদি খাবার স্পর্শ না করত, তাহলে সে তাও মেনে নিত।

Offenbar war dieses Essen nun für niemanden mehr genießbar.
স্পষ্টতই সেই খাবারটি এখন আর কারও খাওয়ার যোগ্য ছিল না।

Anschließend verschloss sie den Futtereimer mit einem Holzdeckel.
তারপর সে কাঠের ঢাকনা দিয়ে খাবারের বালতিটি বন্ধ করে দিল।

Und mit dem Essen, dem Eimer und dem Wischmopp ging sie.
আর খাবার, বালতি, আর মোছার জিনিসপত্র নিয়ে সে চলে গেল।

Gregor hätte nicht mehr lange warten können.
গ্রেগর আর বেশিক্ষণ অপেক্ষা করতে পারত না।

Sobald sie weg war, entkam er unter dem Sofa hervor.
সে চলে যাওয়ার সাথে সাথেই সে সোফার নিচ থেকে পালিয়ে গেল।

Und er streckte sich aus und atmete erleichtert auf.

আর সে নিজেকে প্রসারিত করে স্বস্তিতে ফুলে উঠল।

So erhielt Gregor von nun an regelmäßig seine Nahrung.
গ্রেগর এখন থেকে এভাবেই মাঝে মাঝে খাবার পেত।

Seine Schwester gab ihm einmal früh am Morgen etwas zu essen.
তার বোন তাকে একবার খুব ভোরে খাবার দিয়েছিল।

Zu dieser Stunde schliefen die Eltern und das Dienstmädchen noch.
এই মুহূর্তে বাবা-মা এবং কাজের মেয়েটি তখনও ঘুমাচ্ছিল।

Und er erhielt eine zweite Mahlzeit, nachdem alle anderen bereits zu Mittag gegessen hatten.
আর সবাই দুপুরের খাবার খাওয়ার পর সে দ্বিতীয়বার খাবার পেল।

Denn zu dieser Zeit schliefen die Eltern auch eine Weile.
কারণ সেই সময় বাবা-মাও কিছুক্ষণ ঘুমিয়েছিলেন।

Und das Dienstmädchen wurde von der Schwester mit einer Besorgung weggeschickt.
আর দাসীটিকে বোন কোন কাজে পাঠিয়ে দিয়েছিল।

Sie hatten ganz sicher nicht die Absicht, Gregor verhungern zu lassen.
গ্রেগরকে অনাহারে রাখার কোনও ইচ্ছা তাদের ছিল না।

Aber sie hätten ihm auch nicht beim Essen zusehen wollen.
কিন্তু তারাও তাকে খেতে দেখতে চাইত না।

Die Angaben der Schwester reichten als Information aus.
বোন যা উল্লেখ করেছেন তা যথেষ্ট তথ্য।

Vielleicht war es ihre Art, den Eltern den Kummer zu ersparen.
হয়তো এটা ছিল বাবা-মায়ের দুঃখ দুর করার তার উপায়।

Sie hatten unter seinen Taten schon genug gelitten.
তার কর্মকাণ্ডের ফলে তারা ইতিমধ্যেই যথেষ্ট কষ্ট পেয়েছে।

Der erste Tag verblasste langsam zu einer fernen Erinnerung.
প্রথম দিনটি ধীরে ধীরে দুরের স্মৃতিতে পরিণত হচ্ছিল।

Gregor hatte keine Möglichkeit zu erfahren, was an diesem Tag geschah.

গ্রেগরের জানার কোন উপায় ছিল না যে সেদিন কী ঘটেছিল।

Wie wurde der Schlüsseldienstmitarbeiter aus der Wohnung geleitet?

তালা মিস্ত্রীকে অ্যাপার্টমেন্ট থেকে কীভাবে বের করে আনা হয়েছিল?

Mit welchen Ausreden war der Arzt schließlich zufrieden?

ডাক্তার শেষ পর্যন্ত কোন অজুহাতে সন্তুষ্ট হলেন?

Er hatte keinen Weg gefunden, sich verständlich zu machen.

নিজেকে বোঝানোর কোন উপায় সে খুঁজে পাচ্ছিল না।

Es gelang ihm nicht einmal, mit seiner Schwester zu kommunizieren.

সে তার বোনের সাথে যোগাযোগও করতে পারেনি।

Und so dachten sie, er könne sie nicht verstehen.

আর তাই তারা ভেবেছিল যে সে তাদের কথা বুঝতে পারবে না।

Und deshalb wurde auch kein Versuch unternommen, mit ihm zu sprechen.

আর তাই তার সাথে কথা বলার কোন চেষ্টা করা হয়নি।

Seine Schwester kam jeden Morgen und jeden Mittag in sein Zimmer.

তার বোন প্রতিদিন সকালে তার ঘরে আসত এবং দুপুরের খাবার খেত।

Doch er musste sich damit begnügen, ihre Seufzer zu hören.

কিন্তু তাকে তার দীর্ঘশ্বাস শুনেই সন্তুষ্ট থাকতে হয়েছিল।

Später gewöhnte sie sich dann doch etwas mehr an Gregors Gestalt.

পরে সে গ্রেগরের ফর্মের সাথে আরও কিছুটা অভ্যস্ত হয়ে ওঠে।

Und sie fühlte sich etwas freier, weitere Bemerkungen zu machen.

এবং সে আরও মন্তব্য করার জন্য একটু বেশি স্বাধীনতা অনুভব করল।

(Obwohl sie sich nie ganz an ihn gewöhnen würde.)

(যদিও সে কখনোই তার সাথে পুরোপুরি অভ্যস্ত হবে না।)

Und dann fühlte sich Gregor wieder etwas mehr angesprochen.

আর তারপর গ্রেগরের সাথে আবার একটু বেশি কথা হয়ে গেল।

Und er nahm wahr, was er als freundliche Kommentare empfand.

এবং তিনি বন্ধুত্বপূর্ণ মন্তব্য হিসেবে যা বুঝতে পেরেছিলেন তা বুঝতে পেরেছিলেন।

„Ihm hat das Essen heute geschmeckt" oder „Er hat alles aufgegessen".

"সে আজ তার খাবার উপভোগ করেছে," অথবা "সে সবকিছু খেয়েছে।"

Das war aber erst der Fall, nachdem er sein gesamtes Essen aufgegessen hatte.

কিন্তু সেটা তখনই হয়েছিল যখন সে তার সমস্ত খাবার খেয়ে ফেলেছিল।

Doch in letzter Zeit kam dies immer seltener vor.

কিন্তু সম্প্রতি এটি ক্রমশ বিরল হয়ে উঠছে।

„Er hat sein Essen kaum angerührt", sagte sie jetzt immer öfter.

"সে খুব একটা খাবার স্পর্শ করত না," সে এখন আরও বেশি করে বলতে লাগল।

Und jedes Mal schwang ein Hauch von Traurigkeit in ihrer Stimme mit.

আর প্রতিবারই তার কণ্ঠে বিষণ্নতার ছোঁয়া ছিল।

Gregor konnte keine anderen Nachrichten direkter empfangen.

গ্রেগর এর চেয়ে সরাসরি আর কোনও খবর শুনতে পেল না।

Aber er hörte viele Neuigkeiten aus den angrenzenden Zimmern mit.

কিন্তু সে পাশের ঘরগুলি থেকে অনেক খবর শুনতে পেল।

Als er Stimmen hörte, rannte er zur entsprechenden Tür.

যখন সে কিছু শব্দ শুনতে পেল, তখন সে দৌড়ে সংশ্লিষ্ট দরজার দিকে গেল।

Und er presste seinen ganzen Körper gegen die Tür, um zu hören.

আর সে তার সমস্ত শরীর দরজার সাথে চেপে ধরল শুনতে।

Alle Gespräche drehten sich in irgendeiner Weise um ihn.

সমস্ত কথোপকথন তাকে কোন না কোনভাবে উদ্বিগ্ন করে তুলেছিল।

Selbst wenn es scheinbar um etwas ganz anderes ging.

এমনকি যখন বিষয়টি অন্য কিছু সম্পর্কে বলে মনে হয়েছিল।

Diese Beobachtung traf insbesondere in der Anfangszeit zu.

এই পর্যবেক্ষণটি বিশেষ করে প্রাথমিক দিনগুলিতে সত্য ছিল।

Bei jeder Mahlzeit wiederholten sie die gleiche Diskussion.
প্রতিটি খাবারের সময় তারা একই আলোচনার পুনরাবৃত্তি করত।

Sie waren sich noch immer unsicher, wie sie sich ihm gegenüber verhalten sollten.
তার আশেপাশে কীভাবে আচরণ করা উচিত তা নিয়ে তারা এখনও অনিশ্চিত ছিল।

Das gleiche Thema wurde aber auch zwischen den Mahlzeiten besprochen.
কিন্তু খাবারের মাঝেও একই বিষয় নিয়ে আলোচনা হয়েছিল।

Weil immer zwei Familienmitglieder zu Hause waren.
কারণ বাড়িতে সবসময় দুজন পরিবারের সদস্য থাকত।

Niemand wollte allein im Haus bleiben.
কেউ একা ঘরে থাকতে চাইছিল না।

Aber die Wohnung leer stehen zu lassen, kam auch nicht in Frage.
কিন্তু ফ্ল্যাটটি খালি রাখার প্রশ্নই ওঠে না।

Das Dienstmädchen war die Einzige, die nicht an die Wohnung gebunden war.
একমাত্র কাজের মেয়েটিই অ্যাপার্টমেন্টে আবদ্ধ ছিল না।

Sie hatte bereits am ersten Tag darum gebeten, gehen zu dürfen.
সে প্রথম দিনেই চলে যেতে বলেছিল।

Sie kniete nieder und flehte darum, entlassen zu werden.
সে হাঁটু গেড়ে বসে বরখাস্ত করার জন্য অনুরোধ করল।

Die Familie wusste nicht, wie viel das Dienstmädchen tatsächlich wusste.
পরিবার জানত না যে দাসী আসলে কতটা জানত।

Zu diesem Zeitpunkt hatte sie nicht mehr gesehen als alle anderen.
সেই পর্যায়ে সে অন্য কারো চেয়ে বেশি কিছু দেখেনি।

Was geschehen war, blieb der Familie weiterhin ein Rätsel.
যা ঘটেছিল তা এখনও পরিবারের কাছে রহস্যই রয়ে গেছে।

Doch eine Viertelstunde später verabschiedete sie sich.

কিন্তু পনেরো ঘন্টা পরে সে বিদায় জানাল।

Und sie dankte der Familie mit Tränen in den Augen.
আর সে চোখের জলে পরিবারকে ধন্যবাদ জানালো।

Aber eigentlich dankte sie ihnen dafür, dass sie sie freigelassen hatten.
কিন্তু সত্যিই সে তাকে মুক্তি দেওয়ার জন্য তাদের ধন্যবাদ জানিয়েছে।

Sie schienen ihr größte Freundlichkeit entgegengebracht zu haben.
মনে হচ্ছিল তারা তাকে সবচেয়ে বেশি দয়া দেখিয়েছে।

Sie leistete sogar einen Eid, ohne dazu aufgefordert worden zu sein.
এমনকি তিনি একটি শপথও করেছিলেন, তাকে তা করতে বলা হয়নি।

Sie sagte, sie würde niemandem erzählen, was passiert war.
সে বললো যে কি হয়েছে তা সে কাউকে বলবে না।

Nun musste die Schwester zusammen mit ihrer Mutter kochen.
এখন বোনকে তার মায়ের সাথে একসাথে রান্না করতে হতো।

Das war aber keine allzu große Unannehmlichkeit.
কিন্তু এটা আসলে খুব একটা অসুবিধার বিষয় ছিল না।

Weil die beiden sowieso fast nichts aßen.
কারণ তারা দুজন প্রায় কিছুই খায়নি।

Immer und immer wieder hörte Gregor dasselbe Gespräch mit.
বারবার গ্রেগর একই কথোপকথন শুনতে পেল।

Einer der beiden sagte dem anderen, er müsse mehr essen.
একজন অন্যজনকে বলছিল যে তাদের আরও খেতে হবে।

Diese Person erhielt jedoch keine Antwort von der betreffenden Person.
কিন্তু সেই ব্যক্তিটি তার কাছ থেকে কোন উত্তর পাননি।

„Danke, ich habe genug", oder etwas Ähnliches.
"ধন্যবাদ, আমার যথেষ্ট আছে", অথবা অনুরূপ কিছু।

Vielleicht tranken sie auch gar nichts mehr.
হয়তো তারা আর কিছু পান করেনি।

Die Schwester fragte ihren Vater oft, ob er Bier wolle.

বোন প্রায়ই তার বাবাকে জিজ্ঞাসা করত যে সে বিয়ার চায় কিনা।

Und sie bot freundlicherweise an, das Bier selbst zu holen.

আর সে উষ্ণভাবে বিয়ারটি নিজেই আনার প্রস্তাব দিল।

Der Vater schwieg auf ihre Bitte hin stets.

তার অনুরোধে বাবা সবসময় চুপ থাকতেন।

Die Schwester musste also einen Weg finden, jeden Zweifel auszuräumen.

তাই বোনকে যেকোনো সন্দেহ দূর করার উপায় খুঁজে বের করতে হয়েছিল।

Und sie sagte, sie würde das Dienstmädchen losschicken, um Bier zu holen.

আর সে বললো যে সে কাজের মেয়েকে বিয়ার আনতে পাঠাবে।

Doch dann sagte der Vater schließlich ein lautes, deutliches „Nein".

কিন্তু তারপর বাবা অবশেষে একটা বড় জোরে বললেন, "না"।

Das Thema, dass er ein Bier trank, wurde danach nicht mehr erwähnt.

তারপর তার বিয়ার খাওয়ার বিষয়টি আর উল্লেখ করা হয়নি।

Er hatte die finanzielle Situation bereits zuvor erläutert.

তিনি আগেই আর্থিক পরিস্থিতি ব্যাখ্যা করেছিলেন।

Tatsächlich sprach er schon am ersten Tag über Finanzen.

আসলে, তিনি প্রথম দিনেই আর্থিক বিষয়ের কথা উল্লেখ করেছিলেন।

Er machte ihnen die Aussichten deutlich.

তিনি তাদের সম্ভাবনা সম্পর্কে ভালোভাবে অবগত করেছিলেন।

Sein eigenes Unternehmen war vor etwa fünf Jahren zusammengebrochen.

প্রায় পাঁচ বছর আগে তার নিজের ব্যবসা ভেঙে পড়েছিল।

Hin und wieder stand er auf, um den Tisch zu verlassen.

মাঝে মাঝে সে টেবিল ছেড়ে যাওয়ার জন্য উঠে দাঁড়াত।

Und er ging zur Kasse seines alten Geschäfts.

আর সে তার পুরনো ব্যবসার ক্যাশ রেজিস্টারে গেল।

Aus Sentimentalität hatte er die Kasse aufgehoben.

আবেগপ্রবণতা থেকে সে ক্যাশ রেজিস্টারটি সংরক্ষণ করেছিল।

Gregor hörte, wie er ein schweres und kompliziertes Schloss öffnete.

গ্রেগর শুনতে পেল সে একটা ভারী এবং জটিল তালা খুলছে।

Und er holte Quittungen und Bücher aus der Kasse.
আর সে ক্যাশ বাক্স থেকে রসিদ আর বই বের করল।

Nachdem er die Gegenstände an sich genommen hatte, schloss er die Geldkassette wieder ab.
জিনিসপত্র নেওয়ার পর সে আবার টাকার বাক্সটি তালাবদ্ধ করে দিল।

Gregor hatte seit seiner Gefangennahme keine guten Nachrichten mehr erhalten.
কারাবাসের পর থেকে গ্রেগর কোনও সুসংবাদ শোনেনি।

Er glaubte, das Geschäft habe seinen Vater in den Ruin getrieben.
সে ভেবেছিল ব্যবসাটি তার বাবাকে দেউলিয়া করে দিয়েছে।

Dieser Eindruck war Gregor vom Vater sicherlich vermittelt worden.
বাবা অবশ্যই গ্রেগরকে সেই ধারণা দিয়েছিলেন।

Und Gregor fragte ihn nie wieder nach den Finanzen.
আর গ্রেগর তাকে আর কখনও আর্থিক বিষয়ে জিজ্ঞাসা করেনি।

Gregor wollte alles tun, was er konnte, um der Familie zu helfen.
গ্রেগর পরিবারটিকে সাহায্য করার জন্য যথাসাধ্য করতে চেয়েছিলেন।

Er wollte ihnen helfen, das geschäftliche Unglück zu vergessen.
তিনি তাদের ব্যবসায়িক দুর্ভাগ্য ভুলে যেতে সাহায্য করতে চেয়েছিলেন।

Der Bankrott, der zur völligen Hoffnungslosigkeit führte.
সেই দেউলিয়া অবস্থা যা সম্পূর্ণ হতাশার জন্ম দিয়েছে।

So begann er mit einer ganz besonderen Leidenschaft zu arbeiten.
তাই সে খুব বিশেষ আবেগ নিয়ে কাজ শুরু করল।

Er war quasi über Nacht zum Handelsreisenden geworden.
প্রায় রাতারাতি সে একজন ভ্রমণকারী বিক্রেতা হয়ে গিয়েছিল।

Davor hatte er lediglich als schlecht bezahlter Angestellter gearbeitet.
এর আগে সে কেবল একজন স্বল্প বেতনের কেরানি হিসেবে কাজ করত।

Nun boten sich ihm völlig andere Verdienstmöglichkeiten.

এখন তার কাছে সম্পূর্ণ ভিন্ন উপার্জনের সুযোগ ছিল।

Erfolgreiche Verkäufe konnten sofort in Bargeld umgewandelt werden.

সফল বিক্রয় তাৎক্ষণিকভাবে নগদে রূপান্তরিত হতে পারে।

Das Geld wird natürlich aus seinen Provisionen ausgezahlt.

অবশ্যই নগদ অর্থ তার কমিশন থেকে দেওয়া হচ্ছে।

Nun konnte Gregor Geld auf den Familientisch bringen.

এখন গ্রেগর পারিবারিক টেবিলে টাকা জমাতে সক্ষম হয়েছিল।

Und sie waren erstaunt und erfreut über seinen Verdienst.

আর তারা তার উপার্জনে অবাক এবং খুশি হয়েছিল।

Aber diese schönen Zeiten werden sich nicht wiederholen.

কিন্তু সেই সুন্দর সময়গুলো আর কখনোই ফিরে আসবে না।

Sie hatten sich gerade erst an diese schönen Zeiten gewöhnt.

তারা এই ভালো সময়গুলোর সাথে সবেমাত্র অভ্যস্ত হয়েছে।

Jeden Zahltag nahm die Familie das Geld dankbar entgegen.

প্রতি বেতনের দিনে পরিবার কৃতজ্ঞতার সাথে টাকা গ্রহণ করত।

Und Gregor war ebenso gern bereit, das Geld herauszugeben.

আর গ্রেগরও সমানভাবে খুশি হয়ে টাকাটা হস্তান্তর করলেন।

Doch die im Gegenzug entgegengebrachte herzliche Zuneigung erlosch allmählich.

কিন্তু বিনিময়ে দেওয়া উষ্ণ স্নেহ ধীরে ধীরে মরে গেল।

Nur seine Schwester stand Gregor noch so nahe wie zuvor.

কেবল তার বোনই আগের মতো গ্রেগরের কাছে রয়ে গেল।

Im Gegensatz zu Gregor hatte sie eine tiefe Wertschätzung für Musik.

গ্রেগরের মতো নয়, তার সঙ্গীতের প্রতি গভীর অনুরাগ ছিল।

Und sie konnte sehr berührend Geige spielen.

আর সে খুব মর্মস্পর্শীভাবে বেহালা বাজাতে জানত।

Gregor plante insgeheim, sie auf eine Musikschule zu schicken.

গ্রেগর গোপনে তাকে সঙ্গীত বিদ্যালয়ে পাঠানোর পরিকল্পনা করেছিলেন।

Er hatte noch nicht entschieden, wie er die Kosten decken würde.

তিনি এখনও ঠিক করেননি যে তিনি কীভাবে খরচ বহন করবেন।

Aber irgendwie würde er die Kosten decken.
কিন্তু কোনো না কোনোভাবে সে খরচ মেটাবে।

Gelegentlich unternahmen Gregor und seine Familie Kurztrips.
মাঝেমধ্যে গ্রেগর এবং তার পরিবার শর্টস পরে ভ্রমণে যেত।

Gregor und seine Schwester sprachen oft über dieses Thema.
গ্রেগর এবং বোন প্রায়ই বিষয়টি উখাপন করতেন।

Es wurde aber immer nur als eine wunderbare Idee erwähnt.
কিন্তু এটিকে কেবল একটি চমৎকার ধারণা হিসেবেই উল্লেখ করা হয়েছে।

Sie glaubten nicht wirklich, dass der Traum in Erfüllung gehen könnte.
তারা আসলে বিশ্বাসই করছিল না যে স্বপ্ন বাস্তবায়িত হতে পারে।

Und den Eltern gefielen solche fantasievollen Ambitionen nicht.
আর বাবা-মায়েরা এই ধরণের কাল্পনিক উচ্চাকাঙ্ক্ষা পছন্দ করতেন না।

Selbst wenn das Thema ganz harmlos angesprochen wurde.
এমনকি যখন বিষয়টি খুব নির্দোষভাবে উখাপিত হয়েছিল।

Gregor dachte aber weiterhin an die Musikschule.
কিন্তু গ্রেগর সঙ্গীত বিদ্যালয়ের কথা ভাবতে থাকলেন।

Und er hatte vor, das Geschenk am Heiligabend anzukündigen.
আর সে বড়দিনের আগের দিন উপহারটি ঘোষণা করার পরিকল্পনা করেছিল।

In seinem jetzigen Zustand wäre das natürlich unmöglich.
অবশ্যই তার বর্তমান অবস্থায় এটা অসম্ভব হবে।

Doch solche Gedanken gingen ihm durch den Kopf.
কিন্তু এই ধরণের চিন্তা তার মাথায় ঘুরপাক খাচ্ছিল।

Und solche Gedanken kamen ihm, während er der Familie zuhörte.
আর পরিবারের কথা শুনে তার মনেও এমন চিন্তা আসছিল।

Manchmal war er zu müde, um ihnen weiter zuzuhören.
মাঝে মাঝে সে এত ক্লান্ত হয়ে পড়ত যে তাদের কথা শুনতেই পারত না।

Vor Erschöpfung sank sein Kopf gegen die Tür.

ক্লান্তিতে তার মাথা দরজার সাথে লেগে গেল।

Doch er legte sofort wieder seinen Kopf gegen die Tür.
কিন্তু সে তৎক্ষণাৎ আবার দরজার সাথে মাথা ঠুকল।

Denn selbst das leiseste Geräusch war draußen zu hören.
কারণ বাইরে থেকে সামান্যতম শব্দও শোনা যেত।

Und jedes Geräusch, das er machte, brachte die Familie zum Schweigen.
আর সে যে কোনও শব্দ করলেই পরিবারটি চুপ হয়ে যেত।

„Was macht er denn jetzt?", fragte der Vater die Familie.
"সে এখন কী করছে?" বাবা পরিবারকে জিজ্ঞাসা করলেন।

Und er ging zur Tür, um nachzusehen, was das Geräusch verursachte.
আর সে দরজার কাছে গেল কিসের আওয়াজ তা পরীক্ষা করার জন্য।

Und dann wurde das unterbrochene Gespräch allmählich wieder aufgenommen.
এবং তারপর বিরতিপ্রাপ্ত কথোপকথন ধীরে ধীরে আবার শুরু হল।

Was der Vater aber sagte, überraschte alle auf positive Weise.
কিন্তু বাবা যা ইতিবাচকভাবে বললেন তা সবাইকে অবাক করে দিল।

Gregor erfuhr nun den wahren Stand der Finanzen.
গ্রেগর এখন আর্থিক অবস্থার প্রকৃত অবস্থা জানতে পেরেছে।

Trotz all des Unglücks gab es auch etwas Glück.
সমস্ত দুর্ভাগ্য সত্ত্বেও, কিছু সৌভাগ্য ছিল।

Ein kleines Vermögen aus alten Zeiten war noch vorhanden.
পুরনো দিনের খুব সামান্য সম্পদ এখনও সেখানে ছিল।

Der Vater erklärte die Dinge, musste sich aber wiederholen.
বাবা জিনিসগুলো ব্যাখ্যা করলেন, কিন্তু নিজেকে আবার বলতে হল।

Weil er sich eine Weile nicht mehr mit diesen Dingen befasst hatte.
কারণ সে অনেকদিন ধরে এই বিষয়গুলো মোকাবেলা করেনি।

Und weil die Mutter solche Dinge nicht verstand.
আর কারণ মা এইসব জিনিস বুঝতেন না।

Die Zinssätze der Bank waren etwas gestiegen.
ব্যাংকের সুদের হার একটু বেড়ে গিয়েছিল।

Das unberührte Geld hatte sich stärker erhöht als erwartet.
অস্পৃশ্য টাকা প্রত্যাশার চেয়েও বেশি বেড়েছে।

Darüber hinaus hatte Gregor ihnen immer seine Ersparnisse gegeben.
তাছাড়া, গ্রেগর সবসময় তার সঞ্চয় তাদের দিয়ে দিতেন।

Er hatte nur wenige Gulden für sich behalten.
সে নিজের জন্য কেবল কয়েকটি গিল্ডার রেখেছিল।

Und sein Geld war auch noch nicht vollständig aufgebraucht.
আর তার টাকাও পুরোপুরি শেষ হয়ে যায়নি।

Zusammen hatte sich dieses Geld zu einem kleinen Kapital angesammelt.
এই টাকা একসাথে জমা হয়েছিল সামান্য পুঁজিতে।

Gregor nickte hinter seiner Tür eifrig zu der Nachricht.
দরজার আড়ালে গ্রেগর, খবরটি শুনে আগ্রহের সাথে মাথা নাড়ল।

Er war erfreut über diese unerwartete Vorsicht und Sparsamkeit.
এই অপ্রত্যাশিত সতর্কতা এবং মিতব্যয়িতা দেখে তিনি খুশি হলেন।

Die überschüssigen Mittel hätten zur Tilgung der Schulden verwendet werden können.
উদ্বৃত্ত তহবিল ঋণ পরিশোধের জন্য ব্যবহার করা যেত।

Dann hätten sie dem Chef nichts mehr geschuldet.
তাহলে তারা আর বসের কাছে ঋণী থাকত না।

Und Gregor hätte schon viel früher eine neue Stelle annehmen können.
আর গ্রেগর আরও আগেই নতুন চাকরিতে চলে যেতে পারত।

Aber so, wie der Vater es arrangiert hatte, war es jetzt viel besser.
কিন্তু বাবা যেভাবে ব্যবস্থা করেছিলেন তা এখন অনেক ভালো ছিল।

Das Geld reichte nicht ganz zum Leben von den Zinsen.
সুদের টাকা দিয়ে জীবনধারণ করা সম্ভব ছিল না।

Und ein Teil des Geldes musste für Notfälle zurückgelegt werden.
আর জরুরি অবস্থার জন্য কিছু টাকা আলাদা করে রাখতে হয়েছিল।

Das Geld hätte nur für ein oder zwei Jahre gereicht.

এটা মাত্র এক বা দুই বছরের জন্য যথেষ্ট টাকা হত।

Das bedeutete, dass jemand Geld verdienen musste, damit sie leben konnten.

এর অর্থ ছিল তাদের বেঁচে থাকার জন্য কাউকে না কাউকে অর্থ উপার্জন করতে হবে।

Der Vater war nicht krank und er war stark genug.

বাবা অসুস্থ ছিলেন না, এবং তিনি যথেষ্ট শক্তিশালী ছিলেন।

Doch er war seit mehr als fünf Jahren arbeitslos.

কিন্তু তিনি পাঁচ বছরেরও বেশি সময় ধরে কর্মহীন ছিলেন।

Und aufgrund seines Alters hatte er kaum noch Selbstvertrauen.

আর, বয়সের কারণে, তার আত্মবিশ্বাস খুব কমই অবশিষ্ট ছিল।

Er hatte in letzter Zeit auch deutlich an Gewicht zugenommen.

সাম্প্রতিক সময়ে তার ওজনও অনেক বেড়ে গেছে।

Sein Leben war stets mühsam und erfolglos gewesen.

তার জীবন সবসময়ই কষ্টকর এবং ব্যর্থ ছিল।

Und dies war der erste Urlaub, den er je verbracht hatte.

আর এটাই ছিল তার জীবনের প্রথম ছুটি।

Und da er nicht beschäftigt war, war er ziemlich ungeschickt geworden.

আর ব্যস্ত না থাকায় সে বেশ আনাড়ি হয়ে পড়েছিল।

Wäre es besser, wenn die alte Mutter das Geld verdienen würde?

বৃদ্ধা মা যদি টাকাটা আয় করতেন, তাহলে কি ভালো হতো?

Die alte Mutter, die an Asthma litt.

বৃদ্ধা মা, যিনি হাঁপানিতে ভুগছিলেন।

Die alte Mutter, die Mühe hatte, die Treppe hinaufzugehen.

সেই বৃদ্ধা মা, যিনি সিঁড়ি বেয়ে উঠতে কষ্ট করছিলেন।

Die alte Mutter, die ihre Zeit damit verbrachte, auf dem Sofa zu liegen.

সেই বৃদ্ধা মা যে সোফায় শুয়ে সময় কাটাচ্ছিলেন।

Die alte Mutter, die es vorzog, am Fenster zu sitzen.

যে বৃদ্ধা মা জানালার পাশে থাকতে পছন্দ করতেন।

Damit sie bei Bedarf durchatmen konnte.

যাতে প্রয়োজনে সে নিঃশ্বাস নিতে পারে।

Wäre es besser, wenn die jüngere Schwester das Geld verdienen würde?

ছোট বোনটি যদি টাকাটা আয় করতো তাহলে কি ভালো হতো?

Die Schwester, die mit siebzehn Jahren noch ein Kind war.

বোনটি, যার বয়স সতেরো বছর, তখনও শিশু ছিল।

Die Schwester, die nur wenige, bescheidene Freuden hatte.

যে বোনের কাছে সামান্য কিছু আনন্দ ছিল।

Die Schwester, die am liebsten Geige spielte.

যে বোনটি মূলত বেহালা বাজানো উপভোগ করত।

Sie wusste, dass ihr bisheriger Lebensstil sehr beneidenswert war;

সে জানত যে তার পূর্বের জীবনযাত্রা খুবই ঈর্ষণীয় ছিল;

Sich schick anziehen, ausschlafen, im Haushalt helfen.

সুন্দর পোশাক পরা, দেরি করে ঘুম থেকে ওঠা, ঘরের কাজে সাহায্য করা।

Das Gespräch drehte sich oft um die Notwendigkeit, Geld zu verdienen.

কথোপকথন প্রায়শই অর্থ উপার্জনের প্রয়োজনে পরিণত হত।

Gregor war immer der Erste, der die Tür losließ.

গ্রেগর সবসময় প্রথমে দরজা খুলে দিত।

Das Gespräch erfüllte ihn mit Scham und Trauer.

কথোপকথন তাকে লজ্জা এবং দুঃখে উত্তপ্ত করে তুলেছিল।

Also warf er sich auf das kühle Ledersofa.

তাই সে ঠান্ডা চামড়ার সোফার উপর নিজেকে ঝাঁপিয়ে পড়ল।

Und den Rest der Nacht verbrachte er oft auf dem Sofa.

আর সে প্রায়ই বাকি রাতটা সোফায় কাটাত।

Er hat nie wirklich auf dem Sofa geschlafen, auch nicht nachts.

সে আসলে কখনো সোফায় ঘুমাতো না, রাতেও ঘুমাতো না।

Oft kratzte er stundenlang an dem Leder.

প্রায়শই সে ঘন্টার পর ঘন্টা চামড়া আঁচড়ে ফেলত।

Manchmal schob er den Sessel ans Fenster.

অন্য সময় সে আর্মচেয়ারটা জানালার কাছে ঠেলে দিত।

Allein dies erforderte von seiner Seite einen erheblichen Aufwand.

শুধু এই কাজের জন্যই তার অনেক প্রচেষ্টার প্রয়োজন ছিল।

Der Sessel half ihm, auf die Fensterbank zu klettern.

আর্মচেয়ারটি তাকে জানালার সিলের উপর হামাগুড়ি দিতে সাহায্য করেছিল।

Und von dort aus konnte er sich ans Fenster lehnen.

আর সেখান থেকে সে জানালার দিকে ঝুঁকে পড়তে সক্ষম হয়েছিল।

Er empfand dabei stets ein großes Gefühl der Freiheit.

এটা করার সময় সে এক বিরাট স্বাধীনতা অনুভব করত।

Vielleicht suchte er nach einem alten, befreienden Gefühl.

হয়তো সে পুরনো কোনো মুক্তির অনুভূতি খুঁজছিল।

Doch seine Sehkraft war nicht mehr so scharf wie früher.

কিন্তু তার দৃষ্টিশক্তি আগের মতো তীক্ষ্ণ ছিল না।

Dinge in geringer Entfernung waren verschwommen und undeutlich.

সামান্য দূরত্বে থাকা জিনিসগুলি ঝাপসা এবং অস্পষ্ট ছিল।

Er konnte das Krankenhaus auf der anderen Straßenseite nicht mehr sehen.

রাস্তার ওপারে হাসপাতালটি আর দেখতে পাচ্ছিলেন না তিনি।

Vorher hatte er den Anblick verflucht, jetzt wollte er ihn sehen.

আগে সে এই দৃশ্যকে অভিশাপ দিত, এখন সে এটি দেখতে চাইল।

Er wusste, dass er in der ruhigen, städtischen Charlottenstraße wohnte.

সে জানত যে সে শান্ত, শহরে শার্লটেনস্ট্রাসে বাস করে।

Aber vielleicht dachte er, er blicke in die Wüste.

কিন্তু সে হয়তো ভেবেছিল সে মরুভূমির দিকে তাকিয়ে আছে।

Eine Ödnis, wo grauer Himmel und graue Erde verschmolzen.

এমন এক মরুভূমি যেখানে ধূসর আকাশ এবং ধূসর পৃথিবী মিশে গেছে।

Zweimal bemerkte die aufmerksame Schwester, dass der Stuhl verschoben worden war.

মনোযোগী বোন দুবার লক্ষ্য করলেন চেয়ারটি নড়ে গেছে।

Nachdem sie aufgeräumt hatte, schob sie den Stuhl zurück ans Fenster.

পরিষ্কার করার পর, সে চেয়ারটি আবার জানালার কাছে ঠেলে দিল।

Und von nun an ließ sie sogar den Fensterflügel offen.

আর এখন থেকে সে জানালার স্যাশটাও খোলা রেখেছিল।

Gregor wünschte sich sehr, er hätte mit seiner Schwester sprechen können.

গ্রেগরের সত্যিই খুব ইচ্ছা করছিল যদি সে তার বোনের সাথে কথা বলতে পারত।

Er wollte ihr für alles danken, was sie für ihn getan hatte.

সে তার জন্য যা কিছু করেছে তার জন্য তাকে ধন্যবাদ জানাতে চেয়েছিল।

Dann hätte er ihre Dienste leichter toleriert.

তাহলে তিনি তাদের সেবা আরও সহজে সহ্য করতে পারতেন।

Doch so wie die Dinge standen, litt er darunter, dass sie ihm half.

কিন্তু পরিস্থিতি যেমন ছিল, তার সাহায্যের কারণে সে কষ্ট পেয়েছিল।

Die Schwester versuchte natürlich, die Peinlichkeit zu überspielen.

বোন অবশ্যই লজ্জাটা ঢেকে দেওয়ার চেষ্টা করেছিল।

Und sie tat ihr Bestes, so zu tun, als ob sie sich nicht belastet fühlte.

আর সে তার যথাসাধ্য চেষ্টা করেছিল যেন সে বোঝা বোধ না করে।

Natürlich musste sie das erst einmal üben.

অবশ্যই এটি এমন কিছু যা তাকে প্রথমে অনুশীলন করতে হয়েছিল।

Und je mehr Zeit verging, desto besser wurde sie darin.

আর যত সময় গড়িয়েছে, সে ততই ভালোভাবে কাজ করতে শুরু করেছে।

Gregor erhielt jedoch auch mehr Zeit, um ihr Täuschungsmanöver zu durchschauen.

কিন্তু গ্রেগরকে তার ভান দেখার জন্য আরও সময় দেওয়া হয়েছিল।

Schon das Betreten seines Zimmers durch sie war für ihn eine Tortur.

এমনকি তার ঘরে তার প্রবেশও তার জন্য এক অগ্নিপরীক্ষা ছিল।

Kaum war sie eingetreten, rannte sie direkt zum Fenster.

ভেতরে ঢোকার সাথে সাথে সে সোজা জানালার দিকে দৌড়ে গেল।

Sie nahm sich nicht einmal die Zeit, die Tür zu schließen.

সে দরজা বন্ধ করারও সময় নেয়নি।

Normalerweise ersparte sie allen den Anblick von Gregors Zimmer.
সাধারণত সে গ্রেগরের ঘরটা সকলের নজর এড়িয়ে যেত।

Und mit hastigen Händen riss sie das Fenster auf.
আর সে তাড়াহুড়ো করে হাত দিয়ে জানালাটা খুলে দিল।

Dann atmete sie wieder, als ob sie erstickt wäre.
তারপর সে আবার এমনভাবে শ্বাস নিল যেন তার দম বন্ধ হয়ে আসছে।

Die einströmende Luft war kalt, und sie atmete tief durch.
বাতাসটা ঠান্ডা ছিল, আর সে গভীর নিঃশ্বাস ফেলল।

Dennoch blieb sie noch eine Weile am Fenster stehen.
কিন্তু তবুও সে কিছুক্ষণ জানালার পাশে রইল।

Mit dieser Routine ängstigte sie Gregor zweimal täglich.
এই রুটিন দিয়ে সে দিনে দুবার গ্রেগরকে ভয় দেখাতো।

Während sie im Zimmer war, zitterte er unter dem Sofa.
যখন সে ঘরে ছিল, তখন সে সোফার নীচে কাঁপছিল।

Er wusste, dass sie ihm diese Tortur gern erspart hätte.
সে জানত যে সে তাকে এই অগ্নিপরীক্ষা থেকে রেহাই দিতে চাইবে।

Aber sie konnte nicht in dem Zimmer sein, wenn das Fenster geschlossen war.
কিন্তু জানালা বন্ধ করে সে ঘরে থাকতে পারল না।

Einmal kam sie etwas früher.
একবার সে একটু আগে এসেছিল।

Vermutlich etwa einen Monat nach Gregors Verwandlung.
সম্ভবত গ্রেগরের রূপান্তরের প্রায় এক মাস পরে।

Sie hatte sich ein wenig an sein neues Aussehen gewöhnt.
সে তার নতুন চেহারায় কিছুটা অভ্যস্ত হয়ে গিয়েছিল।

Sie hatte also keinen Grund mehr, besonders schockiert zu sein.
তাই তার আর বিশেষভাবে হতবাক হওয়ার কোনও কারণ ছিল না।

Sie fand ihn immer noch regungslos aus dem Fenster starrend vor.
সে দেখতে পেল যে সে এখনও জানালার বাইরে তাকিয়ে আছে, স্থির।

Er befand sich am schrecklichsten Ort, an dem er hätte sein können.

সে এখন সবচেয়ে ভয়াবহ জায়গায় ছিল, যেখানে সে থাকতে পারত।

Er wäre nicht überrascht gewesen, wenn sie nicht hereingekommen wäre.
সে যদি ভেতরে না আসতো তাহলে সে অবাক হতো না।

Er hinderte sie daran, das Fenster zu öffnen.
যেখানে তাকে জানালা খুলতে বাধা দেওয়া হয়েছিল।

Sie verließ schnell wieder das Zimmer und schloss die Tür.
সে দ্রুত ঘর থেকে বেরিয়ে গেল এবং দরজা বন্ধ করে দিল।

Ein Fremder hätte zu allen möglichen Schlussfolgerungen gelangen können.
একজন অপরিচিত ব্যক্তি নানা ধরণের সিদ্ধান্তে আসতে পারতেন।

Vielleicht wartete er nur auf die Gelegenheit, sie zu beißen.
হয়তো সে তাকে কামড়ানোর সুযোগের অপেক্ষায় ছিল।

Gregor versteckte sich natürlich sofort unter dem Sofa.
অবশ্যই, গ্রেগর তৎক্ষণাৎ সোফার নিচে লুকিয়ে পড়ল।

Doch er musste bis Mittag warten, bis seine Schwester zurückkehrte.
কিন্তু তার বোনের ফিরে আসার জন্য তাকে দুপুর পর্যন্ত অপেক্ষা করতে হয়েছিল।

Und sie wirkte viel unruhiger als sonst.
আর তাকে তার স্বাভাবিক স্বভাবের চেয়ে অনেক বেশি অস্থির মনে হচ্ছিল।

Ihm wurde klar, dass der Anblick von ihm immer noch unerträglich war.
সে বুঝতে পারল যে তাকে দেখা এখনও অসহনীয়।

Der Anblick von ihm würde für sie weiterhin unerträglich bleiben.
তাকে দেখা তার জন্য অসহনীয় হয়ে উঠছিল।

Sie konnte es wahrscheinlich nicht ertragen, auch nur einen Teil von ihm zu sehen.
সে সম্ভবত তার কোনও অংশ দেখতে সহ্য করতে পারছিল না।

Ein kleines Teil ragte immer unter dem Sofa hervor.
সোফার নিচ থেকে সবসময় একটা ছোট্ট অংশ বেরিয়ে আসছিল।

Eines Tages trug er ein Bettlaken auf dem Rücken zum Sofa.
একদিন সে তার পিঠে একটি বিছানার চাদর সোফায় নিয়ে গেল।

Er wollte verhindern, dass sie irgendetwas von ihm sah.

সে তাকে তার শরীরের কোন অংশ দেখতে না দিতে চেয়েছিল।

Er richtete das Bettlaken so aus, dass er vollständig verdeckt war.

সে বিছানার চাদরটা এমনভাবে সাজিয়ে রাখল যাতে তার সব কিছু লুকিয়ে থাকে।

Selbst wenn sie sich bückte, könnte sie ihn nicht sehen.

সে যদি নিচুও হয়, তবুও সে তাকে দেখতে পাবে না।

Für Gregor dauerte die gesamte Arbeit mehr als drei Stunden.

পুরো প্রচেষ্টাটি করতে গ্রেগরের তিন ঘন্টারও বেশি সময় লেগেছে।

Möglicherweise hielt sie das Bettlaken für überflüssig.

সে হয়তো ভেবেছিল বিছানার চাদরটা অপ্রয়োজনীয়।

Sie hätte gewusst, dass er das Bettlaken nicht wollte.

সে জানত যে সে বিছানার চাদরটি চায় না।

Er tat es zu ihrem Wohlbefinden und nicht für sich selbst.

সে এটা তার আরামের জন্য করছিল, নিজের জন্য নয়।

Und sie hätte das Bettlaken abnehmen können, wenn sie gewollt hätte.

আর সে চাইলে বিছানার চাদরটা খুলে ফেলতে পারত।

Aber sie ließ das Bettlaken dort, wo Gregor es hingelegt hatte.

কিন্তু সে বিছানার চাদরটা গ্রেগর যেখানে রেখেছিল সেখানেই রেখে গেল।

Und Gregor glaubte sogar, einen dankbaren Blick erhascht zu haben.

আর গ্রেগর ভেবেছিলো সে কৃতজ্ঞ দৃষ্টিতে তাকিয়ে আছে।

Er hatte das Bettlaken vorsichtig mit dem Kopf angehoben.

সে বিছানার চাদরটা মাথা দিয়ে আলতো করে তুলেছিল।

Er wollte herausfinden, ob seiner Schwester die Vereinbarung gefiel.

সে দেখতে চেয়েছিল যে তার বোনের এই ব্যবস্থাটি পছন্দ হয়েছে কিনা।

Die ersten zwei Wochen waren für die Eltern am schwierigsten.

প্রথম দুই সপ্তাহ বাবা-মায়ের জন্য সবচেয়ে কঠিন ছিল।

Sie brachten es nicht übers Herz, hereinzukommen und ihn zu sehen.

তারা ভেতরে এসে তাকে দেখার সাহস করতে পারল না।

Er belauschte in dieser Zeit viele ihrer Gespräche.

এই সময় তিনি তাদের অনেক কথোপকথন শুনতে পেলেন।

Sie nahmen alles, was die Schwester tat, voll und ganz zur Kenntnis.

বোন যা করছিল তা তারা সম্পূর্ণরূপে স্বীকার করেছিল।

Auch wenn sie früher oft verärgert über sie waren.

যদিও তারা প্রায়ই তার উপর বিরক্ত হতো।

Weil sie ein ziemlich nutzloses Mädchen gewesen zu sein schien.

কারণ তাকে কিছুটা অকেজো মেয়ে বলে মনে হয়েছিল।

Nun warteten sie auf der anderen Seite des Raumes.

এখন তারাই ঘরের অন্য পাশে অপেক্ষা করছিল।

Und sie war es, die den Raum betrat, um alles zu erledigen.

আর সে-ই ঘরে ঢুকে সবকিছু করত।

Sobald sie herauskam, wollten sie alles wissen.

সে বেরিয়ে আসার সাথে সাথেই তারা সবকিছু জানতে চাইল।

Sie musste ihnen genau beschreiben, wie das Zimmer aussah.

তাকে তাদের বলতে হয়েছিল যে ঘরটি কেমন দেখাচ্ছে।

„Was hat Gregor gegessen? Wie hat er sich diesmal verhalten?"

"গ্রেগর কী খেয়েছিল? এবার সে কেমন আচরণ করেছিল?"

„War vielleicht eine leichte Verbesserung zu bemerken?"

"সম্ভবত কি সামান্য উন্নতি লক্ষ্য করা যায়?"

Die Mutter war übrigens tatsächlich mutiger.

যাইহোক, মা আসলে আরও সাহসী ছিলেন।

Und natürlich war es ihr eigener Sohn im Zimmer.

আর অবশ্যই ঘরের ভেতরে তার নিজের ছেলে ছিল।

Sie wollte Gregor eigentlich schon bald besuchen.

সে আসলে অপেক্ষাকৃত শীঘ্রই গ্রেগরের সাথে দেখা করতে চেয়েছিল।

Doch der Vater und die Schwester hielten sie zunächst zurück.

কিন্তু বাবা এবং বোন প্রথমে তাকে আটকে রেখেছিলেন।

Sie brachten sehr rationale Argumente dafür vor, dass sie nicht gehen sollte.

তারা তার না যাওয়ার পক্ষে খুবই যুক্তিসঙ্গত যুক্তি দিয়েছিল।

Gregor hörte ihren Argumenten sehr aufmerksam zu.

গ্রেগর তাদের যুক্তি খুব মনোযোগ সহকারে শুনলেন।

Und er akzeptierte die Argumentation genauso wie seine Mutter.

এবং সে তার মায়ের মতোই যুক্তি মেনে নিয়েছিল।

Später musste sie jedoch mit Gewalt zurückgehalten werden.

পরে অবশ্য তাকে জোর করে আটকে রাখতে হয়েছিল।

"Lasst mich zu Gregor hinein, er ist mein unglücklicher Sohn!"

"আমাকে গ্রেগরের কাছে ভেতরে যেতে দাও, সে আমার দুর্ভাগা ছেলে!"

"Verstehst du denn nicht, dass ich ihn aufsuchen muss?"

"তুমি কি বুঝতে পারছো না যে আমাকে তার সাথে দেখা করতে যেতে হবে?"

Gregor ließ sich ebenfalls von den Argumenten seiner Mutter überzeugen.

গ্রেগরও তার মায়ের যুক্তিতে রাজি হয়েছিলেন।

Vielleicht hatte sie recht; es wäre gut, wenn sie hereinkäme.

হয়তো সে ঠিকই বলেছে; সে যদি ভেতরে আসতো তাহলে ভালো হতো।

Ihn jeden Tag zu besuchen, wäre viel zu viel.

প্রতিদিন তাকে দেখে মনে হওয়াটা অনেক বেশি হবে।

Aber ihn vielleicht einmal pro Woche zu sehen, könnte genügen.

কিন্তু সপ্তাহে একবার তার সাথে দেখা করাই যথেষ্ট হতে পারে।

Sie versteht die Dinge vielleicht viel besser als die Schwester.

সে হয়তো বোনের চেয়ে অনেক ভালো কিছু বুঝতে পারে।

Trotz all ihres Mutes war sie doch nur ein Kind.

তার সমস্ত সাহস থাকা সত্ত্বেও, সে তখনও শিশু ছিল।

Vielleicht war es kindliche Unbekümmertheit, die sie dazu veranlasste, diese Aufgabe anzunehmen.

হয়তো শিশুসুলভ বেপরোয়া মনোভাবই তাকে এই দায়িত্ব নিতে বাধ্য করেছে।

Doch Gregors Wunsch, seine Mutter wiederzusehen, ging bald in Erfüllung.

কিন্তু গ্রেগরের মাকে দেখার ইচ্ছা শীঘ্রই পূরণ হলো।

Tagsüber hielt sich Gregor vom Fenster fern.

দিনের বেলায় গ্রেগর জানালা থেকে দুরে থাকত।

Dies tat er aus Rücksicht auf seine Eltern.

সে তার বাবা-মায়ের কথা ভেবেই এটা করেছিল।

Er hatte nicht viel Platz, um auf dem Boden herumzukriechen.

মেঝেতে হামাগুড়ি দেওয়ার মতো খুব বেশি জায়গা তার ছিল না।

Es fiel ihm schwer, nachts still zu liegen.

রাতে চুপ করে শুয়ে থাকতে তার কষ্ট হচ্ছিল।

Das Essen bereitete ihm nicht einmal mehr die geringste Freude.

খাওয়া আর তাকে সামান্যতম আনন্দ দিল না।

Natürlich musste er sich irgendwie ablenken.

অবশ্যই তাকে নিজেকে বিভ্রান্ত করার জন্য কিছু উপায় খুঁজে বের করতে হয়েছিল।

Um sich die Zeit zu vertreiben, kletterte er die Wände rauf und runter.

নিজেকে বিনোদন দেওয়ার জন্য সে দেয়াল বেয়ে উপরে-নিচে হামাগুড়ি দিত।

Und er kroch auch kopfüber an der Decke entlang.

আর সে ছাদের উপর দিয়ে হামাগুড়ি দিয়ে উপরে-নিচে হেঁটে গেল।

Besonders glücklich war er, als er von der Decke hing.

সে যখন ছাদ থেকে ঝুলছিল তখন বিশেষভাবে খুশি হয়েছিল।

Es war etwas völlig anderes, als auf dem Boden zu liegen.

মেঝেতে শুয়ে থাকার চেয়ে এটা সম্পূর্ণ আলাদা ছিল।

In dieser Position fiel ihm das Atmen deutlich leichter.

এই অবস্থানে শ্বাস নিতে তার অনেক সুবিধা হলো।

Ein leichtes, aber angenehmes Kribbeln durchfuhr seinen Körper.

তার শরীরে একটা হালকা কিন্তু মনোরম কম্পন বয়ে গেল।

Manchmal gab er sich seinem Glück sogar zu sehr hin.
মাঝে মাঝে সে তার সুখের মধ্যে খুব বেশি স্বস্তি পেত।

Manchmal ließ er sich ablenken und ließ die Decke los.
সে মাঝে মাঝে বিভ্রান্ত হয়ে ছাদ ছেড়ে দিত।

Und zu seiner eigenen Überraschung landete er wieder auf dem Boden.
এবং অবাক করে দিয়ে সে আবার মাটিতে পড়ে গেল।

Aber er hatte seinen Körper deutlich besser unter Kontrolle als zuvor.
কিন্তু আগের তুলনায় তার শরীরের উপর অনেক ভালো নিয়ন্ত্রণ ছিল।

So verletzte er sich nun nicht mehr bei so heftigen Stürzen.
তাই এখন এত বড় পতনের ফলে সে নিজেকে আহত করেনি।

Die Schwester bemerkte sofort Gregors neue Freude.
বোন তৎক্ষণাৎ গ্রেগরের নতুন আনন্দ লক্ষ্য করল।

Und dort, wo er gekrochen war, waren Klebstoffreste zu sehen.
আর যেখানে সে হামাগুড়ি দিয়েছিল সেখানে আঠালো পদার্থের চিহ্ন ছিল।

Auch hier dachte die Schwester an Gregors Wohlbefinden.
এখানে আবার বোন গ্রেগরের সুস্থতার কথা ভাবলেন।

Vielleicht würde er mehr Platz zum Herumkriechen begrüßen.
হয়তো সে আরও জায়গা পেলে খুশি হবে।

Und der Gedanke hatte sich fest in ihrem Kopf verankert.
আর ধারণাটি তার মাথায় দৃঢ়ভাবে গেঁথে গেল।

Einige der großen Möbelstücke behinderten seine Bewegungsfreiheit.
কিছু বড় আসবাবপত্র তার অবাধ চলাচলে বাধা সৃষ্টি করছিল।

Da er nicht mehr arbeitete, brauchte er den Schreibtisch nicht mehr.
সে আর কাজ করত না, তাই তার ডেস্কের কোন প্রয়োজন ছিল না।

Und die Schachtel nahm auch mehr Platz ein als nötig. ***
আর বাক্সটি প্রয়োজনের তুলনায় বেশি জায়গা দখল করেছে। ***

Die Schwester war nicht in der Lage, diese Dinge allein zu bewegen.

বোন একা এই জিনিসগুলো সরাতে পারছিল না।

Natürlich wagte sie es nicht, den Vater um Hilfe zu bitten.

অবশ্যই সে বাবার কাছে সাহায্য চাইতে সাহস করেনি।

Das Dienstmädchen hätte ihr sicherlich auch nicht geholfen.

দাসীটিও অবশ্যই তাকে সাহায্য করত না।

Das neue Dienstmädchen war tatsächlich ein Jahr jünger als sie.

নতুন কাজের মেয়েটি আসলে তার থেকে এক বছরের ছোট ছিল।

Sie hatte mutig die Rolle der ehemaligen Magd übernommen.

সে সাহসের সাথে প্রাক্তন দাসীর ভূমিকা গ্রহণ করেছিল।

Doch ein Privileg wollte sie unbedingt haben.

কিন্তু একটা সুযোগ ছিল যা সে পাওয়ার জন্য জোর দিয়েছিল।

Sie wollte die Küche stets verschlossen halten.

সে সবসময় রান্নাঘর তালাবদ্ধ রাখতে চাইত।

Daher blieb der Schwester nichts anderes übrig, als ihre Mutter zu fragen.

তাই বোনের কাছে তার মাকে জিজ্ঞাসা করা ছাড়া আর কোন উপায় ছিল না।

Unter Freudenschreien kam die Mutter herbei, um zu helfen.

আনন্দের চিৎকারে মা সাহায্য করতে এগিয়ে এলেন।

Doch an der Tür zu Gregors Zimmer verstummte sie.

কিন্তু গ্রেগরের ঘরের দরজায় সে চুপ করে রইল।

Die Schwester überprüfte, ob im Zimmer alles in Ordnung war.

বোন পরীক্ষা করে দেখল ঘরের সবকিছু ঠিক আছে কিনা।

Gregor hatte das Bettlaken hastig noch straffer gezogen.

গ্রেগর তাড়াহুড়ো করে বিছানার চাদরটা আরও শক্ত করে টেনে নিল।

Obwohl das Bettlaken immer noch willkürlich angeordnet aussah.

যদিও বিছানার চাদরটি এখনও এলোমেলোভাবে সাজানো দেখাচ্ছিল।

Erst dann ließ sie ihre Mutter ins Zimmer.

আর তখনই সে তার মাকে ঘরে ঢুকতে দিল।

Gregor verzichtete auch darauf, unter dem Laken hervorzuspähen.

গ্রেগর চাদরের নিচ থেকে গুপ্তচরবৃত্তি করা থেকেও বিরত ছিলেন।

Er beschloss, diesmal auf einen Besuch bei seiner Mutter zu verzichten.

সে এবার তার মায়ের সাথে দেখা না করার সিদ্ধান্ত নিল।

Gregor war schon froh genug, dass sie überhaupt gekommen war.

গ্রেগর যথেষ্ট খুশি হয়েছিল যে সে আদৌ ভেতরে আসতে পেরেছে।

„Komm herein, du kannst ihn nicht sehen", sagte die Schwester.

"ভেতরে এসো, তুমি তাকে দেখতে পাচ্ছ না," বোন বলল।

Gregor nahm an, dass sie ihre Mutter an der Hand führte.

গ্রেগর ধরে নিল যে সে তার মায়ের হাত ধরে নিয়ে গেছে।

Dann hörte er, wie die beiden schwachen Frauen die Möbel verrückten.

তারপর সে শুনতে পেল দুই দুর্বল মহিলা আসবাবপত্র সরাতেছে।

Die Schwester schien den größten Teil der Arbeit für sich zu beanspruchen.

মনে হচ্ছিল বোনটি বেশিরভাগ কাজ নিজের জন্য দাবি করছে।

Ihre Mutter befürchtete, sie würde sich überanstrengen.

তার মা ভয় পেয়েছিলেন যে সে অতিরিক্ত পরিশ্রম করবে।

Doch die Schwester schenkte diesen Warnungen keine Beachtung.

কিন্তু বোন এই সতর্কবাণীগুলিতে কোনও মনোযোগ দেননি।

Doch auch nach fünfzehn Minuten ging es nur sehr langsam voran.

কিন্তু পনের মিনিট পরেও অগ্রগতি খুবই ধীর ছিল।

Es war ihnen nicht gelungen, die Möbel weit zu bewegen.

তারা আসবাবপত্র খুব বেশি দূরে সরাতে পারেনি।

Langsam beschlich sie ein Gefühl der Niederlage.

তারা ধীরে ধীরে পরাজয়ের অনুভূতি অনুভব করতে শুরু করেছিল।

Die Mutter war die Erste, die die Sinnlosigkeit eingestand.

মা-ই প্রথম এই অসারতার কথা স্বীকার করলেন।

"Vielleicht wäre es besser, die Schachtel hier zu lassen."
"হয়তো বাক্সটা এখানে রেখে দেওয়াই ভালো হবে।"

„Die Kiste ist zu schwer, als dass wir sie noch viel weiter bewegen könnten."
"বাক্সটা এত ভারী যে আমরা আর বেশিদূর এগোতে পারছি না।"

„Und wir werden nicht fertig sein, bevor dein Vater eintrifft."
"আর তোমার বাবা আসার আগে আমরা শেষ করব না।"

„Wenn wir die Kiste hier lassen würden, würde das seinen Weg nur noch mehr versperren."
"বাক্সটা এখানে রেখে দিলে তার পথ আরও বেশি বন্ধ হয়ে যাবে।"

Und können wir sicher sein, dass wir ihm damit einen Gefallen tun?
"আর আমরা কি নিশ্চিত হতে পারি যে আমরা তার প্রতি কোন উপকার করছি?"

Sie begannen zu glauben, dass das Gegenteil durchaus der Fall sein könnte.
তারা ভাবতে শুরু করল যে এর বিপরীতটাও সত্য হতে পারে।

Der Anblick der leeren Wand lastete schwer auf ihrem Herzen.
খালি দেয়ালটা দেখে তার হৃদয় ভারী হয়ে উঠল।

Was spricht dagegen, dass Gregor das auch so empfinden würde?
গ্রেগরেরও কি এমনটা মনে হবে না?

„Er hat sich bereits an die Möbel in seinem Zimmer gewöhnt."
"সে ইতিমধ্যেই তার ঘরের আসবাবপত্রের সাথে অভ্যস্ত।"

„In einem leeren Zimmer könnte er sich noch verlassener fühlen."
"একটি খালি ঘরে সে আরও বেশি পরিত্যক্ত বোধ করতে পারে।"

Ihre Stimme war inzwischen fast zu einem Flüstern gesunken.
এতক্ষণে তার কণ্ঠস্বর প্রায় ফিসফিস করে নেমে এসেছিল।

Sie wusste tatsächlich nicht, wo sich Gregor genau aufhielt.
সে আসলে গ্রেগরের সঠিক অবস্থান জানত না।

Sie wollte nicht einmal, dass er ihre Stimme hörte.
সে চাইছিল না যে সে তার কণ্ঠস্বরও শুনতে পাক।

Obwohl sie sich sicher war, dass er sie nicht verstand.
যদিও সে নিশ্চিত ছিল যে সে তাকে বুঝতে পারেনি।

„Würde es nicht so aussehen, als hätten wir ihn völlig aufgegeben?"
"এটা কি মনে হচ্ছে না যে আমরা তার উপর পুরোপুরি হাল ছেড়ে দিয়েছি?"

"Wird er nicht das Gefühl haben, dass wir ihn mit der Situation allein lassen?"
"তার কি মনে হবে না যে আমরা তাকে একা সামলাতে ছেড়ে দিচ্ছি?"

„Wir sollten den Raum genau so verlassen, wie er war.“
"আমাদের ঘরটি ঠিক যেমন ছিল তেমনই ছেড়ে দেওয়া উচিত।"

„Irgendwann wird Gregor zu uns zurückkehren, so wie er war.“
"অবশেষে গ্রেগর আমাদের কাছে ফিরে আসবে যেমন সে ছিল।"

„Dann wird er feststellen, dass alles noch an seinem Platz ist.“
"তারপর সে দেখতে পাবে সবকিছু তার জায়গায় আছে।"

„Und er wird die Übergangszeit viel leichter vergessen.“
"এবং সে অন্তর্বর্তীকালীন সময়কাল অনেক সহজেই ভুলে যাবে।"

Als Gregor diese Worte hörte, begriff er etwas.
এই কথাগুলো শুনে গ্রেগর কিছু একটা বুঝতে পারল।

Sein Verstand war in den letzten zwei Monaten verwirrt worden.
গত দুই মাস ধরে তার মন অশান্ত হয়ে পড়েছিল।

Der Mangel an menschlicher Interaktion hatte ihm nicht gutgetan.
মানুষের সাথে যোগাযোগের অভাব তার জন্য ভালো ছিল না।

Er brauchte das eintönige Leben im Kreise seiner Familie wirklich.
তার পরিবারের মধ্যে একঘেয়ে জীবন সত্যিই তার প্রয়োজন ছিল।

Warum sonst hätte er eine solch unsinnige Forderung gestellt?
নইলে কেন তিনি এমন অর্থহীন দাবি করতেন?

Welchen Sinn sollte es denn haben, sein Zimmer zu räumen?
তার ঘর খালি করার কী কোন যুক্তি ছিল?

Das gemütliche Zimmer war mit geerbten Möbeln eingerichtet.
আরামদায়ক ঘরটি উত্তরাধিকারসূত্রে পাওয়া আসবাবপত্র দিয়ে সুসজ্জিত।

Warum sollte er diese bekannte Wärme in eine Höhle verwandeln wollen?
কেন সে এই পরিচিত উষ্ণতাকে গুহায় পরিণত করতে চাইবে?

Eine Höhle, in der er ungestört in alle Richtungen kriechen konnte.
এমন একটি গুহা যেখানে সে শান্তিতে সব দিকে হামাগুড়ি দিতে পারত।

Doch in einer Höhle vergaß er rasch seine menschliche Vergangenheit.
কিন্তু এমন একটি গুহা যেখানে সে দ্রুত তার মানব অতীত ভুলে গেল।

Er fragte sich, ob er schon kurz davor war, alles zu vergessen.
তাকে ভাবতে হয়েছিল যে সে কি ইতিমধ্যেই ভুলে যাওয়ার কাছাকাছি ছিল।

Die Stimme seiner Mutter hatte ihn aufgerüttelt und seine Erinnerung wachgerufen.
তার মায়ের কণ্ঠস্বর তাকে স্মরণ করতে নাড়া দিয়েছিল।

Die Stimme, die er so lange nicht gehört hatte.
যে কণ্ঠস্বর সে এতদিন শোনেনি।

Nichts durfte entfernt werden; alles musste bleiben.
কিছুই অপসারণ করা উচিত নয়; সবকিছুই থাকতে হবে।

Die Möbel wirkten sich positiv auf seinen Zustand aus.
আসবাবপত্র তার অবস্থার উপর ইতিবাচক প্রভাব ফেলেছিল।

Und ohne diesen Anker zur Vergangenheit konnte er nicht zurechtkommen.
আর অতীতের এই নোঙর ছাড়া সে মানিয়ে নিতে পারত না।

Die Möbel hinderten ihn daran, sinnlos herumzukriechen.
আসবাবপত্র তার অজ্ঞানভাবে ঘুরে বেড়াতে বাধা দিল।

Das war aber kein Verlust, sondern vielmehr ein großer Vorteil.
কিন্তু তাতে কোনও ক্ষতি ছিল না; বরং, এটি ছিল একটি বিরাট সুবিধা।

Leider hatte die Schwester eine ganz andere Meinung.

দুর্ভাগ্যবশত বোনের মতামত একেবারেই ভিন্ন ছিল।

Sie war gewissermaßen zu einer Sprecherin Gregors geworden.

সে কিছুটা গ্রেগরের মুখপাত্র হয়ে উঠেছিল।

Natürlich war ihre Meinung nicht völlig unberechtigt.

অবশ্যই তার মতামত সম্পূর্ণরূপে অযৌক্তিক ছিল না।

Doch der Meinung ihrer Mutter musste hier widersprochen werden.

কিন্তু এখানে তার মায়ের মতামতের বিরোধিতা করতে হয়েছিল।

Es war nicht nur die Kiste, die nun entfernt werden musste.

এখন কেবল বাক্সটিই সরাতে হয়নি।

Sein Schreibtisch und der Kleiderschrank konnten ebenfalls nicht bleiben.

তার ডেস্ক এবং আলমারিটিও টিকে থাকতে পারল না।

Das Einzige, was unverzichtbar war, war das Sofa.

একমাত্র অপরিহার্য জিনিস ছিল সোফা।

Sie hat diese Entscheidung nicht aus kindischem Trotz getroffen.

সে কেবল শিশুসুলভ অবাধ্যতার কারণে এটি সিদ্ধান্ত নেয়নি।

Es lag auch nicht an ihrem erst kürzlich gewonnenen Selbstvertrauen.

এটা তার সম্প্রতি অর্জিত আত্মবিশ্বাসও ছিল না।

Das neue Selbstvertrauen, das sie hatte, trieb sie an, so hart für den Sieg zu arbeiten.

নতুন আত্মবিশ্বাস জেতার জন্য তাকে অনেক পরিশ্রম করতে হয়েছে।

Auch wenn niemand erwartet hatte, dass sie dazu in der Lage sein würde.

যদিও কেউ আশা করেনি যে সে এটা করতে পারবে।

Gregor brauchte tatsächlich viel Platz zum Kriechen.

গ্রেগরের হামাগুড়ি দেওয়ার জন্য সত্যিই অনেক জায়গার প্রয়োজন ছিল।

Die Möbel schränkten den ihm zur Verfügung stehenden Raum zusätzlich ein.

আসবাবপত্র কেবল তার খালি ঘর পর্যন্ত সীমাবদ্ধ ছিল।

Sie konnte diese Dinge besser sehen als die Mutter.

সে এই জিনিসগুলো মায়ের চেয়ে ভালো দেখতে পেত।

Aber vielleicht spielte auch ihre romantische Ader eine Rolle.

কিন্তু সম্ভবত তার রোমান্টিক চেতনাও এতে ভূমিকা পালন করেছিল।

Mädchen in diesem Alter entwickeln oft eine gewisse Begeisterung.

এই বয়সের মেয়েরা প্রায়শই এক ধরণের উৎসাহ অনুভব করে।

Und sie verspüren das Bedürfnis, ihren Willen durchzusetzen, wann immer es ihnen möglich ist.

এবং তারা যখনই সম্ভব তাদের পথ খুঁজে বের করার প্রয়োজন অনুভব করে।

Vielleicht wollte sie ihn deshalb heimlich sabotieren.

হয়তো এই কারণেই সে গোপনে তাকে নাশকতা করতে চেয়েছিল।

Noch furchterregender ist er, wenn er an den Wänden entlangkriecht.

সে যখন দেয়ালে হামাগুড়ি দেয় তখন আরও ভয়ঙ্কর লাগে।

Die Eltern trauten sich nicht mehr, das Zimmer zu betreten.

বাবা-মা আর ঘরে ঢুকতে সাহস পাবে না।

Sie wäre tatsächlich die alleinige Betreuerin ihres Bruders.

সে সত্যিই তার ভাইয়ের একমাত্র তত্ত্বাবধায়ক হবে।

Sie ließ sich von ihrer Mutter nicht umstimmen.

সে তার মাকে অন্যথায় রাজি করাতে দেয়নি।

Gregors Mutter fühlte sich in dem Zimmer bereits unwohl.

গ্রেগরের মা ইতিমধ্যেই ঘরে অস্বস্তি বোধ করছিলেন।

Sie hörte bald auf zu sprechen und half ihrer Tochter erneut.

সে শীঘ্রই কথা বলা বন্ধ করে দিল এবং আবার তার মেয়েকে সাহায্য করল।

Mit ihren letzten Kräften entfernten sie den Kleiderschrank.

তাদের অবশিষ্ট শক্তি দিয়ে তারা পোশাকটি সরিয়ে ফেলল।

Auf die Kommode konnte er verzichten.

ড্রয়ারের বাক্সটা ছাড়া সে চলতে পারত।

Der Schreibtisch musste aber vorerst dort bleiben.

কিন্তু ডেস্কটি আপাতত সেখানেই থাকার কথা ছিল।

Während die Frauen weg waren, versuchte er, sich einen Überblick über den Raum zu verschaffen.

মহিলারা যখন চলে যাচ্ছিলেন, তখন তিনি ঘরটি মূল্যায়ন করার চেষ্টা করলেন।

Und Gregor streckte seinen Kopf unter dem Sofa hervor.
আর গ্রেগর সোফার নিচ থেকে মাথা বের করল।

Er musste sehen, was er in dieser Situation tun konnte.
পরিস্থিতি সম্পর্কে তিনি কী করতে পারেন তা তাকে দেখতে হবে।

Aber er war so vorsichtig und rücksichtsvoll wie möglich.
কিন্তু তিনি যথাসম্ভব সতর্ক এবং বিবেচক ছিলেন।

Leider war es die Mutter, die zuerst zurückkehrte.
দুর্ভাগ্যবশত মা প্রথমে ফিরে এসেছিলেন।

Grete war noch dabei, den Kleiderschrank im Nebenzimmer umzustellen.
গ্রেট তখনও পাশের ঘরে আলমারিটা সরাচ্ছিল।

Die Mutter war den Anblick Gregors jedoch nicht gewohnt.
কিন্তু মা গ্রেগরকে দেখার সাথে অভ্যস্ত ছিলেন না।

Schon ein flüchtiger Blick auf ihn hätte sie krank machen können.
তার এক ঝলকও তাকে অসুস্থ করে তুলতে পারত।

Gregor eilte rückwärts zum anderen Ende des Sofas.
গ্রেগর দ্রুত পিছন দিকে সোফার শেষ প্রান্তে চলে গেল।

Aber er konnte sich nicht zurücklehnen und das Bettlaken ausbalancieren.
কিন্তু সে পিছনে সরে বিছানার চাদর ভারসাম্য রাখতে পারল না।

Die Bewegung reichte aus, um die Aufmerksamkeit der Mutter zu erregen.
মায়ের দৃষ্টি আকর্ষণ করার জন্য নড়াচড়াটি যথেষ্ট ছিল।

Sie hielt inne und verharrte einen kurzen Moment ganz still.
সে থামল, এবং কিছুক্ষণের জন্য খুব স্থির হয়ে দাঁড়াল।

Dann drehte sie sich um und verließ das Zimmer wieder.
তারপর সে ঘুরে দাঁড়ালো, এবং ঘর থেকে বেরিয়ে গেল।

Gregor redete sich immer wieder ein, dass nichts Ungewöhnliches passiert sei.
গ্রেগর নিজেকে বারবার বলতে লাগলো যে অস্বাভাবিক কিছু ঘটেনি।

„Es handelt sich lediglich um ein paar Möbelstücke, die weggebracht wurden."
"শুধু কিছু আসবাবপত্র কেড়ে নেওয়া হয়েছে।"

Doch schon bald musste er zugeben, dass ihn die Ereignisse mitgenommen hatten.

কিন্তু শীঘ্রই তাকে স্বীকার করতে হয়েছিল যে ঘটনাগুলি তাকে প্রভাবিত করেছিল।

Die Frauen hatten alles, was sie taten, auch gesagt.

মহিলারা তাদের যা কিছু করছিল সবই বলছিলেন।

Sie waren im Zimmer auf und ab gegangen.

তারা ঘরের মধ্যে এদিক-ওদিক হেঁটে যাচ্ছিল।

Das Kratzen aller Möbelstücke auf dem Boden.

মেঝেতে থাকা সমস্ত আসবাবপত্রের আঁচড়।

Er hatte das Gefühl, von allen Seiten angegriffen zu werden.

তার মনে হচ্ছিল যেন চারদিক থেকে তাকে আক্রমণ করা হচ্ছে।

Er zog Kopf und Beine so fest wie möglich an.

সে যতটা সম্ভব শক্ত করে তার মাথা এবং পা টেনে ভেতরে ধরল।

Mit aller Kraft presste er seinen Körper zu Boden.

সমস্ত শক্তি দিয়ে সে তার শরীর মাটিতে চেপে ধরল।

Er wusste, dass er das alles nicht mehr lange aushalten konnte.

সে জানত যে সে আর বেশিদিন এই সব সহ্য করতে পারবে না।

Sie räumten sein Zimmer aus und nahmen alles mit, was ihm lieb und teuer war.

তারা তার ঘর পরিষ্কার করে দিল এবং তার প্রিয় সবকিছু নিয়ে গেল।

Sie hatten bereits die Kiste mit all seinen Werkzeugen mitgenommen.

তারা ইতিমধ্যেই তার সমস্ত সরঞ্জাম সম্বলিত বাক্সটি নিয়ে গিয়েছিল।

Nun lockerten sie seinen schweren Schreibtisch vom Boden.

এখন তারা তার ভারী ডেস্কটি মাটি থেকে আলগা করছিল।

Der Schreibtisch, an dem er nach seiner Rückkehr von der Arbeit gearbeitet hatte.

কাজ থেকে ফিরে আসার পর যে ডেস্কে সে কাজ করত।

Der Schreibtisch, an dem er seine Geschäftsaufgaben erledigt hatte.

যে ডেস্কে সে তার ব্যবসায়িক কাজ লিখে রেখেছিল।

Der Schreibtisch, an dem er in der Sekundarschule seine Hausaufgaben gemacht hatte.

মাধ্যমিক বিদ্যালয়ে যে ডেস্কে সে তার হোমওয়ার্ক করেছিল।

Ja, diesen Schreibtisch hatte er schon in der Grundschule.
হ্যাঁ, প্রাথমিক বিদ্যালয়ে তার কাছে এই ডেস্কটি আগেই ছিল।

Er hatte wirklich keine Zeit, sich von ihren guten Absichten zu überzeugen.
তাদের ভালো উদ্দেশ্য নিশ্চিত করার জন্য তার কাছে আসলেই সময় ছিল না।

Obwohl er beinahe vergessen hatte, dass sie überhaupt da waren.
যদিও সে প্রায় ভুলেই গিয়েছিল যে তারা সেখানে আছে।

Weil sie vor Erschöpfung still arbeiteten.
কারণ তারা ক্লান্তির কারণে নীরবে কাজ করছিল।

Sie waren zu müde, um ihre Bewegungen jetzt noch bekannt zu geben.
তারা এতটাই ক্লান্ত ছিল যে এখন তাদের আন্দোলনের কথা ঘোষণা করতে পারছিল না।

Alles, was er hörte, waren ihre schweren Schritte auf dem Boden.
সে শুধু মেঝেতে তাদের ভারী পায়ের শব্দ শুনতে পেল।

Genau in diesem Moment lehnten sie an der Kiste.
ঠিক সেই মুহূর্তে তারা বাক্সের দিকে ঝুঁকে পড়ল।

Und da kam Gregor unter dem Sofa hervor.
আর ঠিক তখনই গ্রেগর সোফার নিচ থেকে বেরিয়ে এলো।

Er änderte viermal seine Laufrichtung.
সে চারবার তার দৌড়ের দিক পরিবর্তন করেছে।

Er konnte sich nicht entscheiden, welcher Gegenstand zuerst gerettet werden musste.
কোন জিনিসটি আগে সংরক্ষণ করা উচিত তা সে ঠিক করতে পারছিল না।

Plötzlich richtete sich sein Blick auf die leere Wand.
হঠাৎ তার দৃষ্টি পড়ল খালি দেয়ালের দিকে।

Alles, was sie ihm hinterlassen hatten, war das Bild der Dame im Pelzmantel.
তাদের কাছে কেবল পশম পরা মহিলার ছবিই ছিল।

Er kroch zu dem Bild und drückte seinen Körper an sie.
সে তার শরীরটা ছবির সাথে চেপে ধরার জন্য হামাগুড়ি দিয়ে ছবির কাছে গেল।

Und sein Körper verdeckte vollständig das Bild.
আর তার শরীর ছবির দৃশ্য সম্পূর্ণরূপে ঢেকে ফেলেছিল।

Das Glas stützte ihn und kühlte seinen heißen Bauch.
গ্লাসটি তাকে তুলে ধরল, এবং তার গরম পেটকে সান্ত্বনা দিল।

Dieses Foto konnte ihm nicht mehr abgenommen werden.
এই ছবিটি আর তার কাছ থেকে তোলা সম্ভব হয়নি।

Dann wandte er den Kopf zur Wohnzimmertür.
তারপর সে বসার ঘরের দরজার দিকে মাথা ঘুরিয়ে নিল।

Er wollte zusehen, wie die Frauen ins Zimmer zurückkehrten.
সে দেখতে যাচ্ছিল কখন মহিলারা ঘরে ফিরে আসবে।

Und sie ruhten sich nicht lange aus, bevor sie wieder zurückkehrten.
আর তারা আবার ফিরে আসার আগে খুব বেশিক্ষণ বিশ্রাম নেয়নি।

Grete hatte den Arm um ihre Mutter gelegt, um ihr beim Gehen zu helfen.
গ্রেটের হাত তার মায়ের চারপাশে ছিল যাতে সে হাঁটতে পারে।

„Was sollen wir denn jetzt nehmen?", fragte Grete und blickte sich um.
"এখন আমরা কী নেব?" গ্রেটে বলল এবং চারপাশে তাকাল।

Genau in diesem Moment trafen sich ihre Blicke mit Gregors.
ঠিক সেই মুহূর্তে তার দৃষ্টি গ্রেগরের চোখে পড়ল।

Trotz des Schocks behielt sie die Fassung.
ধাক্কাটা সত্ত্বেও, সে তার মনের উপস্থিতি বজায় রেখেছিল।

Vermutlich nur wegen der Anwesenheit ihrer Mutter.
সম্ভবত শুধুমাত্র তার মায়ের উপস্থিতির কারণে।

Sie neigte ihr Gesicht zu ihrer Mutter und verdeckte ihr die Sicht.
সে তার মায়ের দিকে মুখ ঝুঁকে তার দৃষ্টি ঢেকে ফেলল।

Und dann sagte sie, zitternd und gedankenlos:
এবং তারপর সে বলল, যদিও কাঁপতে কাঁপতে এবং চিন্তাহীনভাবে:

"Kommt schon, sollten wir nicht zurück ins Wohnzimmer gehen?"

"চলো, আমাদের কি বসার ঘরে ফিরে যাওয়া উচিত নয়?"

Gregor konnte die Absichten der Schwester leicht verstehen.
গ্রেগর সহজেই বোনের উদ্দেশ্য বুঝতে পারল।

Ihre oberste Priorität war es, ihre Mutter in Sicherheit zu bringen.
তার প্রথম অগ্রাধিকার ছিল তার মাকে নিরাপদে ফিরিয়ে আনা।

Aber dann wollte sie ihn von der Mauer herunterjagen.
কিন্তু তারপর সে তাকে দেয়াল থেকে তাড়িয়ে নামাতে যাচ্ছিল।

„Nun, sie kann es ja versuchen!", dachte Gregor bei sich.
"আচ্ছা, সে অবশ্যই চেষ্টা করতে পারে!" গ্রেগর মনে মনে ভাবল।

Er behielt sein Bild fest im Blick und gab es nicht her.
সে তার ছবির উপর দৃঢ়ভাবে বসে রইল এবং হাল ছাড়ল না।

Am liebsten wäre er der Schwester ins Gesicht gesprungen.
সে বরং বোনের মুখে ঝাঁপিয়ে পড়ত।

Doch Gretes Worte hatten ihre Mutter noch mehr beunruhigt.
কিন্তু গ্রেটের কথাগুলো তার মাকে আরও বেশি চিন্তিত করে তুলেছিল।

Sie trat beiseite, um zu sehen, was vor ihr verborgen wurde.
তার কাছ থেকে কী লুকানো হচ্ছে তা দেখার জন্য সে একপাশে সরে গেল।

Und sie sah den braunen Fleck auf der geblümten Tapete.
আর সে ফুলের ওয়ালপেপারে বাদামী দাগ দেখতে পেল।

Und sie schrie auf, noch bevor sie merkte, dass es Gregor war.
আর সে বুঝতে না পেরে চিৎকার করে উঠল যে এটা গ্রেগর।

"Oh Gott", schrie sie mit ausgestreckten Armen.
"ওহ ঈশ্বর," সে তার বাহু প্রসারিত করে চিৎকার করে উঠল।

Und sie sank auf die Couch, als hätte sie aufgegeben.
আর সে সোফায় এমনভাবে লুটিয়ে পড়ল যেন সে হাল ছেড়ে দিয়েছে।

„Gregor!", rief die Schwester ihm mit erhobener Faust zu.
"গ্রেগর!" বোন মুষ্টি উঁচু করে তাকে চিৎকার করে বলল।

Und sie warf ihm einen langen, harten und durchdringenden Blick zu.
আর সে তার দিকে একটা লম্বা, কঠিন এবং তীক্ষ্ণ দৃষ্টি দিল।

Dies war das erste Mal, dass sie direkt mit ihm gesprochen hatte.
এই প্রথম সে সরাসরি তার সাথে কথা বলল।

Sie rannte ins Nebenzimmer, um Riechsalz zu holen.
সে কিছু গন্ধযুক্ত লবণ আনতে পাশের ঘরে দৌড়ে গেল।

Sie musste ihre Mutter wieder zum Bewusstsein bringen.
তাকে তার মাকে জ্ঞান ফিরিয়ে আনতে হয়েছিল।

Gregor wollte helfen, er konnte das Bild später aufbewahren.
গ্রেগর সাহায্য করতে চেয়েছিল, সে পরে ছবিটি সংরক্ষণ করতে পারত।

Doch er war fest an der Glasscheibe festgeklebt.
কিন্তু সে নিজেকে কাঁচের সাথে শক্ত করে আটকে রেখেছিল।

Deshalb musste er sich mit großer Kraft losreißen.
তাই তাকে প্রচুর শক্তি প্রয়োগ করে নিজেকে ছিঁড়ে ফেলতে হয়েছিল।

Auch er rannte in den nächsten Raum, wo sich die Schwester befand.
সেও পাশের ঘরে দৌড়ে গেল, যেখানে বোন ছিল।

Früher hätte er ihr vielleicht einen Rat geben können.
পুরনো দিনে সে তাকে কিছু পরামর্শ দিতে পারত।

Doch nun konnte er nichts anderes tun, als tatenlos zuzusehen.
কিন্তু এখন সে অলসভাবে দাঁড়িয়ে থাকা ছাড়া আর কিছুই করতে পারল না।

Sie durchwühlte die Schublade und öffnete verschiedene Flaschen.
সে ড্রয়ের মধ্য দিয়ে খুঁটিয়ে খুঁটিয়ে বিভিন্ন বোতল খুলল।

Und er erschreckte sie immer noch, als sie sich umdrehte.
আর যখন সে ঘুরে দাঁড়ায়, তখনও সে তাকে ভয় দেখাত।

Eine Flasche fiel zu Boden, zerbrach und splitterte.
একটা বোতল মেঝেতে পড়ে গেল, ভেঙে গেল এবং ছিঁড়ে গেল।

Ein Glassplitter traf Gregor im Gesicht und verletzte ihn.
একটি কাচের টুকরো গ্রেগরের মুখে আঘাত করে এবং তাকে আহত করে।

Die Flasche hatte eine Art ätzende Flüssigkeit enthalten.
বোতলটিতে এক ধরণের কস্টিক তরল ছিল।

Und nun brannte die ätzende Flüssigkeit auf Gregors Gesicht.

আর এখন ক্ষয়কারী তরলটি গ্রেগরের মুখ পুড়িয়ে দিচ্ছিল।

Die Schwester hatte jedoch im Moment keine Zeit für Gregor.

তবে, বোনের কাছে এখন গ্রেগরের জন্য কোনও সময় নেই।

Sie sammelte so viele Flaschen ein, wie sie tragen konnte.

সে যতটা সম্ভব বোতলগুলো তুলে নিল।

Und sie rannte mit der Medizin zurück zu ihrer Mutter.

আর সে ওষুধটি নিয়ে তার মায়ের কাছে দৌড়ে গেল।

Sie schlug die Tür mit dem Fuß zu und schloss Gregor aus.

সে পা দিয়ে দরজাটা ধাক্কা দিয়ে বন্ধ করে দিল গ্রেগরকে।

Nun war er von seiner möglicherweise sterbenden Mutter abgeschnitten.

এখন সে তার সম্ভাব্য মৃত্যুপথযাত্রী মায়ের কাছ থেকে বিচ্ছিন্ন হয়ে পড়েছিল।

Wenn er die Tür öffnete, würde er die Schwester verjagen.

যদি সে দরজা খুলে দিত, তাহলে সে বোনকে তাড়িয়ে দিত।

Aber natürlich musste sie bleiben, um sich um die Mutter zu kümmern.

কিন্তু অবশ্যই মায়ের দেখাশোনা করার জন্য তাকে থাকতেই হত।

Es gab für ihn nichts anderes zu tun, als auf sie zu warten.

এখন তাদের জন্য অপেক্ষা করা ছাড়া তার আর কিছুই করার ছিল না।

Von Selbstvorwürfen und Angst geplagt, begann er zu kriechen.

আত্ম-নিন্দা এবং উদ্বেগে জর্জরিত হয়ে, সে হামাগুড়ি দিতে শুরু করল।

Er kroch überall hin; an Wänden, Möbeln, der Decke.

সে হামাগুড়ি দিয়ে সর্বত্র ঘুরে বেড়াত; দেয়াল, আসবাবপত্র, ছাদ।

Er hatte das Gefühl, als würde sich der ganze Raum um ihn drehen.

তার মনে হচ্ছিল পুরো ঘরটা যেন তার চারপাশে ঘুরছে।

Schließlich fiel er, verzweifelt und schwindlig, wieder zu Boden.

অবশেষে, হতাশা এবং মাথা ঘোরাতে, সে আবার পড়ে গেল।

Und er fiel direkt auf den großen Esstisch.

আর সে ঠিক বড় ডাইনিং টেবিলের উপরে পড়ে গেল।

Er lag eine Weile da, betäubt und unfähig sich zu bewegen.
সে কিছুক্ষণ সেখানে শুয়ে রইল, অসাড় হয়ে গেল এবং নড়াচড়া করতে পারল না।

Er war erschöpft von all dem, was ihm dieser Tag gebracht hatte.
এই দিনটি তার উপর যা এনেছে তাতে সে ক্লান্ত হয়ে পড়েছিল।

Es herrschte ringsum Stille, aber vielleicht war das ein gutes Zeichen.
চারিদিকে নীরবতা ছিল, কিন্তু হয়তো এটা একটা ভালো লক্ষণ ছিল।

Dann zerriss das Klingeln an der Haustür die Stille.
তারপর, নীরবতা ভেঙে, বাইরের ডোরবেল বেজে উঠল।

Das Dienstmädchen hatte sich natürlich in ihrer Küche eingeschlossen.
অবশ্যই, কাজের মেয়েটি নিজেকে তার রান্নাঘরে আটকে রেখেছিল।

Die Schwester war also die Einzige, die die Tür öffnen konnte.
তাই একমাত্র বোনই দরজা খুলতে পারল।

„Was ist passiert?", fragte der Vater als Erstes.
"কি হয়েছে?" বাবা প্রথমেই জিজ্ঞাসা করলেন।

Gretes Erscheinung hatte ihm wahrscheinlich alles verraten.
গ্রেটের চেহারা সম্ভবত তাকে সবকিছু বলে দিয়েছিল।

Gretes Stimme wurde beim Sprechen gedämpft und dumpf.
কথা বলার সময় গ্রেটের কণ্ঠস্বর রুদ্ধ ও নিস্তেজ হয়ে গেল।

Sie muss ihr Gesicht an die Brust ihres Vaters gedrückt haben.
সে নিশ্চয়ই তার বাবার বুকে মুখ চেপে ধরেছে।

„Mutter war bewusstlos, aber es geht ihr jetzt besser."
"মা অজ্ঞান ছিলেন, কিন্তু এখন তিনি ভালো বোধ করছেন।"

„Gregor ist entkommen", fügte sie hinzu, was er auch erwartet hatte.
"গ্রেগর পালিয়ে গেছে," সে আরও বলল, যা সে আশা করেছিল।

"Ich habe dir doch immer gesagt, dass er eines Tages ausbrechen würde."

"আমি তোমাকে সবসময় বলেছি যে সে একদিন পালাতে যাবে।"

„Aber ihr Frauen wolltet mir ja nicht zuhören, nicht wahr?"
"কিন্তু তোমরা মহিলারা আমার কথা শুনতে চাওনি, তাই না?"

Gregor erkannte schnell, wie sein Vater die Dinge sehen würde.
গ্রেগর দ্রুত বুঝতে পারল যে তার বাবা কীভাবে দেখবেন।

Er hatte Gretes allzu kurze Nachricht falsch interpretiert.
সে গ্রেটের অতি সংক্ষিপ্ত বার্তার ভুল ব্যাখ্যা করেছিল।

Er nahm an, Gregor habe eine Gewalttat begangen.
সে ধরে নিল গ্রেগর কোন সহিংস কাজ করেছে।

Gregor musste einen Weg finden, seinen Vater irgendwie zu besänftigen.
গ্রেগরকে তার বাবাকে কোনভাবে শান্ত করার উপায় খুঁজে বের করতে হয়েছিল।

Weil er keine Zeit hatte, ihm die Dinge zu erklären.
কারণ তাকে বিষয়গুলো ব্যাখ্যা করার সময় তার ছিল না।

Aber er hätte die Dinge ohnehin nicht erklären können.
কিন্তু সে কোনভাবেই বিষয়গুলো ব্যাখ্যা করতে পারত না।

Da flüchtete er zur Tür und drückte sich dagegen.
তাই সে দরজার কাছে দৌড়ে গেল এবং দরজার সাথে নিজেকে ধাক্কা দিল।

So konnte sein Vater ihn vom Vorzimmer aus sehen.
এইভাবে তার বাবা তাকে সামনের ঘর থেকে দেখতে পেলেন।

Und er würde erkennen, dass er die besten Absichten hatte.
এবং সে দেখতে পাবে যে তার উদ্দেশ্য সবচেয়ে ভালো।

Es war nicht nötig, ihn mit einem Besen zurückzudrängen.
ঝাড়ু দিয়ে তাকে পিছনে ঠেলে দেওয়ার কোন প্রয়োজন ছিল না।

Der Vater hätte lediglich die Tür öffnen müssen.
বাবার শুধু দরজা খোলার কাজটাই করতে হত।

Doch er hatte keine Lust, solche Feinheiten zu bemerken.
কিন্তু তিনি এই ধরণের সূক্ষ্মতা লক্ষ্য করার মেজাজে ছিলেন না।

"Da bist du ja!", rief er, sobald er eingetreten war.
"এই যে তুমি!" সে ভেতরে ঢোকার সাথে সাথে চিৎকার করে উঠল।

Es war, als wäre er gleichzeitig wütend und glücklich.
মনে হচ্ছিল সে একই সাথে রাগ করছে এবং খুশিও হচ্ছে।

Er zog den Kopf zurück und blickte zu seinem Vater auf.

সে মাথাটা পিছনে টেনে নিল, আর বাবার দিকে তাকাল।

Er hatte sich seinen Vater nicht so vorgestellt.
সে কল্পনাও করেনি তার বাবা এভাবে সেখানে দাঁড়িয়ে থাকবে।

Doch in letzter Zeit hatte er eine neue Ablenkung gefunden.
কিন্তু সাম্প্রতিক সময়ে তিনি একটি নতুন বিভ্রান্তির কারণ খুঁজে পেয়েছেন।

Das Herumkriechen nahm nun einen großen Teil seines Tages ein.
এখন তার দিনের একটা বড় অংশ ঘুরে বেড়ানোতেই কেটে যায়।

Zuvor hatte er alle Neuigkeiten in der Wohnung im Blick behalten.
আগে, সে অ্যাপার্টমেন্টের যেকোনো খবরের খোঁজ রাখত।

Aber in letzter Zeit hatte er nicht mehr so genau darauf geachtet.
কিন্তু সম্প্রতি সে এতটা মনোযোগ দিচ্ছিল না।

Er hätte auf Veränderungen vorbereitet sein müssen.
পরিবর্তনের মুখোমুখি হওয়ার জন্য তার প্রস্তুত থাকা উচিত ছিল।

Aber war dieser Mann vor ihm noch der Vater?
তবুও, তার আগে এই লোকটি কি এখনও পিতা ছিল?

War er noch derselbe Mann, der früher müde in seinem Bett lag?
সে কি সেই লোক যে বিছানায় ক্লান্ত হয়ে শুয়ে থাকত?

Als Gregor bereits auf Geschäftsreise war.
যখন গ্রেগর ইতিমধ্যেই একটি ব্যবসায়িক ভ্রমণে গিয়েছিলেন।

War er derselbe Mann, der ihn abends begrüßte?
সে কি সেই লোক যে সন্ধ্যায় তাকে অভ্যর্থনা জানাত?

Als er in seinem Morgenmantel in seinem Sessel saß.
যখন সে তার আর্মচেয়ারে তার ড্রেসিং গাউন পরে ছিল।

War er derselbe Mann, der nicht aufstehen konnte, um ihn zu begrüßen?
সে কি সেই একই লোক যে তাকে স্বাগত জানাতে উঠতে পারেনি?

So blieb er sitzen und hob freudig den Arm.
তাই, বসে থেকে, আনন্দের চিহ্ন হিসেবে সে তার হাত তুলল।

War er derselbe Mann, mit dem er gelegentlich spazieren ging?

সে কি সেই একই লোক যার সাথে সে মাঝে মাঝে হাঁটতে যেত?

In seltenen Fällen: an einigen Sonntagen im Jahr oder an Feiertagen.
বিরল ক্ষেত্রে: বছরে কয়েকটি রবিবার, অথবা ছুটির দিন।

War er derselbe Mann, der in seinen Mantel gehüllt herüberkam?
সে কি সেই লোক যে ওভারকোট পরে হেঁটেছিল?

Musste er sich langsam zwischen Mutter und ihm vorwärtsarbeiten?
সে কি ধীরে ধীরে প্রসববেদনা অনুভব করছিল, মা এবং তার মাঝখানে?

Und sie gingen seinetwegen bereits langsam.
আর তার কারণে তারা ইতিমধ্যেই ধীরে ধীরে হাঁটছিল।

Doch nun stand dieser Mann stark und aufrecht.
কিন্তু এখন এই লোকটি শক্ত এবং সোজা হয়ে দাঁড়িয়ে ছিল।

Er trug eine blaue Uniform mit goldenen Knöpfen.
তার পরনে ছিল সোনালী বোতাম লাগানো নীল রঙের ইউনিফর্ম।

Knöpfe, die die Angestellten der Bankinstitute tragen.
ব্যাংক প্রতিষ্ঠানের কর্মচারীরা যে বোতামগুলি পরেন।

Über dem steifen Kragen trat sein markantes Doppelkinn hervor.
শক্ত কলারটির উপরে তার শক্ত ডাবল থুতনি বেরিয়ে এসেছে।

Unter seinen buschigen Augenbrauen blickten seine schwarzen Augen hervor.
তার ঘন ভ্রুয়ের নীচে তার কালো চোখগুলো বাইরে দেখা যাচ্ছিল।

Seine Augen wirkten nun durchdringend, frisch und aufmerksam.
এখন তার চোখ দুটো তীক্ষ্ণ, সতেজ এবং সজাগ দেখাচ্ছিল।

Das zuvor zerzauste weiße Haar wurde glatt gekämmt.
আগের এলোমেলো সাদা চুলগুলো আঁচড়ে ফেলা হয়েছে।

Und sein Haar hatte nun einen sorgfältigen Mittelscheitel.
আর তার চুলের মাঝখানে এখন একটা সুক্ষ্ম বিভাজন ছিল।

Er warf seinen Hut weg, der mit einem goldenen Monogramm verziert war.
সে তার টুপিটি ছুঁড়ে ফেলে দিল, যেটিতে সোনার মনোগ্রাম লাগানো ছিল।

Es handelte sich wahrscheinlich um das Monogramm der Bank, für die er arbeitete.

সম্ভবত এটি সেই ব্যাংকের মনোগ্রাম ছিল যেখানে সে কাজ করত।

Und der Hut landete auf dem Sofa, um später weggeräumt zu werden.

আর টুপিটা সোফার উপর পড়ে গেল, পরে রেখে দেওয়ার জন্য।

Er schob den Saum der langen Uniformjacke zurück.

সে লম্বা ইউনিফর্ম জ্যাকেটের নীচের অংশটি পিছনে ঠেলে দিল।

Und er steckte seine Daumen in die Hosentaschen.

আর সে তার বুড়ো আঙুলগুলো তার প্যান্টের পকেটে ঢুকিয়ে দিল।

Und dann ging er mit finsterer Miene auf Gregor zu.

আর তারপর, একটা বিষণ্ণ মুখ নিয়ে, সে গ্রেগরের দিকে এগিয়ে গেল।

Er wusste wahrscheinlich selbst noch nicht, was er vorhatte.

সে সম্ভবত জানতই না যে সে কী করার পরিকল্পনা করছে।

Dennoch hob er die Füße ungewöhnlich hoch.

কিন্তু তবুও সে তার পা অস্বাভাবিকভাবে উঁচুতে তুলল।

Gregor staunte über die enorme Größe seiner Stiefel.

গ্রেগর তার বুটের বিশাল আকার দেখে অবাক হয়ে গেল।

Doch dafür blieb wirklich keine Zeit, seine Schuhe zu bewundern.

কিন্তু তার জুতা দেখে অবাক হওয়ার সময় আসলেই ছিল না।

Der Vater hatte sich für eine sehr strenge Disziplin entschieden.

বাবা খুব কঠোর শাসনের সিদ্ধান্ত নিয়েছিলেন।

Für Gregor war nur die größtmögliche Strenge angemessen.

গ্রেগরের জন্য কেবল সর্বোচ্চ কঠোরতাই উপযুক্ত ছিল।

Das wusste er vom ersten Tag seiner Verwandlung an.

তার রূপান্তরের প্রথম দিন থেকেই সে এটা জানত।

Er rannte zu seinem Vater und blieb stehen, als dieser stehen blieb.

সে তার বাবার কাছে দৌড়ে গেল, আর যখন সে থামল তখন সেও থামল।

Als er sich wieder bewegte, huschte er erneut auf ihn zu.

সে আবার নড়াচড়া করলে সে আবার তার দিকে ঝাঁপিয়ে পড়ল।

Der Vater hielt einen Moment inne, und Gregor tat es ihm gleich.

বাবা এক মুহূর্ত থামলেন, আর গ্রেগরও।

Und sobald sich sein Vater bewegte, stürmte er wieder vorwärts.

আর তার বাবা সরে যাওয়ার সাথে সাথে সে আবার সামনের দিকে ছুটে গেল।

Auf diese Weise gingen sie mehrmals im Kreis um den Raum.

এইভাবে তারা ঘরের চারপাশে বেশ কয়েকবার প্রদক্ষিণ করল।

Bislang hatte noch niemand einen entscheidenden Vorteil errungen.

এখনও পর্যন্ত কেউই কোনও চূড়ান্ত সুবিধা অর্জন করতে পারেনি।

Man konnte nicht den Eindruck einer Verfolgungsjagd gewinnen.

কেউ ধাওয়ার অনুভূতি পায়নি।

Weil das ganze Geschehen viel zu langsam vonstatten ging.

কারণ পুরো ঘটনাটি খুব ধীর গতিতে ঘটছিল।

Gregor hatte beschlossen, am Boden zu bleiben.

গ্রেগর সিদ্ধান্ত নিয়েছিল যে সে মাটিতেই থাকবে।

Er hätte die Wände hoch und an der Decke entlanglaufen können.

সে দেয়াল বেয়ে ছাদ বেয়ে দৌড়ে যেতে পারত।

Er wollte den Vater aber nicht unnötig provozieren.

কিন্তু সে অযথা বাবাকে উত্তেজিত করতে চাইছিল না।

Eine solche Flucht hätte besonders verwerflich erscheinen können.

এই ধরনের পালানো হয়তো বিশেষভাবে দুষ্টু বলে মনে হয়েছিল।

Gregor räumte ein, dass diese Jagd nicht mehr lange dauern könne.

গ্রেগর স্বীকার করলেন যে এই তাড়া আর বেশিক্ষণ স্থায়ী হতে পারে না।

Jeder Schritt erforderte eine Vielzahl von Bewegungen.

প্রতিটি পদক্ষেপে অসংখ্য আন্দোলনের সম্মুখীন হতে হয়েছিল।

Er begann bereits Atemnot zu verspüren.

তার ইতিমধ্যেই শ্বাসকষ্ট অনুভব হতে শুরু করেছে।

Schon vorher hatte er nie absolut zuverlässige Lungen gehabt.

এমনকি এর আগেও তার সম্পূর্ণ নির্ভরযোগ্য ফুসফুস ছিল না।

Er taumelte dahin und sparte seine Kräfte für den Lauf.

সে দৌড়ের জন্য তার শক্তি সঞ্চয় করে টলমল করে এগিয়ে গেল।

Er war so müde, dass er die Augen kaum noch offen halten konnte.

সে এতটাই ক্লান্ত ছিল যে চোখ খোলা রাখতে পারছিল না।

Seine Gedanken verlangsamten sich zu sehr, um an andere Fluchtmöglichkeiten zu denken.

তার চিন্তাভাবনা এতটাই ধীর হয়ে গেল যে অন্য পালানোর কথা ভাবতেই পারল না।

Er hatte fast vergessen, dass ihm die Wände zur Verfügung standen.

সে প্রায় ভুলেই গিয়েছিল যে দেয়ালগুলো তার জন্য উন্মুক্ত।

Die Wände waren aber ohnehin hinter Möbeln verborgen.

কিন্তু যাই হোক, দেয়ালগুলো আসবাবপত্রের আড়ালে লুকিয়ে ছিল।

Und die Möbel wiesen zu viele Kerben und Vorsprünge auf.

আর আসবাবপত্রে অনেক বেশি খাঁজ এবং ফুটো ছিল।

Und dann, direkt neben ihm, rollte ein Apfel.

আর তারপর, ঠিক তার পাশে, গড়াগড়ি খাচ্ছিল, একটা আপেল ছিল।

Ihm wurde klar, dass der Apfel nach ihm geworfen worden sein musste.

সে বুঝতে পারল, আপেলটা নিশ্চয়ই তার দিকে ছুঁড়ে মারা হয়েছে।

Doch er hatte keine Zeit zum Nachdenken, da kam schon der nächste Apfel.

কিন্তু আরেকটি আপেল আসার আগে তার ভাবার সময় ছিল না।

Gregor erstarrte vor Schreck über die neue Strategie seines Vaters.

বাবার নতুন কৌশলে গ্রেগর হতবাক হয়ে গেল।

Er konnte durch einen Fluchtversuch nichts mehr gewinnen.

দৌড়ানোর চেষ্টা করে সে আর কিছুই অর্জন করতে পারল না।

Der Vater hatte beschlossen, ihn mit Früchten zu überhäufen.

বাবা তাকে ফল দিয়ে ঝাঁপিয়ে ফেলার সিদ্ধান্ত নিয়েছিলেন।

Er hatte sich die Taschen mit Obst aus der Küchenschale gefüllt.

সে রান্নাঘরের ফলের বাটি থেকে পকেট ভরেছিল।

Ohne besonders darauf zu zielen, warf er Apfel um Apfel.

বিশেষ লক্ষ্য না রেখে, সে আপেলের পর আপেল ছুড়ে মারল।

Diese kleinen roten Äpfel rollten auf dem Boden herum.

এই ছোট লাল আপেলগুলো মাটিতে গড়িয়ে পড়ছিল।

Wie von einem Stromschlag getroffen, stießen die Äpfel aneinander.

যেন বিদ্যুৎস্পৃষ্ট হয়ে আপেলগুলো একে অপরের সাথে ধাক্কা খেল।

Einer der schwach geworfenen Äpfel streifte Gregors Rücken.

দুর্বলভাবে ছুঁড়ে ফেলা আপেলগুলির মধ্যে একটি গ্রেগরের পিঠে লেগে গেল।

Zum Glück für ihn rutschte der Apfel harmlos herunter.

ভাগ্যক্রমে তার জন্য, আপেলটি কোনও ক্ষতি ছাড়াই পিছলে গেল।

Der anschließend geworfene Apfel traf jedoch genauer.

তবে, পরে নিক্ষিপ্ত আপেলটি আরও সঠিক ছিল।

Und dieser Apfel blieb tief in Gregors Rücken stecken.

আর এই আপেলটি গ্রেগরের পিঠের গভীরে গেঁথে গেল।

Gregor wollte sich vor dem Schmerz davonreißen.

গ্রেগর নিজেকে যন্ত্রণা থেকে দূরে সরিয়ে নিতে চাইছিল।

Vielleicht ließe sich diesem neuen, unvorstellbaren Schmerz entkommen.

হয়তো এই নতুন, অবিশ্বাস্য যন্ত্রণা থেকে মুক্তি পাওয়া যেত।

Vielleicht würde ein Ortswechsel seine Qualen lindern.

হয়তো স্থান পরিবর্তন করলে তার যন্ত্রণা লাঘব হবে।

Aber er fühlte sich, als wäre er am Boden festgenagelt.

কিন্তু তার মনে হলো যেন তাকে পেরেক দিয়ে মাটিতে বিদ্ধ করা হয়েছে।

Er streckte sich aus, aber nur aufgrund seiner Verwirrung.

সে নিজেকে প্রসারিত করল, কিন্তু কেবল তার বিভ্রান্তির কারণে।

Erst mit seinem letzten Blick sah er, wie sich die Tür öffnete.

শেষবারের মতো তাকিয়েই সে দরজা খুলে যেতে দেখতে পেল।

Die Mutter stürzte vor die schreiende Schwester hinaus.

মা চিৎকার করতে করতে বোনের সামনে ছুটে গেলেন।

Die Schwester hatte sie ausgezogen, sodass sie nur noch ihr Hemd trug.
বোন তার পোশাক খুলে ফেলেছিল, তাই সে তার শার্ট পরে ছিল।

Sie hatte in ihrer Bewusstlosigkeit Freiraum gebraucht.
তার অজ্ঞান অবস্থায় শ্বাস নেওয়ার জন্য জায়গার প্রয়োজন ছিল।

Er sah noch, wie die Mutter auf den Vater zulief.
সে তখনও দেখতে পেল কিভাবে মা বাবার দিকে দৌড়ে যাচ্ছে।

Ihre Röcke rutschten einer nach dem anderen zu Boden.
তার স্কার্টগুলো একের পর এক মাটিতে পড়ে গেল।

Er sah, wie sie auf den Vater zuging und über ihren Rock stolperte.
সে দেখতে পেল সে বাবার কাছে আসছে, এবং তার স্কার্টে হোঁচট খাচ্ছে।

Sie umarmte ihn und bat darum, Gregors Leben zu verschonen.
তাকে জড়িয়ে ধরে, সে গ্রেগরের জীবন বাঁচানোর জন্য প্রার্থনা করল।

In völliger Einheit mit seinem Körper versagte auch sein Augenlicht.
শরীরের সাথে সম্পূর্ণ মিলিত হতে না হতেই তার দৃষ্টিশক্তি নষ্ট হয়ে গেল।

Gregor litt über einen Monat lang unter der schweren Verletzung.
গ্রেগর এক মাসেরও বেশি সময় ধরে গুরুতর আঘাত ভোগ করেছিলেন।

Der Apfel steckte fest; niemand wagte es, ihn zu entfernen.
আপেলটি আটকে রইল; কেউ এটি সরানোর সাহস করল না।

Der Apfel blieb als sichtbare Erinnerung in seinem Fleisch zurück.
আপেলটি তার মাংসে দৃশ্যমান স্মারক হিসেবে রয়ে গেল।

Der Apfel diente dem Vater aber auch als Erinnerung.
কিন্তু আপেলটি বাবার জন্য একটি স্মারক হিসেবেও কাজ করেছিল।

Ihm wurde klar, dass Gregor nicht wie ein Feind behandelt werden sollte.
সে বুঝতে পারল গ্রেগরের সাথে শত্রুর মতো আচরণ করা উচিত নয়।

Im Moment mag sein Erscheinungsbild traurig und abstoßend wirken.
বর্তমানে তার চেহারা দুঃখজনক এবং ঘৃণ্য হতে পারে।

Aber dennoch war er ein Mitglied ihrer Familie.
কিন্তু তবুও, তিনি এখনও তাদের পরিবারের একজন সদস্য ছিলেন।

Der Widerwille musste überwunden und toleriert werden.
অনিচ্ছাকে গিলে ফেলতে হয়েছিল এবং সহ্য করতে হয়েছিল।

Aufgrund seiner Verletzung könnte seine Beweglichkeit für immer verloren sein.
তার আঘাতের কারণে, তার চলাফেরার ক্ষমতা চিরতরে হারিয়ে যেতে পারে।

Er kroch immer noch in seinem Zimmer herum, aber viel langsamer.
সে এখনও তার ঘরে হামাগুড়ি দিয়ে ঘুরে বেড়াচ্ছিল, কিন্তু অনেক ধীর গতিতে।

Kriechen in irgendeiner Höhe war völlig ausgeschlossen.
যেকোনো উচ্চতায় হামাগুড়ি দেওয়ার প্রশ্নই ওঠে না।

Gregor erhielt jedoch eine Form der Entschädigung.
কিন্তু গ্রেগর কিছু ধরণের ক্ষতিপূরণ পেয়েছিলেন।

Am Abend wurde ihm die Wohnzimmertür geöffnet.

সন্ধ্যায় তার জন্য বসার ঘরের দরজা খুলে দেওয়া হল।

Und er war der Ansicht, dass diese Wiedergutmachungszahlungen vollkommen angemessen seien.

এবং তিনি অনুভব করেছিলেন যে এই ক্ষতিপূরণগুলি সম্পূর্ণরূপে পর্যাপ্ত ছিল।

Noch vor Einbruch der Dunkelheit begann er, die Tür zu beobachten.

সন্ধ্যার আগেই সে দরজার দিকে নজর রাখা শুরু করে দিল।

Er lag in der Dunkelheit, vom Wohnzimmer aus unsichtbar.

সে অন্ধকারে শুয়ে ছিল, বসার ঘর থেকে অদৃশ্য।

Er konnte die ganze Familie an dem beleuchteten Tisch sehen.

আলোকিত টেবিলে সে পুরো পরিবারকে দেখতে পেল।

Nun durfte er ihren Gesprächen zuhören.

এখন তাকে তাদের কথোপকথন শোনার অনুমতি দেওয়া হল।

Dies unterschied sich deutlich von ihrer vorherigen Vereinbarung.

এটি তাদের পূর্ববর্তী ব্যবস্থা থেকে বেশ আলাদা ছিল।

Die lebhaften Gespräche vergangener Zeiten waren verstummt.

আগের সময়ের প্রাণবন্ত কথোপকথন শেষ হয়ে গেল।

Das waren die Gespräche, nach denen er sich immer gesehnt hatte.

এই কথোপকথনগুলোই সে আকুলভাবে কামনা করত।

Als er allein in kleinen Hotelzimmern schlief.

যখন সে ছোট হোটেলের ঘরে একা ঘুমাচ্ছিল।

Als er sich in die feuchte Bettwäsche werfen musste.

যখন তাকে ভেজা বিছানার চাদরে নিজেকে ঝাঁপিয়ে পড়তে হয়েছিল।

Die Abende verliefen nun meist ruhig und ereignislos.

কিন্তু এখন সন্ধ্যাগুলো বেশিরভাগই শান্ত এবং অস্থির ছিল।

Der Vater schlief nach dem Abendessen in seinem Sessel ein.

রাতের খাবারের পর বাবা তার আর্মচেয়ারে ঘুমিয়ে পড়লেন।

Und Mutter und Schwester ermahnten einander zur Stille.

আর মা আর বোন একে অপরকে চুপ থাকতে অনুরোধ করল।

Die Mutter beugte sich weit über die Lampe und nähte Leinen.
মা, আলোর উপর অনেক দূরে হেলান দিয়ে, লিনেন সেলাই করলেন।

Sie entwirft jetzt Kleider für eines der Modegeschäfte.
সে এখন একটি ফ্যাশন স্টোরের জন্য পোশাক তৈরি করে।

Wie Gregor hatte auch die Schwester eine Stelle als Verkäuferin angenommen.
গ্রেগরের মতো, বোনও একজন বিক্রয়কর্মীর চাকরি নিয়েছিল।

Sie lernte abends Stenografie und Französisch.
সে সন্ধ্যায় শর্টহ্যান্ড এবং ফরাসি ভাষা শিখছিল।

Damit sie später vielleicht eine bessere Arbeitsstelle bekommen könnte.
যাতে সে পরে আরও ভালো চাকরি পেতে পারে।

Manchmal wachte der Vater von seinem abendlichen Nickerchen auf.
মাঝে মাঝে বাবা সন্ধ্যার ঘুম থেকে জেগে উঠতেন।

"Liebling, du nähst heute schon so lange!"
"প্রিয়তম, আজ তুমি অনেকক্ষণ ধরে সেলাই করছো!"

Er schien vergessen zu haben, dass er geschlafen hatte.
সে যেন ভুলেই গিয়েছিল যে সে ঘুমাচ্ছিল।

Doch er fiel sofort wieder in seinen Schlaf zurück.
কিন্তু তৎক্ষণাৎ সে আবার ঘুমিয়ে পড়ল।

Und Mutter und Schwester lächelten einander müde an.
আর মা আর বোন একে অপরের দিকে ক্লান্ত মুখে হাসল।

Der Vater hatte eine seltsame neue Sturheit entwickelt.
বাবার মনে এক অদ্ভুত নতুন জেদ তৈরি হয়েছিল।

Selbst zu Hause weigerte er sich, seine Dieneruniform auszuziehen.
এমনকি বাড়িতেও তিনি তার চাকরের পোশাক খুলতে অস্বীকৃতি জানান।

Und sein Morgenmantel hing nutzlos am Kleiderbügel.
আর তার ড্রেসিং গাউনটি হ্যাঙ্গারে অকেজোভাবে ঝুলে ছিল।

So schlief der Vater, vollständig bekleidet, in seinem Sessel.
তাই বাবা পুরো পোশাক পরে আরামকেদারায় ঘুমিয়ে পড়লেন।

Es war, als ob er immer bereit wäre, seinen Dienst zu leisten.
মনে হচ্ছিল যেন সে সবসময় তার সেবা করার জন্য প্রস্তুত।

Als ob er nur auf die Stimme seines Vorgesetzten gewartet hätte.
যেন সে কেবল তার ঊর্ধ্বতনের কণ্ঠস্বরের জন্য অপেক্ষা করছিল।

Dies führte dazu, dass seine Uniform an Sauberkeit verlor.
এর ফলে তার ইউনিফর্মের পরিচ্ছন্নতা নষ্ট হয়ে যায়।

Obwohl die Uniform auch nicht neu war, als er sie bekam.
যদিও সে যখন ইউনিফর্মটি পেল তখন এটি নতুন ছিল না।

Und die Mutter tat ihr Bestes, um die Uniform zu pflegen.
আর মা তার যথাসাধ্য চেষ্টা করেছিলেন ইউনিফর্মটির যত্ন নেওয়ার জন্য।

Gregor verbrachte ganze Abende damit, diese Uniform anzusehen.
গ্রেগর পুরো সন্ধ্যা এই ইউনিফর্মটি দেখে কাটিয়ে দিল।

Er beobachtete, wie der alte Mann äußerst unbequem schlief.
সে দেখল বৃদ্ধ লোকটি খুব অস্বস্তিকরভাবে ঘুমাচ্ছে।

Doch im Schlaf bemerkte er auch etwas Friedliches.
কিন্তু ঘুমের মধ্যে সে কিছু একটা শান্ত জিনিসও লক্ষ্য করল।

Als die Uhr zehn schlug, versuchte die Mutter, ihn zu wecken.
ঘড়িতে যখন দশটা বাজলো, মা তাকে জাগানোর চেষ্টা করলেন।

Sie sprach leise und überredete ihn, ins Bett zu gehen.
সে আস্তে আস্তে কথা বলল, এবং তাকে ঘুমাতে যেতে রাজি করালো।

Denn auf dem Sessel zu schlafen war kein richtiger Schlaf.
কারণ আর্মচেয়ারে ঘুমানো আসল ঘুম ছিল না।

Er musste um sechs Uhr mit der Arbeit beginnen.
তাকে ছয়টায় কাজ শুরু করতে হবে।

Deshalb musste er unbedingt so gut wie möglich schlafen.
তাই তার সত্যিই যতটা সম্ভব ভালো ঘুমের প্রয়োজন ছিল।

Doch er war von einer neuen Form der Sturheit ergriffen.
কিন্তু এক নতুন ধরণের জেদ তাকে আঁকড়ে ধরেছিল।

Die Tatsache, dass er Diener geworden war, hatte begonnen, diese Wirkung auf ihn zu haben.

দাস হয়ে ওঠার ফলে তার উপর এই প্রভাব পড়তে শুরু করেছিল।

Deshalb bestand er immer darauf, länger am Tisch zu bleiben.

তাই সে সবসময় টেবিলে আরও বেশি সময় থাকার জন্য জোর দিত।

Obwohl er regelmäßig wieder in seinem Sessel einschlief.

যদিও তিনি নিয়মিতভাবে আবার তার চেয়ারে ঘুমিয়ে পড়তেন।

Und er ließ sich nur mit größter Mühe bewegen.

আর তাকে কেবল সবচেয়ে কষ্টেই সরানো যেত।

Man musste ihm erklären, dass das Bett besser für ihn wäre.

তাকে বলতে হয়েছিল যে বিছানাটি তার জন্য ভালো হবে।

Mutter und Schwester mussten nachdrücklich darauf bestehen, oft mit nur wenigen Vorwarnungen.

মা এবং বোনকে সামান্য সতর্কীকরণের মাধ্যমে জোর করতে হয়েছিল।

Fünfzehn Minuten lang schüttelte er nur langsam den Kopf.

পনের মিনিট ধরে সে কেবল ধীরে ধীরে মাথা নাড়ল।

Und er hielt die Augen geschlossen und weigerte sich aufzustehen.

আর সে চোখ বন্ধ করে রইল, আর উঠতে অস্বীকৃতি জানাল।

Die Mutter zupfte sanft, aber bestimmt an seinem Ärmel.

মা তার হাতের আস্তিনটা আলতো করে, কিন্তু শক্ত করে টেনে ধরলেন।

Und sie flüsterte ihm schmeichelhafte Worte in seine müden Ohren.

আর সে তার ক্লান্ত কানে ফিসফিস করে তোষামোদপূর্ণ কথাগুলো বলল।

Die Schwester unterbrach ihre Arbeit, um ihrer Mutter zu helfen.

বোন তার মাকে সাহায্য করার জন্য তার উপর অর্পিত কাজটি ছেড়ে দিল।

Doch keiner ihrer Versuche zeigte Wirkung beim Vater.

কিন্তু তাদের কোন প্রচেষ্টাই বাবার উপর কাজ করেনি।

Er sank noch tiefer in seinen Stuhl, bereit zum Schlafen.

সে তার চেয়ারে আরও গভীরে ডুবে গেল, ঘুমানোর জন্য প্রস্তুত হল।

Und schließlich packten ihn die Frauen unter den Achseln.

আর অবশেষে মহিলারা তাকে বগলের নিচে চেপে ধরল।

Er öffnete die Augen und blickte sie abwechselnd an.

সে চোখ খুলল এবং পর্যায়ক্রমে তাদের দিকে তাকাল।

„Was für ein Leben!", klagte er beim Zubettgehen.
"কি অদ্ভুত জীবন এটা," বিছানায় যাওয়ার সময় সে অভিযোগ করল।

"Ist das der Frieden, der mir im Alter zuteilwurde?"
"এই কি সেই শান্তি যা আমাকে বৃদ্ধ বয়সে দেওয়া হয়েছে?"

Doch dann stützte er sich auf die beiden Frauen und stand unbeholfen auf.
কিন্তু তারপর, দুই মহিলার উপর ঝুঁকে পড়ে, সে উঠে দাঁড়াল, বিব্রতকরভাবে।

Er tat so, als trüge er die schwerste Last.
সে এমনভাবে অভিনয় করল যেন সে সবচেয়ে ভারী বোঝা বহন করছে।

Er ließ sich von den beiden Frauen bis ans andere Ende des Raumes führen.
সে দুই মহিলাকে ঘরের শেষ প্রান্তে নিয়ে যেতে দিল।

Dort wünschte er ihnen eine gute Nacht und ging dann allein weiter.
সেখানে তিনি তাদের শুভরাত্রি জানালেন, এবং একাই চলতে লাগলেন।

Doch die Mutter warf hastig ihr Nähzeug hin.
কিন্তু মা তাড়াহুড়ো করে তার সেলাইয়ের সরঞ্জামটি ফেলে দিলেন।

Und auch die Schwester legte den Stift und den Notizblock beiseite.
আর বোনটিও কলম আর নোটপ্যাডটা নামিয়ে রাখল।

Und sie liefen hinter dem Vater her, um ihm weiter zu helfen.
আর তারা বাবার পিছনে দৌড়ে গেল তাকে আরও সাহায্য করার জন্য।

Wer in dieser überarbeiteten Familie hatte schon Zeit für Gregor?
এই অতিরিক্ত কর্মব্যস্ত পরিবারের মধ্যে কার গ্রেগরের জন্য সময় ছিল?

Wer hätte ihm mehr Aufmerksamkeit schenken können als nötig?
কে তাকে প্রয়োজনের চেয়ে বেশি মনোযোগ দিতে পারত?

Das Haushaltsbudget wurde zunehmend eingeschränkt.
পরিবারের বাজেট ক্রমশ সীমিত হয়ে পড়ল।

Um Geld zu sparen, mussten sie schließlich das Dienstmädchen entlassen.
অবশেষে, টাকা বাঁচানোর জন্য, তাদের দাসীকে বরখাস্ত করতে হয়েছিল।

Sie wurde durch eine stämmige, weißhaarige Frau ersetzt.

তার স্থলাভিষিক্ত হলেন একজন মোটা হাড়ওয়ালা, সাদা চুলওয়ালা মহিলা।

Diese Frau kam jedoch nur morgens und abends.
কিন্তু এই মহিলা কেবল সকাল এবং সন্ধ্যায় আসতেন।

Und die schwerste und härteste Arbeit wurde ihr aufgehoben.
আর সব কঠিন থেকে কঠিন কাজ তার জন্যই জমা ছিল।

Alle anderen Hausarbeiten wurden von der Mutter erledigt.
বাকি সব কাজ মা দেখাশোনা করতেন।

Es kam sogar vor, dass verschiedene Familienschmuckstücke verkauft wurden.
এমনকি এমনও ঘটেছে যে বিভিন্ন পারিবারিক গয়না বিক্রি হয়ে গেছে।

Schmuck, den die Frauen bei Feierlichkeiten mit Freude getragen hatten.
উদযাপনের সময় মহিলারা আনন্দের সাথে যে গয়না পরেছিলেন।

Gregor erfuhr dies in einer der allgemeinen Diskussionen.
গ্রেগর একটি সাধারণ আলোচনা থেকে এটি শিখেছে।

Die größte Beschwerde betraf jedoch etwas anderes.
তবে সবচেয়ে বড় অভিযোগ ছিল অন্য কিছু।

Die Wohnung war zu groß, aber sie konnten nicht ausziehen.
অ্যাপার্টমেন্টটি অনেক বড় ছিল, কিন্তু তারা বাইরে যেতে পারছিল না।

Es gab keine Möglichkeit, Gregor umzusiedeln.
গ্রেগরকে অন্যত্র স্থানান্তর করার কোন উপায় ছিল না।

Gregor erkannte jedoch, dass es nicht nur um Rücksichtnahme ging.
কিন্তু গ্রেগর বুঝতে পারলেন যে এটি কেবল বিবেচনার বিষয় নয়।

Etwas anderes hielt sie davon ab, woanders hinzuziehen.
অন্য কিছু তাদের অন্য কোথাও যেতে বাধা দিয়েছে।

Er hätte problemlos in einer geeigneten Kiste transportiert werden können.
তাকে সহজেই উপযুক্ত বাক্সে করে পরিবহন করা যেত।

Ihre Gefühle völliger Hoffnungslosigkeit hielten sie zurück.
তাদের সম্পূর্ণ হতাশার অনুভূতি তাদের পিছনে রেখেছিল

Sie wollten sich nicht eingestehen, dass sie vom Unglück getroffen worden waren.

তারা স্বীকার করতে চাইছিল না যে দুর্ভাগ্য তাদের উপর এসে পড়েছে।

Was die Welt von armen Menschen verlangt, das haben sie erfüllt.

পৃথিবী দরিদ্র মানুষের কাছ থেকে যা দাবি করে, তারা তা পূরণ করেছে।

Der Vater holte dem kleinen Bankangestellten das Frühstück.

বাবা ছোট্ট ব্যাংক কেরানির জন্য নাস্তা নিয়ে এলেন।

Die Mutter opferte sich für die Wäsche von Fremden auf.

মা অপরিচিতদের কাপড়ের জন্য নিজেকে উৎসর্গ করেছিলেন।

Die Schwester rannte hin und her, um die Bestellungen der Kunden aufzunehmen.

বোনটি গ্রাহকদের অর্ডারের জন্য এদিক-ওদিক দৌড়াদৌড়ি করছিল।

Aber sie hatten einfach nicht mehr die Kraft, irgendetwas weiter zu tun.

কিন্তু তাদের আর কিছু করার শক্তি ছিল না।

Die Wunde in Gregors Rücken schmerzte nun noch mehr.

গ্রেগরের পিঠের ক্ষত আরও বেশি ব্যথা করতে শুরু করে।

Jeden Abend brachten Mutter und Schwester den Vater ins Bett.

প্রতি রাতে মা আর বোন বাবাকে বিছানায় নিয়ে আসত।

Sie ließen ihre Arbeit liegen und setzten sich zusammen.

তারা তাদের কাজ যেখানে ছিল সেখানেই রেখে একসাথে বসল।

Und sie rückten näher zusammen und saßen Wange an Wange.

আর তারা আরও কাছে এগিয়ে গেল, আর গালে গাল মিলিয়ে বসল।

Die Mutter zeigte auf das Zimmer, von dem aus er zusah.

মা সেই ঘরটির দিকে ইশারা করলেন যেখান থেকে সে দেখছিল।

"Würdest du die Tür schließen?", fragte sie die Schwester.

"তুমি কি দরজা বন্ধ করবে," সে বোনকে জিজ্ঞাসা করল।

Und dann war Gregor wieder allein in der Dunkelheit.

আর তারপর গ্রেগর আবার অন্ধকারে একা পড়ে রইল।

Und im Nebenzimmer vermischten die Frauen ihre Tränen.

আর পাশের ঘরে মহিলাটি তাদের চোখের জল মিশিয়ে দিল।

Oder sie saßen mit trockenen Augen da und starrten einfach nur auf den Tisch.

অথবা তারা শুকনো চোখ নিয়ে বসে ছিল, কেবল টেবিলের দিকে তাকিয়ে ছিল।

Gregor schlief kaum, weder nachts noch tagsüber.

গ্রেগর খুব একটা ঘুমাতে পারত না, দিনও না, রাতও না।

Er dachte oft darüber nach, wie er der Familie helfen könnte.

সে প্রায়ই ভাবত কিভাবে পরিবারকে সাহায্য করা যায়।

Er dachte darüber nach, das Geld wieder für sie zu verdienen.

সে আবার তাদের জন্য টাকা রোজগার করার কথা ভাবল।

Er dachte darüber nach, das zu tun, was er früher für sie getan hatte.

সে তাদের জন্য যা করতো তা করার কথা ভাবলো।

In seinen Gedanken erschien der Bevollmächtigte wieder.

তার চিন্তায়, অনুমোদিত প্রতিনিধি ফিরে এলেন।

Und dieses Mal kam auch der Chef in die Wohnung.

আর এবার বসও অ্যাপার্টমেন্টে এলেন।

Und die Angestellten und die Lehrlinge waren auch da.

আর কেরানি এবং শিক্ষানবিশরাও সেখানে ছিলেন।

Sogar der etwas begriffsstutzige Büroangestellte kam, um ihn zu sehen.

এমনকি ধীর বুদ্ধির অফিসের কর্মচারীও তাকে দেখতে এসেছিল।

Es waren zwei oder drei Freunde aus anderen Branchen dabei.

অন্য ব্যবসার দুই-তিনজন বন্ধু ছিল।

Eine der Zimmermädchen aus einem Hotel in der Provinz.

প্রদেশের একটি হোটেলের একজন চেম্বারমেইড।

Eine kostbare und flüchtige Erinnerung, an der er festzuhalten versuchte.

একটি প্রিয় এবং ক্ষণস্থায়ী স্মৃতি যা সে ধরে রাখার চেষ্টা করেছিল।

Eine Kassiererin aus einem Hutgeschäft, für die er Absichten hatte.

টুপির দোকানের একজন ক্যাশিয়ার যার জন্য তার উদ্দেশ্য ছিল।

Doch er war etwas zu langsam gewesen, um ihre Zustimmung zu gewinnen.

কিন্তু সে তার অনুমোদন পেতে একটু বেশিই দেরি করেছিল।

Sie alle tauchten in seinen Gedanken auf, vermischt mit Fremden.

তারা সবাই তার চিন্তাভাবনায় উপস্থিত হয়েছিল, অপরিচিতদের সাথে মিশে।

Und andere erschienen nicht; sie waren bereits vergessen.

আর অন্যরা হাজির হয়নি; তারা ইতিমধ্যেই ভুলে গেছে।

Aber sie halfen weder ihm noch seiner Familie.

কিন্তু তারা তাকে সাহায্য করেনি, এমনকি পরিবারকেও সাহায্য করেনি।

Sie waren unzugänglich, und er war froh, als sie weg waren.

ওগুলো দুর্গম ছিল, আর ওরা যখন গেল তখন সে খুশি হয়েছিল।

Er war nicht immer in der Stimmung, sich Sorgen um die Familie zu machen.

পরিবার নিয়ে সবসময় চিন্তা করার মেজাজে ছিলেন না তিনি।

Und er war voller Wut über die mangelnde Aufmerksamkeit.

আর মনোযোগের অভাবের কারণে সে রাগে ভরে গেল।

Und er konnte sich nichts vorstellen, worauf er Appetit hätte.

আর সে এমন কিছু কল্পনাও করতে পারছিল না যার প্রতি তার ক্ষুধা ছিল।

Doch er schmiedete trotzdem Pläne, in die Speisekammer einzubrechen.

কিন্তু সে এখনও প্যান্ট্রিতে ঢুকার পরিকল্পনা করছিল।

Und er würde sich alles nehmen, was ihm zustand.

আর সে তার প্রাপ্য সবকিছুই নিতে যাচ্ছিল।

Die Schwester bemühte sich nicht mehr besonders um ihn.

বোনটি আর তার জন্য বিশেষ কোনও প্রচেষ্টা করেনি।

Sie verschwendete keine Zeit mehr damit, darüber nachzudenken, wie sie ihm gefallen könnte.

সে আর তাকে খুশি করার কথা ভেবে সময় নষ্ট করল না।

Vor der Arbeit schob sie schnell etwas zu essen ins Zimmer.

কাজের আগে সে তাড়াতাড়ি ঘরে কিছু খাবার ঢেলে দিল।

Und am Abend kehrte sie die Essensreste schnell wieder zusammen.

আর সন্ধ্যায় সে তাড়াতাড়ি আবার খাবার ঝাড়ু দিয়ে পরিষ্কার করে ফেলল।

Ob er gegessen hatte oder nicht, bemerkte sie nicht mehr.
সে খেয়েছে কি না, সে আর খেয়াল করেনি।

In den meisten Fällen blieb das Essen nun unberührt.
এখন প্রায়শই খাবারটি অপরিবর্তিত রাখা হত।

Abends huschte sie immer noch schnell durch den Raum.
সন্ধ্যাবেলাও সে দ্রুত ঘরটা ঝাড়ু দিয়ে ঘুরে বেড়াত।

Doch nun tat sie nur das Nötigste, und zwar so schnell wie möglich.
কিন্তু এখন সে যত তাড়াতাড়ি সম্ভব ন্যূনতম কাজটি করেছে।

An den Mauern zogen sich Spuren von Schmutz entlang.
দেয়াল বরাবর ধুলোর রেখা ছড়িয়ে ছিল।

Auf dem Boden lagen Staub- und Müllklumpen.
ধুলো আর আবর্জনার গোলা মেঝেতে পড়ে ছিল।

Gregor missbilligte ihre Nachlässigkeit.
গ্রেগর তার যত্নের অভাবের প্রতি তার অসম্মতি প্রকাশ করলেন।

Er drehte sich in einem besonders markanten Winkel.
তিনি নিজেকে একটি বিশেষ গুরুত্বপূর্ণ কোণে ঘুরিয়েছিলেন।

Aber er hätte wochenlang in dieser Position bleiben können.
কিন্তু তিনি কয়েক সপ্তাহ ধরে এই পদে থাকতে পারতেন।

Seine Schwester hätte seine Unzufriedenheit nicht bemerkt.
তার বোন তার অসন্তুষ্টি লক্ষ্য করত না।

Sie sah den Dreck genauso gut wie er, wenn nicht sogar besser.
সে ময়লাটা তার মতোই ভালোভাবে দেখেছিল, যদি ভালো নাও হয়।

Aber sie hatte beschlossen, den Dreck dort zu lassen, wo er war.
কিন্তু সে ময়লা যেখানে ছিল সেখানেই রেখে যাওয়ার সিদ্ধান্ত নিয়েছিল।

Damals entwickelte sie eine völlig neue Sensibilität.
সেই সময় তিনি সম্পূর্ণ নতুন সংবেদনশীলতা গ্রহণ করেছিলেন।

Sie hatte es sich zur Aufgabe gemacht, Gregors Zimmer zu reinigen.
সে গ্রেগরের ঘর পরিষ্কার করাকে নিজের দায়িত্বে নিয়েছিল।

Die Familie war von ihrer freundlichen Rücksichtnahme sehr berührt.
তার সদয় চিন্তাশীলতায় পরিবারটি মুগ্ধ হয়েছিল।

Einst hatte die Mutter sein Zimmer gründlich gereinigt.
একবার, মা তার ঘরটি পুঙ্খানুপুঙ্খভাবে পরিষ্কার করেছিলেন।

Erst nachdem sie mehrere Eimer Wasser verbraucht hatte, gelang es ihr.
কয়েক বালতি পানি ব্যবহারের পরই সে সফল হয়েছিল।

Die neu aufgetretene Feuchtigkeit im Zimmer schadete Gregor jedoch.
তবে, ঘরের নতুন স্যাঁতসেঁতে ভাব গ্রেগরের ক্ষতি করেছে।

Und er lag breitbeinig, verbittert und regungslos auf dem Sofa.
আর সে সোফায় চওড়া, তিক্ত আর নিশ্চল শুয়ে রইল।

Doch das war nur ihre erste Strafe für ihre Hilfeleistung.
কিন্তু সাহায্য করার জন্য এটাই ছিল তার প্রথম শাস্তি।

Die Schwester bemerkte schnell die Veränderung in Gregors Zimmer.
বোনটি দ্রুত গ্রেগরের ঘরের পরিবর্তন লক্ষ্য করল।

Und sie rannte, zutiefst beleidigt, ins Wohnzimmer.
আর সে অত্যন্ত অপমানিত হয়ে দৌড়ে বসার ঘরে ঢুকে গেল।

Ihre Mutter hob die Hände und versuchte, sie zu beschwören.
তার মা হাত তুলে তাকে অনুনয় করার চেষ্টা করলেন।

Doch trotz einer aufrichtigen Erklärung brach sie in Tränen aus.
কিন্তু আন্তরিক ব্যাখ্যা সত্ত্বেও, সে কেঁদে ফেলল।

Der Vater erschrak natürlich und fuhr aus seinem Stuhl hoch.
বাবা অবশ্যই চমকে উঠেছিলেন তার চেয়ার থেকে।

Und die beiden Eltern schauten fassungslos und hilflos zu.
আর দুই বাবা-মা অবাক ও অসহায় হয়ে তাকিয়ে রইল।

Und schließlich gerieten auch ihre Gefühle in Aufruhr.
এবং অবশেষে তাদের আবেগও উত্তেজিত হয়ে ওঠে।

Der Vater warf der Mutter vor, was sie getan hatte.

বাবা তার কৃতকর্মের জন্য মাকে তিরস্কার করলেন।

"Du hättest das Zimmer Grete zum Putzen überlassen sollen."

"তোমার উচিত ছিল গ্রেটের জন্য ঘরটি পরিষ্কার করার জন্য রেখে যাওয়া।"

Grete schrie die Mutter an, weil sie sein Zimmer aufgeräumt hatte.

গ্রেট তার ঘর পরিষ্কার করার জন্য মায়ের উপর চিৎকার করে উঠল।

„Du darfst sein Zimmer nie wieder putzen!"

"তোমাকে আর কখনও তার ঘর পরিষ্কার করার অনুমতি দেওয়া হবে না!"

Die Mutter versuchte, den Vater ins Schlafzimmer zu zerren.

মা বাবাকে টেনে বেডরুমে নিয়ে যাওয়ার চেষ্টা করলেন।

Die Schwester blieb zitternd und schluchzend im Zimmer zurück.

বোনটি ঘরেই পড়ে ছিল, কাঁপছিল এবং কাঁদছিল।

Und sie hämmerte mit ihren kleinen Fäustchen auf den Tisch.

আর সে তার ছোট ছোট মুষ্টি দিয়ে টেবিলে আঘাত করল।

Und Gregor zischte sie alle lautstark vor Wut an.

আর গ্রেগর তাদের সকলের উপর রাগে জোরে ফিসফিস করে বলল।

Warum war niemand auf die Idee gekommen, ihm die Tür zu schließen?

কেন কেউ তার জন্য দরজা বন্ধ করার কথা ভাবেনি?

Sie hätten ihm diesen Anblick und Lärm ersparen können.

তারা তাকে এই দৃশ্য এবং শব্দ থেকে রক্ষা করতে পারত।

Die Schwester war erschöpft, als sie von der Arbeit nach Hause kam.

কাজ থেকে বাড়ি ফিরে বোনটি ক্লান্ত হয়ে পড়েছিল।

Und die Betreuung von Gregor bedeutete für sie noch mehr Arbeit.

আর গ্রেগরের যত্ন নেওয়া তার জন্য আরও বেশি কাজ ছিল।

Das bedeutete aber nicht, dass die Mutter es hätte tun sollen.

কিন্তু তার মানে এই নয় যে মায়ের এটা করা উচিত ছিল।

Gregor hingegen sollte nicht vernachlässigt werden.

অন্যদিকে, গ্রেগরকে অবহেলা করা উচিত নয়।

Aber jetzt hatten sie ein neues Dienstmädchen, das solche Dinge tun konnte.

কিন্তু এখন তাদের একজন নতুন দাসী আছে যে এই ধরনের কাজ করতে পারে।

Eine ältere Witwe mit kräftigem Knochenbau.

একজন বৃদ্ধা বিধবা, যার হাড়ের গঠন ছিল মজবুত।

Eine Statur, die ihr half, ihr schwieriges Leben zu überstehen.

এমন একটি মর্যাদা যা তাকে তার কঠিন জীবন টিকিয়ে রাখতে সাহায্য করেছিল।

Sie hatte keine wirkliche Abneigung gegen Gregors Erscheinung.

গ্রেগরের চেহারার প্রতি তার কোন বিতৃষ্ণা ছিল না।

Sie hatte versehentlich die Tür zu Gregors Zimmer geöffnet.

সে ভুল করে গ্রেগরের ঘরের দরজা খুলে দিয়েছিল।

Es geschah nicht aus besonderer Neugierde bezüglich des Zimmers.

এটা ঘরটি সম্পর্কে কোনও বিশেষ কৌতূহলের কারণে হয়নি।

Sie tat lediglich ihre Arbeit und öffnete dabei zufällig die Tür.

সে কেবল তার কাজ করছিল, আর হঠাৎ দরজা খুলে গেল।

Gregor war natürlich völlig überrascht von ihr.

অবশ্যই, গ্রেগর তার কথা শুনে পুরোপুরি অবাক হয়ে গেল।

Er wurde nicht verfolgt, aber er rannte hin und her.

তাকে তাড়া করা হচ্ছিল না, কিন্তু সে এদিক-ওদিক দৌড়াচ্ছিল।

Und sie verschränkte einfach die Arme und sah ihm beim Krabbeln zu.

আর সে শুধু তার হাত ভাঁজ করে, আর তাকে হামাগুড়ি দিতে দেখল।

Seitdem hat sie ihm immer einen Spaltbreit die Tür geöffnet.

তারপর থেকে, সে সবসময় তার জন্য একটু একটু করে দরজা খুলে দিত।

Eines Morgens schaute sie nach ihm, um zu sehen, wie es ihm ging.

সকালে একবার সে তার ছেলে কেমন আছে তা দেখার জন্য ভেতরে তাকাল।

Und am Abend sah sie nach ihm, bevor sie ging.

আর সন্ধ্যায় সে চলে যাওয়ার আগে তার খোঁজ নিয়েছিল।

Zuerst versuchte sie auch, ihn zu sich zu rufen.

প্রথমে সে তাকে তার কাছে আসার জন্য ডাকতেও চেষ্টা করেছিল।

„Komm her, du alter Mistkäfer!", pflegte sie zu sagen.
"এখানে এসো, বুড়ো গোবরের পোকা!" সে বলত।

Oder sie sagte freundlich: „Schau dir den alten Mistkäfer an!"
অথবা সে বলল, "পুরনো গোবরের পোকাটা দেখো!", বন্ধুত্বপূর্ণ।

Gregor reagierte nie darauf, wenn man so mit ihm sprach.
গ্রেগর কখনোই এভাবে কথা বলার প্রতি সাড়া দেয়নি।

Er blieb stehen, ohne sich zu rühren, und ignorierte sie.
সে সেখানেই রইল, নড়াচড়া না করে, আর তাকে উপেক্ষা করল।

„Wenn man ihr doch nur gesagt hätte, wie man ihre Arbeit richtig macht."
"যদি তাকে বলা যেত কিভাবে তার কাজ সঠিকভাবে করতে হবে।"

„Anstatt mich zu belästigen, sollte sie lieber mein Zimmer aufräumen."
"আমাকে বিরক্ত করার পরিবর্তে তার উচিত আমার ঘর পরিষ্কার করা।"

Eines Morgens prasselte ein heftiger Regenguss gegen die Fenster.
একবার ভোরে জানালা দিয়ে প্রচণ্ড বৃষ্টি নামল।

Vielleicht war der Regen bereits ein Zeichen für den kommenden Frühling.
হয়তো বৃষ্টি ইতিমধ্যেই আসন্ন বসন্তের ইঙ্গিত দিচ্ছিল।

Das Dienstmädchen begann wieder auf diese Weise mit ihm zu sprechen.
দাসীটি আবারও তার সাথে সেইভাবে কথা বলতে শুরু করল।

Gregor war so verbittert, dass er sich umdrehte und ihr ins Gesicht sah.
গ্রেগর এতটাই তিক্ত হয়ে উঠল যে সে তার দিকে মুখ ফিরিয়ে নিল।

Er war langsam und gebrechlich, aber es war eine Art Angriff.
সে ধীর এবং দুর্বল ছিল, কিন্তু এটা একধরনের আক্রমণ ছিল।

Das Dienstmädchen hingegen hatte überhaupt keine Angst vor Gregor.
তবে দাসীটি গ্রেগরকে মোটেও ভয় পেত না।

Stattdessen hob sie einen Stuhl hoch, der in der Nähe der Tür stand.

পরিবর্তে, সে দরজার কাছে থাকা একটি চেয়ার তুলে ধরল।

Und sie stand da, ganz ruhig, mit weit geöffnetem Mund.

আর সে সেখানেই দাঁড়িয়ে রইল, শান্তভাবে, মুখ খোলা রেখে।

Ihre Absichten waren klar, das konnte sogar Gregor erkennen.

তার উদ্দেশ্য স্পষ্ট ছিল, এমনকি গ্রেগরও তা দেখতে পেত।

Und er drehte sich langsam um und kehrte zu seinem ursprünglichen Platz zurück.

এবং সে ধীরে ধীরে তার আসল অবস্থানে ফিরে গেল।

"Sie wollen also nicht näher kommen, oder?"

"তাহলে তুমি আর কাছে আসতে চাও না, তাই না?"

Und sie stellte den Stuhl leise wieder in die Ecke.

আর সে চুপচাপ চেয়ারটা কোণে ফিরিয়ে রাখল।

Gregor aß kaum noch etwas.

গ্রেগর আর প্রায় কিছুই খাচ্ছিল না।

Manchmal blieb er bei seinen Rundgängen im Zimmer stehen.

মাঝে মাঝে, ঘরের মধ্যে হাঁটার সময়, সে থেমে যেত।

Und er befand sich neben dem für ihn zubereiteten Essen.

আর সে নিজেকে তার জন্য প্রস্তুত খাবারের পাশে পেল।

Er steckte sich das Essen in den Mund, aber nur, um damit zu spielen.

সে খাবারটা মুখে দিল, কিন্তু শুধু খেলার জন্য।

Und nicht selten spuckte er es nach ein paar Stunden wieder aus.

আর প্রায়শই কয়েক ঘণ্টা পর আবার থুতু ফেলে দিত।

Er versuchte, einen Grund für seinen Appetitverlust zu finden.

সে তার ক্ষুধা না লাগার কারণ খুঁজে বের করার চেষ্টা করল।

Vielleicht, weil er mit dem Zustand seines Zimmers unzufrieden war.

হয়তো কারণ সে তার ঘরের অবস্থা নিয়ে দুঃখিত ছিল।

Aber er hatte sich mit den Veränderungen im Raum abgefunden.

কিন্তু সে ঘরের পরিবর্তনের সাথে মানিয়ে নিয়েছিল।

In letzter Zeit hatte sich sein Zimmer in eine Art Abstellraum verwandelt.

সম্প্রতি তার ঘরটি এক ধরণের স্টোরেজ রুমে পরিণত হয়েছে।

Sie hatten sich angewöhnt, Dinge dort liegen zu lassen.

জিনিসপত্র সেখানে ফেলে রাখা তাদের অভ্যাসে পরিণত হয়েছিল।

Und nun lagen noch viele solcher Dinge in seinem Zimmer.

আর এখন তার ঘরে এরকম অনেক জিনিসপত্র অবশিষ্ট ছিল।

Weil ein Zimmer der Wohnung vermietet worden war.

কারণ অ্যাপার্টমেন্টের একটি ঘর ভাড়া দেওয়া হয়েছিল।

Drei ernsthafte Herren mieteten das Zimmer gemeinsam.

তিনজন আন্তরিক ভদ্রলোক একসাথে ঘরটি ভাড়া করছিলেন।

Gregor hat sie einmal durch einen Türspalt erblickt.

গ্রেগর একবার দরজার ফাটল দিয়ে তাদের লক্ষ্য করেছিল।

Sie trugen Vollbärte und waren penibel gekleidet.

তাদের পূর্ণ দাড়ি ছিল, এবং তারা খুব যত্ন সহকারে পোশাক পরেছিল।

Sie achteten penibel darauf, dass alles ordentlich blieb.

তারা সবকিছু পরিষ্কার-পরিচ্ছন্ন রাখার ব্যাপারে অত্যন্ত সতর্ক ছিল।

Ihr Hang zur Ordnung beschränkte sich nicht nur auf ihr Zimmer.

পরিষ্কার-পরিচ্ছন্নতার উপর তাদের জেদ তাদের ঘরেই সীমাবদ্ধ ছিল না।

Die gesamte Wohnung musste tadellos sauber gehalten werden.

পুরো অ্যাপার্টমেন্টটি পুরোপুরি পরিষ্কার রাখতে হয়েছিল।

Sie legten sogar noch mehr Wert auf das Aussehen der Küche.

রান্নাঘরটা কেমন দেখাচ্ছে তা নিয়ে তারা আরও বেশি চিন্তিত ছিল।

Und unnötigen Unrat konnten sie nicht dulden.

আর তারা অপ্রয়োজনীয় কোনও ঝামেলা সহ্য করতে পারত না।

Sie hatten auch ihre eigenen Möbel mitgebracht.

তারা তাদের নিজস্ব আসবাবপত্রও সাথে করে নিয়ে এসেছিল।

Aus diesem Grund waren viele Dinge überflüssig geworden.
এই কারণে, অনেক কিছুই অপ্রয়োজনীয় হয়ে পড়েছিল।

Das waren Dinge, für die niemand Geld bezahlen würde.
এগুলো এমন জিনিস ছিল যার জন্য কেউ কোন টাকা দিত না।

Die Familie wollte diese Dinge aber auch nicht wegwerfen.
কিন্তু পরিবারও এই জিনিসগুলো ফেলে দিতে চাইছিল না।

All diese Dinge landeten irgendwo in Gregors Zimmer.
এই সব জিনিসপত্র গ্রেগরের ঘরে কোথাও ঢুকে গেছে।

Der Aschenbecher aus der Küche stand nun in seinem Zimmer.
রান্নাঘরের ছাইয়ের বাক্সটি এখন তার ঘরে রাখা আছে।

Und der Müll wurde bis zum Abholtag in seinem Zimmer aufbewahrt.
আর আবর্জনাগুলো আবর্জনা দিবস পর্যন্ত তার ঘরেই রাখা হয়েছিল।

Das Dienstmädchen warf alles, was sie nicht brauchte, in sein Zimmer.
কাজের মেয়েটি তার ঘরে অপ্রয়োজনীয় জিনিসপত্র ছুঁড়ে মারল।

Zum Glück sah er nichts weiter als die Hand und den Gegenstand.
ভাগ্যক্রমে সে হাত আর জিনিসটা ছাড়া আর কিছুই দেখতে পেল না।

Sie hatte wahrscheinlich vor, die Sachen später abzuholen.
সে সম্ভবত পরে আবার আসার কথা ভাবছিল।

Oder vielleicht wollte sie einfach alles auf einmal wegwerfen.
অথবা হয়তো সে এক ঝটকায় সবকিছু ফেলে দিতে চেয়েছিল।

Doch alles blieb dort, wo es ursprünglich gelandet war.
তবে, সবকিছুই যেখানে প্রথমে এসেছিল সেখানেই রয়ে গেছে।

Es sei denn, Gregor bewegte den Schrott, indem er sich hindurchzwängte.
যদি না গ্রেগর আবর্জনাটি নাড়িয়ে নাড়ত।

Zuerst musste er sich durch den ganzen Schrott hindurchkriechen.
প্রথমে তাকে সমস্ত আবর্জনার মধ্য দিয়ে হামাগুড়ি দিতে বাধ্য করা হয়েছিল।

Es gab für ihn keine Möglichkeit, dies zu vermeiden.

তার পক্ষে এটা এড়ানোর কোন সম্ভাবনা ছিল না।

Später fand er jedoch tatsächlich Freude an dieser Tätigkeit.
কিন্তু পরে তিনি আসলে এই কাজে আনন্দ খুঁজে পান।

Diese Anstrengung hinterließ ihn jedoch traurig und zutiefst erschöpft.
যদিও এই প্রচেষ্টা তাকে দুঃখিত এবং গভীরভাবে ক্লান্ত করে তুলেছিল।

Und danach war er viele Stunden lang bewegungsunfähig.
এবং এরপর সে অনেক ঘন্টা নড়াচড়া করতে পারছিল না।

Die Untermieter aßen manchmal im Wohnzimmer.
মাঝেমধ্যেই বাড়ির বাসিন্দারা বসার ঘরে খাবার খেত।

Die Wohnzimmertür blieb an diesen Abenden geschlossen.
সেই সন্ধ্যাগুলোতে বসার ঘরের দরজা বন্ধ থাকত।

Gregor hatte aber keine Schwierigkeiten, die Tür jetzt nicht zu öffnen.
কিন্তু গ্রেগরের এখন দরজা না খোলার কোনও অসুবিধা হল না।

Selbst wenn die Tür offen war, schaute er nicht immer hinaus.
দরজা খোলা থাকলেও সে সবসময় বাইরের দিকে তাকাত না।

Doch er legte sich in die dunkelste Ecke des Zimmers.
কিন্তু সে নিজেকে ঘরের সবচেয়ে অন্ধকার কোণে শুইয়ে দিল।

Auch der Familie fiel seine mangelnde Aufmerksamkeit nicht auf.
পরিবারও তার মনোযোগের অভাব লক্ষ্য করেনি।

Doch einmal ließ das Dienstmädchen die Tür offen.
কিন্তু একবার দাসী দরজা খোলা রেখে চলে গেল।

Die Tür blieb auch dann offen, als die Mieter zurückkehrten.
অতিথিরা ফিরে আসার পরেও দরজা খোলা ছিল।

Und die Tür war offen, als das Licht eingeschaltet wurde.
আর আলো জ্বালানোর সময় দরজা খোলা ছিল।

Der Mann saß an dem Tisch, an dem die Familie zu Abend aß.
লোকটি সেই টেবিলে বসেছিল যেখানে পরিবারের সবাই রাতের খাবার খাচ্ছিল।

Vater, Mutter und Gregor saßen dort in früheren Zeiten.

আগের দিনে বাবা, মা এবং গ্রেগর সেখানে বসতেন।

Sie entfalteten die Servietten und nahmen Messer und Gabeln.
তারা ন্যাপকিনগুলো খুলে ফেলল, আর ছুরি আর কাঁটা নিল।

Die Mutter erschien mit einer Schüssel Fleisch in der Tür.
মা দরজায় মাংসের বাটি নিয়ে হাজির হলেন।

Dann kam die Schwester mit einer Schüssel voller Kartoffeln herein.
তারপর বোনটি আলু ভর্তি একটি বাটি নিয়ে ভেতরে এলো।

Die Untermieter beugten sich über die vor ihnen aufgestellten Schüsseln.
লজাররা তাদের সামনে রাখা বাটিগুলোর উপর ঝুঁকে পড়ল।

Der dichte Rauch des Essens stieg ihnen bis in die Nasen.
খাবারের ভারী ধোঁয়া তাদের নাকে এসে লাগল।

Aber sie hatten noch nicht entschieden, ob sie das Essen essen würden.
কিন্তু তারা এখনও খাবার খাবে কিনা তা ঠিক করেনি।

Vielleicht würden sie das Essen zurück in die Küche schicken.
হয়তো তারা খাবারটা রান্নাঘরে ফেরত পাঠাবে।

Der Mann in der Mitte schien die Autoritätsperson zu sein.
মাঝখানে বসা লোকটিকে কর্তৃপক্ষ বলে মনে হচ্ছিল।

Er schnitt das Fleisch an, um festzustellen, ob es zart genug war.
সে মাংস কেটে নিল, এটা যথেষ্ট নরম কিনা তা দেখার জন্য।

Er war zufrieden mit dem Geruch und Aussehen des Essens.
খাবারের গন্ধ এবং চেহারা দেখে সে সন্তুষ্ট ছিল।

Die Mutter und die Schwester hatten sie ängstlich beobachtet.
মা আর বোন উদ্বিগ্নভাবে তাদের দিকে তাকিয়ে ছিল।

Und sie begannen zu lächeln, begleitet von einem Seufzer der aufgestauten Erleichterung.
আর তারা স্বস্তির নিঃশ্বাস ফেলে হাসতে শুরু করল।

Die Familie selbst wollte in der Küche essen.

পরিবারের সবাই রান্নাঘরে খেতে যাচ্ছিল।

Doch zuerst ging der Vater nach den Untermietern sehen.
কিন্তু প্রথমে বাবা লজারদের খোঁজ নিতে গেলেন।

Er verbeugte sich einmal und hielt dabei seine Arbeitsmütze in der Hand.
সে একবার প্রণাম করল, তার কাজের টুপিটি হাতে ধরে।

Und er ging einmal im Kreis um den Tisch herum, zu jedem Gast.
আর সে টেবিলের চারপাশে একটা বৃত্ত ঘুরিয়ে প্রতিটি অতিথির কাছে গেল।

Die Untermieter standen alle auf und murmelten in ihre Bärte.
অতিথিরা সকলেই দাঁড়িয়ে রইল, তাদের দাড়িয়ে বিড়বিড় করতে লাগল।

Nachdem er gegangen war, aßen sie in fast völliger Stille.
তিনি চলে যাওয়ার পর তারা প্রায় সম্পূর্ণ নীরবে খাবার খেল।

Gregor fand es seltsam, dass er Kaugeräusche hörte.
গ্রেগরের কাছে এটা অদ্ভুত মনে হলো যে সে চিবানোর শব্দ শুনতে পাচ্ছে।

Kein anderer Aspekt des Essens schien Geräusche zu verursachen.
খাওয়ার অন্য কোনও দিকই তেমন একটা শব্দ করেনি বলে মনে হচ্ছে।

Aber er konnte deutlich hören, wie Zähne aufeinander knirschten.
কিন্তু সে স্পষ্টভাবে দাঁত কিড়মিড় করার শব্দ শুনতে পেল।

Sie schienen ihm sagen zu wollen, dass er Zähne zum Essen brauche.
মনে হচ্ছিল তারা তাকে বলছিল যে খাওয়ার জন্য তার দাঁতের প্রয়োজন।

"Ohne Zähne im Kiefer kann man gar nichts machen."
"তোমার চোয়াল দাঁতহীন থাকলে তুমি কিছুই করতে পারবে না।"

„Ich möchte etwas essen", sagte Gregor ängstlich.
"আমি কিছু খেতে চাই", গ্রেগর উদ্বিগ্নভাবে বলল।

„Aber ich habe keinen Appetit auf das, was ihr alle esst."
"কিন্তু তোমরা যা খাচ্ছো তাতে আমার কোন ক্ষুধা নেই।"

„Seht euch an, wie diese Mieter essen, und ich verhungere hier."
"এই দেখো, এই লজাররা খাচ্ছে, আর আমি ক্ষুধার্ত।"

Gregor dachte an diesem Abend zufällig an die Geige.

সেই সন্ধ্যায় গ্রেগরের মনে হঠাৎ করেই বেহালার কথাটা এলো।

Er hatte die Geige seit der Verwandlung nicht mehr gehört.

রূপান্তরের পর থেকে সে বেহালা শোনেনি।

Doch dann, an diesem Abend, ertönte ein Geräusch aus der Küche.

কিন্তু তারপর, আজ সন্ধ্যায়, রান্নাঘর থেকে একটা শব্দ এলো।

Die Herren hatten ihr Abendessen bereits beendet.

ভদ্রলোকরা ইতিমধ্যেই তাদের রাতের খাবার শেষ করে ফেলেছিলেন।

Der mittlere Herr hatte begonnen, eine Zeitung zu lesen.

মধ্যম ভদ্রলোকটি খবরের কাগজ পড়া শুরু করেছিলেন।

Den beiden anderen Herren hatte er jeweils ein Blatt gegeben.

তিনি অন্য দুই ভদ্রলোককে একটি করে চাদর দিয়েছিলেন।

Und nun lehnten sie sich zurück, lasen und rauchten.

আর এখন তারা পিছনে ঝুঁকে পড়ছিল আর ধূমপান করছিল।

Als die Geige zu spielen begann, wurden sie aufmerksam.

যখন বেহালা বাজানো শুরু করল, তারা মনোযোগী হয়ে উঠল।

Sie standen auf und gingen auf Zehenspitzen zur Tür des Vorzimmers.

তারা উঠে দাঁড়ালো এবং পা টিপে টিপে সামনের ঘরের দরজার দিকে হেঁটে গেল।

Hier standen sie eng beieinander und lauschten an der Tür.

এখানে তারা একসাথে জড়ো হয়ে দাঁড়িয়ে দরজায় কথা শুনছিল।

Die Familie muss die Männer aus der Küche gehört haben.

পরিবারটি নিশ্চয়ই রান্নাঘরের পুরুষদের কথা শুনেছে।

Denn der Vater rief sie und fragte sie:

কারণ বাবা তাদের ডেকে জিজ্ঞাসা করেছিলেন;

"Ist die Geige für die Herren vielleicht unbequem?"

"ভদ্রলোকদের জন্য কি বেহালাটা সম্ভবত অস্বস্তিকর?"

„Wenn Ihnen die Musik nicht gefällt, können wir sofort aufhören.“

"যদি তোমার গান পছন্দ না হয়, তাহলে আমরা অবিলম্বে থামিয়ে দিতে পারি।"

„Im Gegenteil", sagte der mittlere der beiden Herren.

"বিপরীতভাবে," ভদ্রলোকদের মাঝখানের লোকটি বলল।

Möchte die junge Dame in unserem Zimmer Geige spielen?

"যুবতী কি আমাদের ঘরে বেহালা বাজাতে চাইবে?"

„Hier ist es definitiv viel komfortabler und gemütlicher."

"এখানে অবশ্যই অনেক বেশি আরামদায়ক এবং আরামদায়ক।"

Der Vater antwortete, als wäre er selbst der Geiger.

বাবা এমনভাবে উত্তর দিলেন যেন তিনি নিজেই বেহালা বাদক।

"Oh bitte, das wäre wunderbar", rief der Vater.

"ওহ, দয়া করে, এটা দারুন হবে," বাবা চিৎকার করে বললেন।

Die Herren kehrten ins Wohnzimmer zurück und warteten.

ভদ্রলোকরা বসার ঘরে ফিরে অপেক্ষা করতে লাগলেন।

Bald darauf kam der Vater mit dem Notenständer ins Zimmer.

শীঘ্রই বাবা মিউজিক স্ট্যান্ড নিয়ে ঘরে ঢুকলেন।

Die Mutter kam mit dem Notenbuch ins Zimmer.

মা গানের বইটি নিয়ে ঘরে এলেন।

Und die Schwester kam mit der Geige ins Zimmer.

আর বোনটি বেহালা নিয়ে ঘরে এলো।

Sie bereitete in aller Ruhe alles vor, um Geige zu spielen.

সে শান্তভাবে বেহালা বাজানোর জন্য সবকিছু প্রস্তুত করল।

Die Eltern übertrieben ihre Höflichkeit und ihr Benehmen.

বাবা-মা তাদের ভদ্রতা এবং আচার-ব্যবহারকে অতিরঞ্জিত করেছিলেন।

Sie hatten zuvor noch nie Zimmer an Untermieter vermietet.

তারা আগে কখনও লজারদের ঘর ভাড়া দেয়নি।

Und sie trauten sich nicht einmal, auf ihren eigenen Stühlen zu sitzen.

আর তারা নিজেদের চেয়ারে বসার সাহসও করেনি।

Statt sich hinzusetzen, lehnte sich der Vater gegen die Tür.

বাবা বসার পরিবর্তে দরজার দিকে ঝুঁকে পড়লেন।

Seine rechte Hand befand sich zwischen zwei Knöpfen seines Mantels.

তার ডান হাতটি তার কোটের দুটি বোতামের মাঝখানে ছিল।

Der Mutter wurde jedoch von einem Herrn ein Stuhl angeboten.

তবে, একজন ভদ্রলোক মাকে একটি চেয়ার অফার করেছিলেন।

Aber sie setzte sich an die Stelle, wo der Herr den Stuhl hingestellt hatte.
কিন্তু সে সেখানেই বসেছিল যেখানে ভদ্রলোক চেয়ারটি রেখেছিলেন।

Und er hatte den Stuhl nicht an einem bestimmten Ort aufgestellt.
আর সে চেয়ারটা কোথাও নির্দিষ্ট করে রাখেনি।

So saß die Mutter abseits von allen anderen in einer Ecke.
তাই মা সবার থেকে আলাদা হয়ে এক কোণে বসে রইলেন।

Und schließlich begann die Schwester Geige zu spielen.
এবং অবশেষে বোনটি বেহালা বাজানো শুরু করল।

Die Eltern auf den gegenüberliegenden Seiten beobachteten das Geschehen aufmerksam.
বিপরীত দিকের বাবা-মায়েরা খুব মনোযোগ দিয়েছিলেন।

Und sie beobachteten jede Bewegung ihrer Hand genau.
আর তারা তার হাতের প্রতিটি নড়াচড়া সাবধানে পর্যবেক্ষণ করছিল।

Gregor war auch vom Geigenspiel fasziniert.
গ্রেগরও বেহালা বাজানোর প্রতি আকৃষ্ট হয়েছিলেন।

Und er wagte sich ein Stück weiter aus seinem Zimmer hinaus.
আর সে তার ঘর থেকে আরও একটু এগিয়ে গেল।

Er hatte den Kopf schon im Wohnzimmer.
সে ইতিমধ্যেই মাথা নিচু করে বসার ঘরের ভেতরে ছিল।

Er war stets sehr stolz darauf, besonders rücksichtsvoll zu sein.
তিনি খুব যত্নশীল হতে পেরে খুব গর্বিত ছিলেন।

Doch in letzter Zeit hinterfragte er seine Nachlässigkeit kaum noch.
কিন্তু সম্প্রতি তিনি তার যত্নের অভাব নিয়ে খুব একটা প্রশ্ন তোলেননি।

Auch wenn er jetzt mehr Grund hatte, sich zu verstecken als zuvor.
যদিও তার এখন আগের তুলনায় লুকিয়ে থাকার আরও বেশি কারণ ছিল।

Weil sein Zimmer mit Staub und allerlei Schmutz bedeckt war.
কারণ তার ঘরটি ধুলো এবং বিভিন্ন ময়লায় ঢাকা ছিল।

Die geringste Bewegung wirbelte allerlei Schmutz auf.

সামান্য নড়াচড়ায় নানা ধরণের নোংরামি ছড়িয়ে পড়ে।

Der ganze Dreck klebte an ihm: Staub, Haare, Essensreste.

এই সমস্ত ময়লা তার গায়ে লেগে আছে; ধুলো, চুল, খাবার রয়ে গেছে।

Er hätte den Schmutz am Teppich abreiben können.

সে কার্পেটের উপর ময়লা ঘষে ঘষে মুছে ফেলতে পারত।

Das tat er mehrmals täglich.

এটা সে প্রতিদিন বেশ কয়েকবার করত।

Doch seine Gleichgültigkeit gegenüber allem war viel zu groß.

কিন্তু সবকিছুর প্রতি তার উদাসীনতা ছিল অনেক বেশি।

Deshalb hatte er keine Angst, noch ein Stück weiterzugehen.

তাই সে একটু এগিয়ে যেতে ভয় পেল না।

Und er betrat den makellosen Wohnzimmerboden.

আর সে লিভিং রুমের পরিষ্কার মেঝেতে চলে গেল।

Doch niemand bemerkte ihn oder schenkte ihm Beachtung.

কিন্তু, কেউ তার দিকে খেয়াল করেনি, অথবা তার দিকে কোন মনোযোগ দেয়নি।

Die Familie war völlig in das Konzert vertieft.

পরিবারটি কনসার্টের সাথে সম্পূর্ণরূপে মগ্ন ছিল।

Die Herren hingegen zogen sich zunächst zurück.

অন্যদিকে, ভদ্রলোকরা প্রথমে পিছু হটেছিলেন।

Und sie standen dicht hinter dem Notenständer der Schwester.

আর তারা বোনের মিউজিক স্ট্যান্ডের খুব কাছে দাঁড়িয়ে ছিল।

Wenn sie hingesehen hätten, hätten sie die Noten sehen können.

যদি তারা দেখত, তাহলে তারা সঙ্গীতের স্বর দেখতে পেত।

Dies hätte die Schwester natürlich beunruhigt.

অবশ্যই, এতে বোনটি বিরক্ত হতো।

Dann blieben sie am Fenster stehen, anstatt sich hinzusetzen.

তারপর তারা বসার পরিবর্তে জানালার পাশে দাঁড়াল।

Mit den Händen in den Taschen redeten sie weiter.

পকেটে হাত রেখে তারা কথা বলতে থাকল।

Sie blieben dort, während der Vater ängstlich zusah.
বাবা যখন উদ্বিগ্নভাবে তাকিয়ে রইলেন, তখন তারা সেখানেই রইল।

Man hatte den Eindruck, dass sie andere Erwartungen hatten.
একজনের ধারণা ছিল যে তাদের অন্য প্রত্যাশা আছে।

Und es schien wirklich so, als wären sie enttäuscht gewesen.
আর মনে হচ্ছিল যেন তারা সত্যিই হতাশ হয়ে পড়েছে।

Es schien, als hätten sie genug von der Vorstellung.
মনে হচ্ছিল তাদের অভিনয় যথেষ্ট হয়ে গেছে।

Sie hatten zugelassen, dass die Geige ihren Frieden störte.
তারা বেহালাকে তাদের শান্তি বিঘ্নিত করার অনুমতি দিয়েছিল।

Und sie tolerierten die Musik nur aus Höflichkeit.
আর তারা কেবল ভদ্রতার খাতিরে সঙ্গীত সহ্য করেছিল।

Besonders beunruhigend war, wie sie den Rauch wegbliesen.
তারা যেভাবে ধোঁয়া উড়িয়ে দিয়েছিল তা বিশেষভাবে অস্থির করে তুলেছিল।

Und dennoch spielte sie so wunderschön Geige.
আর তবুও সে এত সুন্দর করে বেহালা বাজাচ্ছিল।

Ihr Gesicht war leicht zur Seite geneigt, auf der Geige.
তার মুখটা আলতো করে পাশে হেলে ছিল, বেহালার উপর।

Ihr Blick wanderte traurig die Notenlinien entlang.
তার চোখ দুঃখের সাথে সঙ্গীতের ধারা খুঁজছিল।

Gregor fühlte sich ein wenig mehr ins Wohnzimmer hineingezogen.
গ্রেগর বসার ঘরে আরও একটু বেশি টান অনুভব করল।

Er hielt den Kopf dicht am Boden, blickte aber nach oben.
সে মাথাটা মাটির কাছে রাখল, কিন্তু উপরের দিকে তাকাল।

Vielleicht würde sich so der Blick seiner Schwester mit seinem treffen.
হয়তো এভাবেই তার বোনের দৃষ্টি তার চোখে পড়তে পারে।

Kann man wirklich sagen, dass er nur ein Tier war?
এটা কি সত্যিই বলা যেতে পারে যে সে কেবল একটি প্রাণী ছিল?

War er etwa ein Tier, wenn ihn Musik so fesseln konnte?
যদি সঙ্গীত তাকে এতটা মোহিত করতে পারত, তাহলে সে কি পশু ছিল?

Er hatte das Gefühl, ihm sei ein Weg zu unbekannter Nahrung gezeigt worden.
তার মনে হচ্ছিল যেন তাকে অজানা পুষ্টির পথ দেখানো হয়েছে।

Vielleicht war dies die Nahrung, die ihm fehlte.
হয়তো এটাই ছিল সেই ভরণপোষণ যা সে হারাচ্ছিল।

Er war fest entschlossen, zu seiner Schwester zu gelangen.
সে তার বোনের দিকে যাওয়ার জন্য দৃঢ়প্রতিজ্ঞ ছিল।

Er wollte an ihrem Rock zupfen, um ihre Aufmerksamkeit zu erregen.
সে তার স্কার্ট টেনে তার দৃষ্টি আকর্ষণ করতে চাইল।

Er wollte ihr eine Art Einladung signalisieren.
সে তাকে আমন্ত্রণের ইঙ্গিত দিতে চেয়েছিল।

„Komm und spiel Geige in meinem Zimmer", wollte er sagen.
"আমার ঘরে এসে বেহালা বাজাও," সে বলতে চাইল।

Er wollte, dass sie für ihre wunderschöne Musik belohnt wird.
সে চেয়েছিলো তার সুন্দর সঙ্গীতের জন্য তাকে পুরস্কৃত করা হোক।

"Niemand hier belohnt dich dafür, dass du Geige spielst."
"এখানে কেউ তোমাকে বেহালা বাজানোর জন্য পুরস্কৃত করছে না।"

Er wollte sie nicht mehr aus seinem Zimmer lassen.
সে আর তাকে তার ঘর থেকে বের হতে দিতে চাইছিল না।

Er wollte, dass sie so lange bei ihm blieb, wie er lebte.
সে চেয়েছিল যতদিন সে বেঁচে থাকবে ততদিন সে তার সাথেই থাকবে।

Zum ersten Mal hatte seine Verwandlung einen Vorteil.
প্রথমবারের মতো তার রূপান্তরের একটা সুবিধা হল।

Seine Missbildung würde ihm nun endlich noch von Nutzen sein.
তার বিকৃতি অবশেষে তার কাজে লাগতে চলেছে।

Er wollte gleichzeitig an allen vier Türen sein.
সে একই সাথে চারটি দরজায় থাকতে চেয়েছিল।

Er wollte sie von allen Seiten anfauchen und anspucken.
সে ফিসফিস করে তাদের দিকে প্রতিটি কোণ থেকে থুতু ফেলতে চাইল।

Seine Schwester sollte nicht gezwungen werden, bei ihm zu bleiben.

তার বোনকে তার সাথে থাকতে বাধ্য করা উচিত নয়।

Er wollte, dass sie sich freiwillig dafür entschied, bei ihm zu bleiben.

সে চেয়েছিল যে সে স্বেচ্ছায় তার সাথে থাকতে পছন্দ করুক।

Sie wollte sich neben ihn setzen und sich zu ihm hinunterbeugen.

সে তার পাশে বসবে এবং তার দিকে ঝুঁকে পড়বে।

Und er wollte ihr von der Musikschule erzählen.

আর সে তাকে সঙ্গীত বিদ্যালয়ের কথা বলতে যাচ্ছিল।

Er hatte die feste Absicht, sie auf die Akademie zu schicken.

তার দৃঢ় ইচ্ছা ছিল তাকে একাডেমিতে পাঠানোর।

Das hätte er allen schon letztes Weihnachten erzählt.

সে গত ক্রিসমাসে সবাইকে এই কথাটা বলে দিত।

War Weihnachten etwa schon wieder vorbei?

বড়দিন কি সত্যিই আবার এসে চলে গিয়েছিল?

Und er hätte sich von niemandem davon abbringen lassen.

আর তিনি কাউকেই তা থেকে বিরত রাখতে দিতেন না।

Doch dann setzte das Unglück allem ein Ende.

কিন্তু তারপর দুর্ভাগ্যজনক দুঘটনা সবকিছু থমকে দিল।

Die Schwester wäre von ihren Gefühlen überwältigt gewesen.

বোনটি আবেগে আপ্লুত হয়ে যেত।

Und dann wäre Gregor bis auf ihre Schulter geklettert.

আর তখন গ্রেগর তার কাঁধে উঠে যেত।

Und er hätte sie getröstet, indem er ihren Hals geküsst hätte.

আর সে তার ঘাড়ে চুমু খেয়ে তাকে সান্ত্বনা দিত।

„Herr Samsa!", rief der Mann in der Mitte dem Vater zu.

"মিঃ সামসা!" মাঝখানের লোকটি বাবাকে ডাকল।

Er zeigte mit dem Zeigefinger nach unten auf Gregor.

সে তার তর্জনী নিচু করে গ্রেগরের দিকে ইশারা করছিল।

Gregor bewegte sich langsam über den Wohnzimmerboden.

গ্রেগর ধীরে ধীরে বসার ঘরের মেঝে পেরিয়ে এগোচ্ছিল।

Das Geigenspiel verstummte sehr schnell.

বেহালা বাজানো খুব দ্রুত স্তব্ধ হয়ে গেল।

Der mittlere der drei Männer lächelte seine Freunde an.

তিনজনের মাঝখানের লোকটি তার বন্ধুদের দিকে তাকিয়ে হাসল।

Dann schüttelte er den Kopf und blickte zurück zu Gregor.

তারপর সে মাথা নাড়ল, এবং গ্রেগরের দিকে ফিরে তাকাল।

Der Vater hätte Gregor zurück in sein Zimmer schicken können.

বাবা গ্রেগরকে জোর করে তার ঘরে ফিরিয়ে আনতে পারতেন।

Das war jedoch nicht die erste Maßnahme, zu der er sich entschloss.

কিন্তু এটাই তার প্রথম পদক্ষেপ ছিল না।

Er hielt es für wichtiger, die Herren zu beruhigen.

তিনি ভাবলেন ভদ্রলোকদের শান্ত করা আরও গুরুত্বপূর্ণ।

Obwohl sie von Gregor eigentlich überhaupt nicht verärgert waren.

যদিও তারা আসলে গ্রেগরের উপর মোটেও বিরক্ত ছিল না।

Gregor schien unterhaltsamer als das Geigenspiel.

গ্রেগরকে বেহালা বাজানোর চেয়ে বেশি বিনোদনমূলক মনে হচ্ছিল।

Er eilte mit ausgestreckten Armen auf sie zu.

সে তার বাহু প্রসারিত করে তাদের দিকে ছুটে গেল।

Er gab sein Bestes, um ihren Blick auf Gregor zu verbergen.

সে গ্রেগর সম্পর্কে তাদের দৃষ্টিভঙ্গি ঢাকতে যথাসাধ্য চেষ্টা করছিল।

Und er versuchte, sie zur Rückkehr in ihr Zimmer zu bewegen.

এবং সে তাদের ঘরে ফিরে যেতে উৎসাহিত করার চেষ্টা করল।

Das hat sie eher ein wenig verärgert.

যদি কিছু হয়, তাহলে এটা তাদের একটু বিরক্ত করেছে।

Es war aber schwer zu sagen, was genau sie störte.

কিন্তু ঠিক কী তাদের বিরক্ত করেছিল তা বলা কঠিন।

Der Vater verdarb die abendliche Unterhaltung.

বাবা রাতের বিনোদন নষ্ট করছিলেন।

Aber sie hatten auch gerade erst von ihrem neuen Mitbewohner erfahren.

কিন্তু তারা তাদের নতুন ফ্ল্যাট সঙ্গীর কথাও জানতে পেরেছে।

Sie hoben die Hände, genau wie der Vater es getan hatte.
তারা বাবার মতোই হাত তুলল।

Sie verlangten vom Vater eine sofortige Erklärung.
তারা বাবার কাছ থেকে তাৎক্ষণিক ব্যাখ্যা দাবি করে।

Sie zupften unruhig an ihren Bärten, um eine Antwort zu bekommen.
তারা উত্তরের জন্য অস্থিরভাবে তাদের দাড়ি টেনে ধরল।

Und sie bewegten sich rückwärts in ihr Zimmer, aber sehr langsam.
এবং তারা তাদের ঘরে পিছন দিকে সরে গেল, কিন্তু খুব ধীরে।

Die Unterbrechung hatte die Schwester in eine Trance versetzt.
এই বাধা বোনকে এক ধরণের স্তব্ধতায় ফেলে দিল।

Sie ließ Geige und Bogen an ihrer Seite herabhängen.
সে বেহালা এবং ধনুকে তার পাশে ঝুলতে দিল।

Und sie blickte auf die Notenblätter, als ob sie immer noch spielen würde.
আর সে শিট মিউজিকের দিকে এমনভাবে তাকাল যেন এখনও বাজছে।

Doch dann zog sie sich plötzlich wieder ins Zimmer zurück.
কিন্তু তারপর হঠাৎ সে নিজেকে ঘরে ফিরিয়ে নিল।

Und sie hatte nun das Gefühl, verloren zu sein, überwunden.
আর সে এখন হারিয়ে যাওয়ার অনুভূতি কাটিয়ে উঠেছে।

Sie legte das Musikinstrument auf den Schoß ihrer Mutter.
সে বাদ্যযন্ত্রটি তার মায়ের কোলে রাখল।

Die Mutter saß schwer atmend auf dem Stuhl.
মা চেয়ারে বসে ছিলেন, জোরে জোরে নিঃশ্বাস ফেলছিলেন।

Und dann musste die Schwester ins Nebenzimmer rennen.
আর তারপর বোনকে পাশের ঘরে দৌড়ে যেতে হলো।

Sie musste alles für die Herren vorbereiten.
ভদ্রলোকদের জন্য তাকে সবকিছু প্রস্তুত করতে হয়েছিল।

Sie warf die Decken und Kissen in die Luft.
সে কম্বল আর কুশনগুলো বাতাসে ছুঁড়ে মারল।

Und mit ihren geschickten Händen richtete sie die gesamte Bettwäsche her.

আর তার দক্ষ হাতে সে সমস্ত বিছানাপত্র সাজিয়ে দিল।

Sie war schon fertig, bevor die Herren den Raum erreichten.

ভদ্রলোকরা ঘরে পৌঁছানোর আগেই তার কাজ শেষ হয়ে গেল।

Und sie verschwand, bevor sie ihnen in die Quere kam.

আর তাদের পথে আসার আগেই সে পিছলে বেরিয়ে গেল।

Der Vater schien von seiner eigenen Sturheit beherrscht zu sein.

বাবা যেন নিজের জেদের কাছে আটকে গেছেন।

Und so vergaß er jeglichen Respekt, den er seinen Mietern schuldete.

আর তাই সে তার ভাড়াটেদের প্রতি তার সমস্ত শ্রদ্ধা ভুলে গেল।

Er drängte und drängte, bis deren Sprecher Einspruch erhob.

তিনি ধাক্কাধাক্কি করেই চলে গেলেন যতক্ষণ না তাদের মুখপাত্র আপত্তি জানান।

Als er die Tür erreichte, stampfte er wütend mit dem Fuß auf.

দরজার কাছে পৌঁছানোর পর সে রেগে পায়ে আঘাত করল।

Und damit brachte er den Vater zum Schweigen.

আর এভাবে সে বাবাকে স্তব্ধির করে দিল।

„Hiermit erkläre ich", begann er sich an seinen Vermieter zu wenden.

"আমি এতদ্বারা ঘোষণা করছি," সে তার বাড়িওয়ালাকে সম্বোধন করতে শুরু করল।

Und er hob die Hand und blickte die ganze Familie an.

আর সে হাত তুলল, পরিবারের সকলের দিকে তাকিয়ে।

„Hinsichtlich der widerlichen Zustände im Zimmer;"

"ঘরের জঘন্য অবস্থার কথা বলতে গেলে;"

Und er sorgte dafür, dass alle seinen Worten zuhörten.

আর তিনি নিশ্চিত করলেন যে সকলেই তার কথা শুনছে।

"Hiermit kündige ich meinen Auszug aus meinem Zimmer."

"আমি এতদ্বারা নোটিশ দিচ্ছি যে আমি আমার ঘর খালি করে দেব।"

Und er unterstrich seine Aussage zusätzlich, indem er auf den Boden spuckte.

আর সে মাটিতে থুথু ফেলে তার বক্তব্য আরও স্পষ্ট করে বলল।

„Auch die Tage, die ich hier gelebt habe, werde ich nicht bezahlen."

"আমি এখানে যে দিনগুলো কাটিয়েছি তার জন্যও টাকা দেব না।"

Mit dieser Rückerstattung war er allerdings nicht ganz zufrieden.

তবে, তিনি এই ফেরত নিয়ে পুরোপুরি সন্তুষ্ট ছিলেন না।

„Und ich werde erwägen, weitere Forderungen an Sie zu stellen."

"আর আমি তোমার বিরুদ্ধে অন্যান্য দাবি করার কথা বিবেচনা করব।"

„Glauben Sie mir, solche Forderungen lassen sich sehr leicht rechtfertigen."

"বিশ্বাস করুন, এই ধরনের দাবিগুলো ন্যায্যতা দেওয়া খুব সহজ হবে।"

Er schwieg und blickte den Vater direkt an.

সে চুপ করে রইল এবং সরাসরি বাবার দিকে তাকাল।

Er schien zu erwarten, dass noch etwas passieren würde.

মনে হচ্ছিল সে আরও কিছু ঘটবে বলে আশা করছে।

Tatsächlich hatten seine beiden Freunde sofort die gleiche Idee.

আসলে, তার দুই বন্ধুরও তৎক্ষণাৎ একই ধারণা এসেছিল।

„Wir stornieren auch unsere Zimmer", sagten sie unisono.

"আমরা আমাদের ঘরগুলিও বাতিল করছি," তারা সমস্বরে বলল।

Dann packte er den Türgriff und schloss die Tür.

তারপর সে দরজার হাতল ধরে দরজা বন্ধ করে দিল।

Und mit einem lauten Knall schlossen sie sich in ihrem Zimmer ein.

আর একটা জোরে শব্দ করে তারা নিজেদের ঘরে বন্ধ করে দিল।

Der Vater taumelte mit tastenden Händen zu seinem Stuhl.

বাবা হাত কামড়ে ধরে টলতে টলতে তার চেয়ারে বসলেন।

Und er ließ sich besiegt in den Stuhl fallen.

আর সে নিজেকে পরাজিত হয়ে চেয়ারে পড়ে যেতে দিল।

Es sah so aus, als ob er seinen üblichen Abendschlaf halten würde.

দেখে মনে হচ্ছিল যেন সে তার স্বাভাবিক সন্ধ্যার ঘুমের জন্য যাচ্ছে।

Sein Kopf nickte jedoch fast so, als ob er nicht gestützt
würde.
কিন্তু তার মাথা এমনভাবে নাড়ল যেন তা সমর্থনযোগ্য ছিল না।

Und man konnte sehen, dass er überhaupt nicht schlief.
আর দেখা যাচ্ছিল যে সে মোটেও ঘুমাচ্ছিল না।

Während all dem hatte Gregor sich nicht von der Stelle
gerührt.
এই সবের মধ্যে গ্রেগর তার জায়গা থেকে নড়েনি।

Er befand sich noch immer an der Stelle, wo die Herren ihn
zuerst gesehen hatten.
ভদ্রলোকরা তাকে যেখানে প্রথম দেখেছিলেন, তিনি এখনও সেখানেই ছিলেন।

Selbst wenn er umziehen wollte, fand er es unmöglich.
এমনকি যদি সে নড়াচড়া করতে চায়, তবুও সে এটা অসম্ভব বলে মনে করে।

Entweder aus Enttäuschung oder aus Hunger.
তার হতাশার কারণে, অথবা তার ক্ষুধার কারণে।

Er war enttäuscht über das Scheitern seines Plans.
তার পরিকল্পনা ব্যর্থ হওয়ায় সে হতাশ হয়ে পড়ে।

Und er war geschwächt von dem anhaltenden Hunger, den
er verspürte.
আর দীর্ঘ ক্ষুধার কারণে সে দুর্বল হয়ে পড়েছিল।

Er war sich sicher, dass sich jeden Moment alle gegen ihn
wenden würden.
সে নিশ্চিত ছিল যে যেকোনো মুহূর্তে সবাই তার উপর চড়াও হবে।

In Erwartung des unmittelbar bevorstehenden
Zusammenbruchs wartete er.
এই অনিবার্য পতনের প্রত্যাশা নিয়ে তিনি অপেক্ষা করছিলেন।

Die Geige begann vom Schoß der Mutter zu rutschen.
মায়ের কোল থেকে বেহালাটা পিছলে যেতে লাগল।

Mit einem ohrenbetäubenden Geräusch fiel die Geige zu
Boden.
প্রচণ্ড শব্দে বেহালাটি মাটিতে পড়ে গেল।

Doch selbst dieses plötzliche Krachen ließ ihn nicht
erschrecken.
কিন্তু এই আকস্মিক বিধ্বস্ত শব্দও তাকে চমকে দেয়নি।

„Liebe Eltern", sagte die Schwester, „so kann es nicht weitergehen."

"প্রিয় বাবা-মা," বোন বলল, "এটা চলতে পারে না।"

Und um ihrer Aussage Nachdruck zu verleihen, schlug sie mit der Hand auf den Tisch.

আর সে তার কথা স্পষ্ট করার জন্য টেবিলে হাত ঠুকে দিল।

"Ich werde den Namen meines Bruders vor diesem Monster nicht aussprechen."

"এই দানবের আগে আমি আমার ভাইয়ের নাম বলব না।"

„Deshalb sage ich es so deutlich wie möglich:"

"এজন্যই আমি যতটা সম্ভব স্পষ্টভাবে বলছি:"

„Uns bleibt keine andere Wahl, als dieses Tier loszuwerden."

"এই প্রাণীটিকে তাড়িয়ে দেওয়া ছাড়া আমাদের আর কোন উপায় নেই।"

„Wir haben unser Bestes getan, um dieses Tier zu tolerieren und zu pflegen."

"আমরা এই প্রাণীটিকে সহ্য করার এবং যত্ন নেওয়ার জন্য যথাসাধ্য চেষ্টা করেছি।"

„Ich glaube nicht, dass uns irgendjemand auch nur im Geringsten die Schuld geben kann."

"আমি মনে করি না কেউ আমাদের সামান্যতম দোষ দিতে পারে।"

„Sie hat tausendfach Recht", stimmte der Vater zu.

"সে হাজার বার ঠিক বলেছে," বাবা একমত হলেন।

Die Mutter hatte noch immer nicht wieder richtig Luft bekommen.

মা তখনও পুরোপুরি নিঃশ্বাস নিতে পারেননি।

Sie begann dumpf in ihre Hand zu husten und atmete schwer.

সে হাতের মুঠোয় জোরে জোরে কাশতে শুরু করল।

Und in ihren Augen begann sich ein wahnsinniger Ausdruck abzuzeichnen.

আর তার চোখে একটা পাগলাটে ভাব ফুটে উঠতে লাগল।

Die Schwester eilte zu ihrer Mutter und hielt sich die Stirn.

বোন ছুটে গিয়ে মায়ের কপাল ধরে।

Der Vater schien von den Worten der Schwester inspiriert zu sein.

বাবা মনে হচ্ছিল বোনের কথা শুনে অনুপ্রাণিত হয়েছেন।

Und seine Gedanken schienen klarer als zuvor.

আর তার চিন্তাভাবনা আগের চেয়ে আরও স্পষ্ট বলে মনে হচ্ছিল।

Er hörte auf, mit dem Kopf zu nicken, und setzte sich wieder aufrecht hin.

সে মাথা নাড়ানো বন্ধ করে আবার সোজা হয়ে বসল।

Und er spielte, in tiefes Nachdenken versunken, mit der Mütze seines Dieners.

আর সে তার ভৃত্যের টুপি নিয়ে খেলা করল, গভীর চিন্তায় ডুবে গেল।

Die Teller der Mieter standen noch auf dem Tisch.

ভাড়াটেদের প্লেটগুলো তখনও টেবিলে ছিল।

Und manchmal blickte er zu dem schweigenden Gregor hinüber.

আর সে মাঝে মাঝে নীরব গ্রেগরের দিকে তাকাতো।

„Wir müssen versuchen, es loszuwerden", sagte die Schwester zu ihm.

"আমাদের এটা থেকে মুক্তি পাওয়ার চেষ্টা করতে হবে," বোন তাকে বলল।

Die Mutter war zu sehr mit Husten beschäftigt, um zuzuhören.

মা কাশিতে এতটাই ব্যস্ত ছিলেন যে তিনি শুনতেই পারছিলেন না।

„Das wird euch beide umbringen, ich sehe es schon kommen."

"এটা তোমাদের দুজনকেই মেরে ফেলবে, আমি ইতিমধ্যেই এটা আসতে দেখতে পাচ্ছি।"

„Wir können nicht alle weiterhin so hart arbeiten wie bisher."

"আমরা সবাই আমাদের মতো কঠোর পরিশ্রম চালিয়ে যেতে পারি না।"

„Und jeden Tag müssen wir nach Hause kommen und diese Qualen erleiden."

"আর প্রতিদিন আমাদের এই নির্যাতনের শিকার হয়ে বাড়ি ফিরতে হয়।"

„Wir können das nicht mehr ertragen. Ich kann das nicht mehr ertragen."

"আমরা আর সহ্য করতে পারছি না। আমি আর সহ্য করতে পারছি না।"

In einem letzten Tränenausbruch sank sie ihrer Mutter in die Arme.

শেষ অশ্রুসিক্ত অবস্থায় সে তার মায়ের কাছে লুটিয়ে পড়ল।

Die Tränen rannen ihr über das Gesicht und auf das ihrer Mutter.

অশ্রু তার মুখ বেয়ে তার মায়ের মুখে গড়িয়ে পড়ল।

Und mit einer mechanischen Bewegung wischte sie sich die Tränen weg.

আর সে যান্ত্রিক নড়াচড়ায় চোখের জল মুছে ফেলল।

„Mein Kind", sagte der Vater mitfühlend.

"আমার বাচ্চা," বাবা করুণ কণ্ঠে বললেন।

In seiner Stimme lag tiefes Mitgefühl und Verständnis.

তার কণ্ঠে গভীর সহানুভূতি এবং বোধগম্যতা ছিল।

„Aber was sollen wir tun?", gestand er und gab zu, es nicht zu wissen.

"কিন্তু আমাদের কী করা উচিত?" সে স্বীকার করল যে সে জানে না।

Die Schwester zuckte nur hilflos mit den Schultern.

বোনটি অসহায়ভাবে কেবল কাঁধ ঝাঁকালো।

Und ihr anfängliches Selbstvertrauen wich erneut Tränen.

আর তার আগের আত্মবিশ্বাস আবার কান্নায় প্রতিস্থাপিত হলো।

„Wenn er uns doch nur verstehen würde", sagte der Vater laut.

"যদি সে আমাদের বুঝতে পারত," বাবা জোরে বললেন।

Und er fragte sich halb, ob Gregor es vielleicht verstanden hatte.

আর সে অর্ধেক প্রশ্ন করলো গ্রেগর কি বুঝতে পেরেছে।

Die Schwester schüttelte unter Tränen heftig die Hand.

বোন কাঁদতে কাঁদতে কেবল জোরে হাত নাড়ল।

Und so signalisierte sie, dass man diese Idee gar nicht erst in Erwägung ziehen sollte.

আর তাই সে ইঙ্গিত দিল যে এই ধারণাটি ভাবা উচিত নয়।

„Aber wenn er uns doch nur verstehen würde", wiederholte der Vater.

"কিন্তু যদি সে আমাদের বুঝতে পারত," বাবা পুনরাবৃত্তি করলেন।

Er schloss die Augen und dachte über die Antwort seiner Schwester nach.

চোখ বন্ধ করে সে বোনের উত্তরটা ভেবে দেখল।

"Wenn er verstünde, dass eine Vereinbarung mit ihm getroffen werden könnte."

"যদি সে বুঝতে পারত, তাহলে তার সাথে একটা চুক্তি করা যেতে পারে।"

„Aber unter den gegebenen Umständen…"

"কিন্তু সবকিছু যেমন আছে তেমনই আছে…"

„Es muss weg!", rief die Schwester, „es ist der einzige Weg."

"এটা যেতেই হবে," বোন চিৎকার করে বলল, "এটাই একমাত্র উপায়।"

„Du musst den Gedanken loswerden, dass es Gregor ist."

"তোমাকে এই চিন্তাটা দূর করতে হবে যে এটা গ্রেগর।"

„Dass wir das so lange geglaubt haben, ist unser eigentliches Unglück."

"আমরা এতদিন ধরে এটা বিশ্বাস করে আসছি এটাই আমাদের আসল দুর্ভাগ্য।"

„Aber wie kann es Gregor sein?", fragte sie ihren Vater.

"কিন্তু এটা কিভাবে গ্রেগর হতে পারে?" সে তার বাবাকে জিজ্ঞাসা করল।

„Er wusste, dass ein solches Tier nicht mit Menschen zusammenleben kann."

"সে জানত যে এই ধরণের প্রাণী মানুষের সাথে সহাবস্থান করতে পারে না।"

„Gregor hätte uns schon längst freiwillig verlassen."

"গ্রেগর অনেক আগেই আমাদের ছেড়ে চলে যেত, স্বেচ্ছায়।"

„Das stimmt, dann hätten wir keinen Bruder mehr."

"এটা সত্যি, তাহলে আমাদের কোন ভাই থাকবে না।"

„Aber wir könnten weiterleben und sein Andenken ehren."

"কিন্তু আমরা বেঁচে থাকতে এবং তার স্মৃতিকে সম্মান জানাতে পারি।"

„Aber dieses Ungeheuer verfolgt uns und vertreibt unsere Pächter."

"কিন্তু এই জন্তুটি আমাদের তাড়া করে এবং আমাদের ভাড়াটেদের তাড়িয়ে দেয়।"

„Es will ganz offensichtlich die ganze Wohnung in Besitz nehmen."

"এটি স্পষ্টতই পুরো অ্যাপার্টমেন্টটি দখল করতে চায়।"

„Dieses Biest will, dass wir auf der Straße schlafen."

"এই জন্তুটা আমাদের রাস্তায় ঘুম পাড়াতে চায়।"

"Schau, Vater", rief sie plötzlich, "er bewegt sich schon wieder!"

"দেখো বাবা," হঠাৎ সে চিৎকার করে উঠল, "সে আবার নড়ছে!"

Und sie tat etwas, das selbst Gregor nicht verstehen konnte.

আর সে এমন একটা কাজ করেছিল যা গ্রেগরও বুঝতে পারেনি।

Sie stieß sich von sich selbst ab, als wolle sie die Mutter opfern.

সে নিজেকে দূরে ঠেলে দিল, যেন মাকে ত্যাগ করছে।

Und sie rannte hinter ihrem Vater her, um sich in Sicherheit zu bringen.

আর সে তার বাবার পিছনে দৌড়ে গেল কোনরকম নিরাপত্তার জন্য।

Der Vater war nur deshalb so aufgebracht, weil seine Tochter es war.

বাবা কেবল উত্তেজিত ছিলেন কারণ তার মেয়ে ছিল।

Doch dann stand auch er auf und hob die Arme über sie.

কিন্তু তারপর সেও উঠে দাঁড়ালো, এবং তার উপর হাত তুললো।

Gregor hatte jedoch keinerlei Absicht gehabt, irgendjemanden zu erschrecken.

কিন্তু গ্রেগরের কাউকে ভয় দেখানোর কোনও ইচ্ছা ছিল না।

Er hatte insbesondere nicht die Absicht, seine Schwester zu erschrecken.

বিশেষ করে তার বোনকে ভয় দেখানোর কোন চিন্তাই তার মনে ছিল না।

Er wollte sich gerade umdrehen und zurück in sein Zimmer gehen.

সে কেবল তার ঘরের দিকে ফিরে যাওয়ার চেষ্টা করছিল।

Doch in seinem sich verschlechternden Zustand war selbst das schwierig.

কিন্তু তার ক্রমশ খারাপ হওয়া অবস্থায় এটাও কঠিন ছিল।

Und er konnte seine Beine nicht mehr vollumfänglich nutzen.

আর তার সব পা আর পুরোপুরি কাজে লাগছিল না।

Also benutzte er seinen Kopf, um seinen Körper anzuheben und sich umzudrehen.

তাই সে তার মাথা ব্যবহার করে তার শরীর তুলে নিজেকে ঘুরিয়ে নিল।

Er hielt inne und suchte in der Familie nach deren Zustimmung.

সে একটু থামল, এবং পরিবারের সম্মতির জন্য চারপাশে তাকাল।

Seine guten Absichten schienen erkannt worden zu sein.

তার ভালো উদ্দেশ্য স্বীকৃত বলে মনে হচ্ছে।

Seine Bewegung hatte sie nur kurzzeitig erschreckt.

তার নড়াচড়া তাদের কাছে কেবল একটি ক্ষণিকের ধাক্কা ছিল।

Nun blickten sie ihn alle in unglücklichem Schweigen an.

এখন তারা সবাই অসুখী নীরবে তার দিকে তাকিয়ে ছিল।

Die Mutter lag noch immer erschöpft im Sessel.

মা তখনও ক্লান্ত, আর্মচেয়ারে শুয়ে ছিলেন।

Vater und Schwester saßen nebeneinander.

বাবা আর বোন পাশে বসে ছিল।

»Vielleicht lassen sie mich jetzt umdrehen«, dachte Gregor.

"হয়তো এখন তারা আমাকে ঘুরে দাঁড়াতে দেবে," ভাবলো গ্রেগর।

Und er setzte seine unbeholfene Drehbewegung fort.

আর সে তার অদ্ভুত বাঁক নেওয়ার কাজটা চালিয়ে গেল।

Er konnte die gelegentlichen Atemzüge der Anstrengung nicht unterdrücken.

মাঝে মাঝে পরিশ্রমের দীর্ঘশ্বাস সে দমন করতে পারছিল না।

Und er war gezwungen, zwischendurch ein paar Mal Pausen einzulegen.

এবং মাঝখানে তাকে কয়েকবার বিশ্রাম নিতে বাধ্য করা হয়েছিল।

Niemand drängte ihn jetzt zur Eile; es lag ganz bei ihm.

এখন কেউ তাকে তাড়াহুড়ো করতে বাধ্য করছিল না; এটা তার উপর ছেড়ে দেওয়া হয়েছিল।

Schließlich vollendete er die langsame und schmerzhafte Drehung.

অবশেষে সে ধীর এবং বেদনাদায়ক পালাটি সম্পন্ন করল।

Er machte sich sofort auf den Weg zurück in sein Zimmer.

সে তৎক্ষণাৎ সোজা তার ঘরে ফিরে যেতে শুরু করল।

Er war erstaunt darüber, wie weit er von seinem Zimmer entfernt war.

সে তার ঘর থেকে কত দূরে ছিল তা দেখে অবাক হয়ে গেল।

Wie war er trotz seiner Schwäche zuvor dorthin gelangt?

দুর্বলতা থাকা সত্ত্বেও, সে আগে কীভাবে সেখানে পৌঁছেছিল?

Er war fast denselben Weg gegangen, ohne es zu bemerken.

সে প্রায় একই পথ ধরে চলেছিল, অজান্তেই।

Er konzentrierte sich jetzt nur noch darauf, so schnell wie möglich zu krabbeln.

সে এখন যত দ্রুত সম্ভব হামাগুড়ি দেওয়ার উপর মনোযোগ দিল।

Das Ausbleiben von Kommentaren störte ihn nicht.

কারো কাছ থেকে মন্তব্যের অভাব তাকে বিরক্ত করেনি।

Erst als er schon in der Tür war, drehte er den Kopf.

যখন সে দরজার ভেতরে ছিল, কেবল তখনই সে মাথা ঘুরিয়েছিল।

Aber er konnte sich nicht vollständig umdrehen und zurückblicken.

কিন্তু সে পুরোপুরি পিছনে ফিরে তাকাতে পারল না।

Denn er spürte, wie sich sein Nacken beim Umdrehen noch mehr versteifte.

কারণ সে যখন ঘুরে দাঁড়ালো তখন তার ঘাড় আরও শক্ত হয়ে উঠলো।

Doch er sah, dass sich hinter ihm ohnehin nichts verändert hatte.

কিন্তু সে দেখতে পেল যে তার পিছনে কিছুই বদলায়নি।

Der einzige Unterschied war, dass seine Schwester aufgestanden war.

শুধু পার্থক্য ছিল যে তার বোন দাঁড়িয়ে ছিল।

Sein letzter Blick verriet ihm, dass seine Mutter eingeschlafen war.

তার শেষ দৃষ্টিতেই বোঝা গেল তার মা ঘুমিয়ে পড়েছেন।

Sobald er in seinem Zimmer war, wurde die Tür geschlossen.

সে তার ঘরে ঢুকতেই দরজা বন্ধ হয়ে গেল।

Und sobald die Tür geschlossen war, wurde der Schrank verriegelt.

আর দরজা বন্ধ হওয়ার সাথে সাথেই বোল্টটি লক হয়ে গেল।

Gregor erschrak über das unerwartete Geräusch hinter ihm.

পেছনের অপ্রত্যাশিত শব্দে গ্রেগর ভয় পেয়ে গেল।

Und vor lauter Überraschung knickten seine Beine unter ihm ein.

আর আকস্মিক বিস্ময়ে তার পা দুটো তার নীচে আটকে গেল।

Es war seine Schwester, die hinter ihm zur Tür geeilt war.

তার পেছনে দরজার দিকে ছুটে আসা বোনটিই ছিল।

Sie stand bereits aufrecht da und wartete auf ihn.

সে ইতিমধ্যেই সেখানে সোজা হয়ে দাঁড়িয়ে ছিল, এবং তার জন্য অপেক্ষা করছিল।

Dann machte sie einen leichten Sprung nach vorn, ohne dass Gregor es hörte.

তারপর গ্রেগরের কথা না শুনে সে হালকাভাবে সামনের দিকে লাফিয়ে উঠল।

"Endlich!", rief sie laut, als sie den Schlüssel umdrehte.

"অবশেষে!" চাবি ঘুরিয়ে জোরে ডাকল সে।

„Was nun?", fragte sich Gregor, allein in der Dunkelheit.

"এখন কী?" অন্ধকারে একা গ্রেগর নিজেকে জিজ্ঞাসা করল।

Er merkte bald, dass er sich überhaupt nicht mehr bewegen konnte.

শীঘ্রই সে আবিষ্কার করল যে সে আর নড়াচড়া করতে পারছে না।

Doch seine Unbeweglichkeit überraschte ihn nicht wirklich.

কিন্তু তার অচলাবস্থা দেখে সে আসলে অবাক হয়নি।

Sich auf so dünnen Beinen fortbewegen zu können, erschien lächerlich.

এত পাতলা পায়ে চলাফেরা করতে পারাটা হাস্যকর মনে হচ্ছিল।

Er wusste nicht, wie ihm das jemals gelungen war.

সে জানত না যে সে কীভাবে এটা করতে পেরেছে।

Abgesehen davon fühlte er sich aber relativ wohl.

কিন্তু তা ছাড়াও সে তুলনামূলকভাবে স্বাচ্ছন্দ্য বোধ করছিল।

Es stimmt, dass er am ganzen Körper tiefe Schmerzen verspürte.

এটা ঠিক যে সে সারা শরীরে গভীর ব্যথা অনুভব করেছিল।

Doch der Schmerz schien immer schwächer zu werden.

কিন্তু ব্যথাটা ক্রমশ দুর্বল হয়ে উঠছিল বলে মনে হচ্ছিল।

Und er hatte das Gefühl, der Schmerz würde irgendwann verschwinden.

আর তার মনে হচ্ছিল ব্যথাটা অবশেষে চলে যাবে।

Er spürte den faulen Apfel in seinem Rücken kaum noch.

সে আর তার পিঠে পচা আপেলটা অনুভব করতে পারছিল না।

Er dachte mit Rührung und Liebe an seine Familie zurück.

আবেগ আর ভালোবাসায় সে তার পরিবারের কথা মনে করল।

Er spürte die Gefühle seiner Schwester noch stärker als sie selbst.

সে তার বোনের আবেগ তার চেয়েও বেশি অনুভব করেছিল।

Sie hatte Recht mit dem, was sie gesagt hatte; er musste gehen.

সে যা বলেছিল তা ঠিকই বলেছিল; তাকে চলে যেতে হয়েছিল।

Er verbrachte einige Zeit in diesem leeren und friedlichen Zustand.

এই শূন্য ও শান্তিপূর্ণ অবস্থায় তিনি কিছু সময় কাটিয়েছিলেন।

Die Uhr schlug dreimal, leise, aber bestimmt.

ঘড়িটা তিনবার বাজল, আস্তে আস্তে, কিন্তু দৃঢ়ভাবে।

Gregor wurde sanft aus seinen Betrachtungen gerissen.

গ্রেগরকে আলতো করে তার চিন্তাভাবনা থেকে বের করে আনা হল।

Er beobachtete, wie das Morgenlicht langsam in sein Zimmer drang.

সে দেখল সকালের আলো ধীরে ধীরে তার ঘরে আসছে।

Dann sank sein Kopf völlig nach unten, ohne dass er es wollte.

তারপর তার মাথা সম্পূর্ণরূপে নিচু হয়ে গেল, তার ইচ্ছা ছাড়াই।

Und sein letzter Atemzug entwich schwach aus seinen Nasenlöchern.

আর তার শেষ নিঃশ্বাসটা তার নাকের ছিদ্র দিয়ে দুর্বলভাবে বেরিয়ে আসছিল।

Das Dienstmädchen kam früh am Morgen in sein Zimmer.

ভোরবেলা কাজের মেয়েটি তার ঘরে এসেছিল।

Bei ihrem üblichen kurzen Besuch fand sie nichts Ungewöhnliches vor.

তার স্বাভাবিক সংক্ষিপ্ত সফরে তিনি অস্বাভাবিক কিছু পাননি।

Aus Kraft und in Eile knallte sie alle Türen zu.

শক্তি এবং তাড়াহুড়োয়, সে সমস্ত দরজা ধাক্কা দিল।

An ruhigen Schlaf war in der gesamten Wohnung nicht zu denken.
পুরো অ্যাপার্টমেন্টে শান্তিপূর্ণ ঘুম সম্ভব ছিল না।

Sie war gebeten worden, dies morgens zu vermeiden.
তাকে সকালে এটা করা থেকে বিরত থাকতে বলা হয়েছিল।

Sie glaubte, er läge absichtlich so regungslos da.
সে ভেবেছিলো সে ইচ্ছাকৃতভাবে এত নিশ্চল অবস্থায় পড়ে আছে।

Vielleicht wollte er ihr zeigen, dass er beleidigt war.
হয়তো সে তাকে দেখাতে চেয়েছিল যে সে অসন্তুষ্ট।

Sie vertraute darauf, dass er über alle Arten von Intelligenz verfügte.
সে বিশ্বাস করত যে তার সব ধরণের বুদ্ধি আছে।

Sie hielt zufällig den langen Besen in der Hand.
ঘটনাক্রমে সে লম্বা ঝাড়ুটা হাতে ধরে ছিল।

Also versuchte sie von der Tür aus, Gregor ein wenig zu kitzeln.
তাই, দরজার ভেতর থেকে, সে গ্রেগরকে একটু সুড়সুড়ি দেওয়ার চেষ্টা করল।

Sie war etwas verärgert darüber, dass er überhaupt nicht reagierte.
সে একটু বিরক্ত হয়েছিল যে সে কোনও উত্তর দিল না।

Deshalb stieß sie ihn diesmal etwas energischer an.
তাই সে এবার তাকে আরও একটু জোরে ধাক্কা দিল।

Als er keinen Widerstand leistete, sah sie genauer hin.
যখন সে কোন প্রতিরোধ দেখালো না, তখন সে আরও কাছ থেকে দেখলো।

Bald begriff sie, was Gregor wirklich zugestoßen war.
সে শীঘ্রই বুঝতে পারল গ্রেগরের আসলে কী হয়েছিল।

Sie öffnete die Augen noch weiter und pfiff vor sich hin.
সে চোখ বড় করে খুলল, আর নিজের মনে শিস দিল।

Doch sie zögerte nicht lange, bevor sie die Tür öffnete.
কিন্তু সে দরজা খোলার আগে বেশি সময় নষ্ট করেনি।

Und sie rief mit lauter Stimme in die Dunkelheit:
আর সে অন্ধকারে জোরে ডাকল:

"Komm und sieh es dir an, da liegt es, völlig tot."

"এসো, একবার দেখো, ওটা পড়ে আছে, সম্পূর্ণ মৃত।"

Die beiden Eltern saßen aufrecht in ihrem Ehebett.
দুই বাবা-মা তাদের বৈবাহিক বিছানায় সোজা হয়ে বসেছিলেন।

Zuerst mussten sie den Lärmschock überwinden.
প্রথমে তাদের শব্দের ধাক্কা কাটিয়ে উঠতে হয়েছিল।

Doch dann begannen sie langsam, ihre Botschaft zu verstehen.
কিন্তু তারপর তারা ধীরে ধীরে তার বার্তা বুঝতে শুরু করে।

Herr und Frau Samsa sprangen jeweils von ihrer Seite des Bettes.
মিস্টার এবং মিসেস সামসা দুজনেই বিছানার পাশ থেকে লাফিয়ে উঠলেন।

Herr Samsa warf sich die dicke Decke über die Schultern.
মিঃ সামসা তার কাঁধে মোটা কম্বলটি ছুঁড়ে দিলেন।

Und Frau Samsa kam nur im Nachthemd heraus.
আর মিসেস সামসা তার নাইটগাউন ছাড়া আর কিছুই পরে বেরিয়ে এলেন না।

Und so gelangten sie in Gregors Zimmer.
আর এভাবেই তারা গ্রেগরের ঘরে প্রবেশ করল।

Inzwischen hatte sich auch die Tür zum Wohnzimmer geöffnet.
ইতিমধ্যে, বসার ঘরের দরজাও খুলে গেল।

Grete hatte dort geschlafen, seit die Mieter eingezogen waren.
ভাড়াটেরা আসার পর থেকে গ্রেট সেখানেই ঘুমাচ্ছিল।

Sie war vollständig angezogen, als hätte sie überhaupt nicht geschlafen.
সে সম্পূর্ণ পোশাক পরে ছিল যেন সে মোটেও ঘুমায়নি।

Ihr blasses Gesicht schien ebenfalls ihren Schlafmangel zu beweisen.
তার ফ্যাকাশে মুখটাও তার ঘুমের অভাবের প্রমাণ দিচ্ছিল।

„Er ist tot?", fragte Frau Samsa und blickte die Magd an.
"সে মারা গেছে?" দাসীর দিকে তাকিয়ে মিসেস সামসা জিজ্ঞাসা করলেন।

Das hätte sie selbst überprüfen können, indem sie ihn angesehen hätte.
সে নিজে তাকে দেখেই এটা নিশ্চিত করতে পারত।

„Ich glaube schon", sagte das Dienstmädchen und hob den Besen auf.

"আমারও তাই মনে হয়," ঝাড়ু তুলে দাসী বলল।

Und sie schob seinen Körper ein langes Stück über den Boden.

আর সে তার শরীর মেঝের উপর অনেক দূর ঠেলে দিল।

Frau Samsa machte eine Bewegung, als wolle sie sie aufhalten.

মিসেস সামসা এমনভাবে নড়াচড়া করলেন যেন তিনি তাকে থামাতে চান।

Doch am Ende ließ sie das Dienstmädchen Gregor herumschieben.

কিন্তু শেষ পর্যন্ত সে দাসীকে গ্রেগরকে ঘুরিয়ে দিতে দিল।

„Nun", sagte Herr Samsa, „endlich können wir Gott danken."

"আচ্ছা," মিঃ সামসা বললেন, "অবশেষে আমরা ঈশ্বরকে ধন্যবাদ জানাতে পারি।"

Er bekreuzigte sich; Kopf, Brust, Schultern.

তিনি ক্রুশের চিহ্ন তৈরি করলেন; মাথা, বুক, কাঁধ।

Und die drei Frauen folgten seinem religiösen Beispiel.

এবং তিনজন মহিলা তার ধর্মীয় উদাহরণ অনুসরণ করেছিলেন।

Grete, die den Blick nicht von der Leiche abwandte, sagte:

গ্রেটে, যে মৃতদেহ থেকে চোখ সরালো না, বলল;

„Seht nur, wie dünn er war! Er hat so lange nichts gegessen."

"দেখো, সে কত রোগা ছিল, অনেকদিন ধরে কিছু খায়নি।"

„Das Futter, das ich ihm jeden Morgen hinstellte, war immer unberührt."

"প্রতিদিন সকালে আমি তাকে যে খাবারটি রেখে যেতাম তা সবসময় অক্ষত থাকত।"

Tatsächlich war Gregors Körper völlig flach und trocken.

আসলে, গ্রেগরের শরীর সম্পূর্ণ চ্যাপ্টা এবং শুষ্ক ছিল।

Dies war nun, da er am Boden lag, deutlicher zu erkennen.

তিনি মাটিতে থাকায় এখন এটি আরও স্পষ্ট হয়ে উঠল।

Weil sein Körper nicht mehr von seinen Beinen hochgehalten wurde.

কারণ তার দেহ আর পা দিয়ে উপরে তোলা যাচ্ছিল না।

Und weil es nichts anderes gab, was die Aussicht beeinträchtigte.
আর কারণ দৃশ্যটি বিভ্রান্ত করার মতো আর কিছুই ছিল না।

„Komm doch für eine Weile mit uns herein, Grete", sagte Frau Samsa.
"আমাদের সাথে কিছুক্ষণের জন্য এসো, গ্রেটে," মিসেস সামসা বললেন।

Während sie sprach, lag ein gequältes Lächeln auf ihren Lippen.
কথা বলার সময় তার ঠোঁটে একটা বেদনাদায়ক হাসি ফুটে উঠল।

Grete folgte ihnen, blickte aber auch immer wieder zurück auf die Leiche.
গ্রেট তাদের অনুসরণ করল, কিন্তু মৃতদেহের দিকেও ফিরে তাকাল।

Das Dienstmädchen schloss die Tür und öffnete das Fenster ganz.
কাজের মেয়েটি দরজা বন্ধ করে দিল এবং জানালাটা পুরোপুরি খুলে দিল।

Es war noch früh, daher wäre die Luft normalerweise kalt.
এখনও ভোর ছিল, তাই বাতাস সাধারণত ঠান্ডা থাকবে।

Doch in der kalten Luft lag auch ein Hauch von Wärme.
কিন্তু ঠান্ডা বাতাসে উষ্ণতার মিশ্রণও ছিল।

Wie eine sanfte Erinnerung daran, dass es nun Ende März war.
একটা নরম স্মারকের মতো যে এখন মার্চের শেষ।

Die drei Mieter verließen nun ebenfalls ihr Zimmer.
তিনজন ভাড়াটেও এখন তাদের ঘর থেকে বেরিয়ে এলো।

Sie schauten sich staunend nach ihrem Frühstück um.
তারা তাদের নাস্তার জন্য অবাক হয়ে চারপাশে তাকাল।

Das Frühstück wurde vergessen, wegen dem, was das Dienstmädchen gefunden hatte.
কাজের মেয়েটি যা পেয়েছিল তার কারণে নাস্তা ভুলে গিয়েছিল।

„Wo gibt es Frühstück?", grummelte der mittlere Herr.
"নাস্তা কোথায়?" মাঝখানের ভদ্রলোক বিড়বিড় করে বললেন।

Das Dienstmädchen legte den Finger an den Mund, um Ruhe zu gebieten.

দাসী চুপ করার জন্য মুখে আঙুল রাখল।

Und sie winkte den Herren hastig und stumm zu.
এবং সে তাড়াহুড়ো করে এবং নীরবে ভদ্রলোকদের দিকে হাত নাড়ল।

Das Dienstmädchen geleitete die drei Herren in den Raum.
দাসী তিন ভদ্রলোককে ঘরে নিয়ে গেল।

Und sie erklärte ihnen weiterhin, was geschehen war.
এবং সে তাদের কাছে কী ঘটেছিল তা ব্যাখ্যা করতে থাকল।

Und die drei Herren standen um Gregors Leichnam herum.
আর তিনজন ভদ্রলোক গ্রেগরের মৃতদেহের চারপাশে দাঁড়িয়ে ছিলেন।

Mit den Händen in den Taschen blickten sie nach unten.
পকেটে হাত দিয়ে তারা নিচের দিকে তাকাল।

Das Morgenlicht hatte den Raum nun vollständig durchflutet.
সকালের আলো এখন ঘরটা পুরোপুরি ভরে গেছে।

Dann öffnete sich die Schlafzimmertür und Herr Samsa erschien.
তারপর শোবার ঘরের দরজা খুলে গেল এবং মিঃ সামসা হাজির হলেন।

Auf der einen Seite saß seine Frau, auf der anderen seine Tochter.
একদিকে তার স্ত্রী, অন্যদিকে তার মেয়ে।

Herr Samsa trug inzwischen bereits seine Uniform.
মিঃ সামসা ইতিমধ্যেই তার ইউনিফর্ম পরেছিলেন।

Man konnte sehen, dass sie alle ein bisschen geweint hatten.
দেখা যাচ্ছিল যে তারা সবাই একটু কাঁদছিল।

Grete drückte ihr Gesicht an den Arm ihres Vaters.
গ্রেটে তার মুখ তার বাবার বাহুতে চেপে ধরল।

„Verlassen Sie sofort meine Wohnung!", befahl Herr Samsa.
"আমার অ্যাপার্টমেন্টটি অবিলম্বে ছেড়ে দিন!" মিঃ সামসা আদেশ দিলেন।

Und er deutete auf die Tür, ohne die Frauen gehen zu lassen.
আর সে মহিলাদের যেতে না দিয়ে দরজার দিকে ইশারা করল।

„Was meinen Sie damit?", fragte der Mittelsmann verunsichert.
"তুমি কী বোঝাতে চাইছো?" মধ্যমণিটি বিচলিত হয়ে জিজ্ঞাসা করলেন।

Und er gab sich alle Mühe, Herrn Samsa freundlich anzulächeln.
আর সে মিঃ সামসার দিকে মিষ্টি করে হাসতে তার যথাসাধ্য চেষ্টা করল।

Die anderen beiden hielten ihre Hände hinter dem Rücken.
অন্য দুজন তাদের হাত পিছন থেকে ধরে রাখল।

Und sie rieben sich erwartungsvoll die Hände.
আর তারা প্রত্যাশায় হাত ঘষে।

Offenbar erwarteten sie einen lauten Streit.
মনে হচ্ছিল তারা আশা করছিল যে একটা জোরে ঝগড়া হবে।

Aber sie schienen sich auf die bevorstehende Auseinandersetzung zu freuen.
কিন্তু আসন্ন বিতর্কে তারা খুশি বলে মনে হচ্ছিল।

Sie dachten, der Streit würde zu ihren Gunsten ausgehen.
তারা ভেবেছিল বিরোধটি তাদের পক্ষেই যাবে।

„Ich meine genau das, was ich eben gesagt habe", antwortete Herr Samsa.
"আমি ঠিক যা বলেছি তাই বলতে চাইছি," মিঃ সামসা উত্তর দিলেন।

Er ging mit seinen beiden Begleitern in einer geraden Linie.
সে তার দুই সঙ্গীর সাথে সরলরেখায় হেঁটে গেল।

Und Herr Samsa ging direkt auf ihren Anführer zu.
আর মিঃ সামসা সরাসরি তাদের প্রধান ভদ্রলোকের কাছে গেলেন।

Der Herr blieb zunächst stehen und blickte zu Boden.
ভদ্রলোক প্রথমে স্থির হয়ে মাটির দিকে তাকিয়ে রইলেন।

Die Gedanken in seinem Kopf waren noch im Wandel.
তার মাথার ভেতরের জিনিসপত্র এখনও নিজেকে গুছিয়ে নিচ্ছিল।

"Gut, dann gehen wir", sagte er und blickte zu Herrn Samsa auf.
"ঠিক আছে, আমরা যাব," সে বলল, এবং মিঃ সামসার দিকে তাকাল।

Eine neue Demut schien ihn plötzlich ergriffen zu haben.
হঠাৎ করেই যেন এক নতুন নম্রতা তাকে গ্রাস করে ফেলল।

Und er schien um Erlaubnis für diese Entscheidung zu bitten.
আর মনে হচ্ছিল সে এই সিদ্ধান্তের জন্য অনুমতি চাইছে।

Herr Samsa öffnete die Augen weit und nickte leicht.

মিঃ সামসা চোখ বড় বড় করে খুললেন এবং একটু মাথা নাড়লেন।

Die Herren folgten seinem Befehl unverzüglich.
ভদ্রলোকরা তৎক্ষণাৎ তার আদেশ মেনে চললেন।

Und sie machten tatsächlich große Schritte in den Flur hinein.
আর তারা আসলে করিডোরে অনেক লম্বা পা ফেলে ঢুকে পড়ল।

Seine Freunde hatten bereits aufgehört, sich die Hände zu reiben.
তার বন্ধুরা ইতিমধ্যেই হাত ঘষা বন্ধ করে দিয়েছে।

Sie hatten mitgehört, wie das Gespräch verlaufen war.
তারা কথোপকথনটি কীভাবে চলছে তা শুনছিল।

Und nun rannten sie ihm nach, als ob sie Angst hätten.
আর তারা এখন তার পিছনে ছুটছিল, যেন ভয়ে।

Es ist möglich, dass Herr Samsa sie immer noch von ihrem Anführer isoliert.
মিঃ সামসা হয়তো এখনও তাদের নেতার কাছ থেকে বিচ্ছিন্ন করে রাখতে পারেন।

Sie zogen ihre Stöcke aus dem Stöckebehälter.
তারা লাঠির পাত্র থেকে তাদের লাঠিগুলো বের করল।

Und sie verbeugten sich schweigend, bevor sie die Wohnung verließen.
এবং তারা অ্যাপার্টমেন্ট থেকে বের হওয়ার আগে নীরবে প্রণাম করল।

Herr Samsa und die beiden Frauen traten aus dem Vorplatz.
মিঃ সামসা এবং দুই মহিলা সামনের উঠোন থেকে বেরিয়ে এলেন।

Aber eigentlich hatten sie keinen Grund, den Männern zu misstrauen.
কিন্তু আসলে তাদের পুরুষদের অবিশ্বাস করার কোন কারণ ছিল না।

Sie lehnten sich ans Geländer, um zu überprüfen, ob sie weg waren.
তারা রেলিংয়ের উপর ঝুঁকে পড়ল, তারা চলে গেছে কিনা তা দেখার জন্য।

Die drei Herren kamen tatsächlich die Treppe herunter.
তিনজন ভদ্রলোক আসলে সিঁড়ি দিয়ে নামছিলেন।

In einer bestimmten Kurve der Treppe verschwanden sie.
সিঁড়ির একটা নির্দিষ্ট বাঁকের মধ্যে তারা অদৃশ্য হয়ে গেল।

Und dann brachte die Treppe sie wieder in Sichtweite.

আর তারপর সিঁড়ি তাদের আবার দৃষ্টিগোচর করে আনল।

Dieses Erscheinen und Verschwinden wiederholte sich auf jeder Etage.
প্রতিটি তলায় এই আবির্ভাব এবং অদৃশ্য হওয়ার পুনরাবৃত্তি ঘটছিল।

Doch schließlich waren sie fast am Ziel.
কিন্তু অবশেষে তারা প্রায় তলানিতে পৌঁছে গিয়েছিল।

Je weiter sie gingen, desto uninteressanter wurden sie.
তারা যত এগিয়ে যাচ্ছিল, ততই আগ্রহহীন হয়ে উঠছিল।

Alle kehrten erleichtert ins Haus zurück.
সবাই যেন স্বস্তি পেয়ে ঘরে ফিরে গেল।

Sie beschlossen, den Tag zum Ausruhen und für einen Spaziergang zu nutzen.
তারা দিনটি বিশ্রাম নেওয়ার এবং হাঁটার জন্য ব্যবহার করার সিদ্ধান্ত নিয়েছে।

Sie waren der Meinung, dass sie sich diese Auszeit von ihrer Arbeit verdient hatten.
তারা অনুভব করেছিল যে তাদের কাজ থেকে এই বিরতি তাদের প্রাপ্য ছিল।

Sie hatten diese Auszeit nicht nur verdient, sie brauchten sie auch.
এই বিরতি তাদের কেবল প্রাপ্যই ছিল না, বরং তাদের এটির প্রয়োজনও ছিল।

Sie setzten sich an den Tisch, um Entschuldigungsbriefe zu schreiben.
তারা টেবিলে বসে ক্ষমা চাওয়ার চিঠি লিখল।

Herr Samsa verfasste seinen Entschuldigungsbrief an die Geschäftsleitung.
মিঃ সামসা তার ব্যবস্থাপনার কাছে ক্ষমা চেয়ে চিঠি লিখেছিলেন।

Frau Samsa schrieb ihren Entschuldigungsbrief an ihre Kunden.
মিসেস সামসা তার ক্লায়েন্টদের কাছে ক্ষমা চেয়ে চিঠি লিখেছিলেন।

Und Grete schrieb ihren Entschuldigungsbrief an ihren Schulleiter.
আর গ্রেটে তার প্রিন্সিপালের কাছে ক্ষমা চেয়ে চিঠি লিখেছিল।

Während alle schrieben, kam das Dienstmädchen ins Zimmer.
যখন সবাই লিখছিল, তখন কাজের মেয়েটি ঘরে এলো।

Ihre Arbeit am Vormittag war erledigt, also ging sie nach Hause.

তার সকালের কাজ শেষ, তাই সে বাড়ি যাচ্ছিল।

Die drei Schriftsteller nickten zunächst, ohne aufzusehen.

তিনজন লেখক প্রথমে মাথা নাড়লেন, উপরে না তাকিয়ে।

Das Dienstmädchen schien aber noch nicht gehen zu wollen.

কিন্তু কাজের মেয়েটি এখনও চলে যেতে চায়নি বলে মনে হচ্ছে।

Sie wartete einen Moment, bis die drei Schriftsteller aufblickten.

সে একটু অপেক্ষা করল, যতক্ষণ না তিনজন লেখক মুখ তুলে তাকালো।

„Na?", fragte Herr Samsa verärgert, genau wie die anderen.

"আচ্ছা?" মিঃ সামসা জিজ্ঞাসা করলেন, অন্যদের মতো রাগান্বিতও ছিলেন।

Das Dienstmädchen stand mit einem Lächeln im Gesicht in der Tür.

দাসী মুখে হাসি নিয়ে দরজায় দাঁড়িয়ে ছিল।

Sie erweckte den Eindruck, gute Neuigkeiten zu verkünden zu haben.

সে এমন ভাব দেখালো যেন তার কাছে ভালো খবর আছে।

Aber sie würde die Neuigkeit nicht preisgeben, solange sie nicht dazu aufgefordert würde.

কিন্তু না বলা পর্যন্ত সে খবরটি শেয়ার করতে যাচ্ছিল না।

Die aufrecht stehende Straußenfeder an ihrem Hut schwankte leicht.

তার টুপির উপর খাড়া উটপাখির পালকটি সামান্য নড়ে উঠল।

Diese Straußenfeder hatte Herrn Samsa schon immer geärgert.

ওই উটপাখির পালকটা সবসময় মিঃ সামসাকে বিরক্ত করত।

„Also, was wollen Sie dann?", fragte Frau Samsa bestimmt.

"তাহলে, তুমি কী চাও?" দৃঢ়ভাবে জিজ্ঞেস করলেন মিসেস সামসা।

Das Dienstmädchen hatte nach wie vor großen Respekt vor Frau Samsa.

দাসীর তখনও মিসেস সামসার প্রতি অনেক শ্রদ্ধা ছিল।

„Ja", antwortete sie und lachte freundlich auf.

"হ্যাঁ", সে উত্তর দিল, এবং বন্ধুত্বপূর্ণ হাসিতে ভেঙে পড়ল।

Einen Moment lang unterbrach sie ihr Lachen und sie verstummte.

এক মুহূর্তের জন্য তার হাসি তাকে কথা বলা থেকে বিরত রাখল।

„Um das Ding nebenan brauchst du dir keine Sorgen zu machen."

"পাশের বাড়ির জিনিসটা নিয়ে তোমাকে চিন্তা করতে হবে না।"

„Ich habe bereits dafür gesorgt, wie wir es loswerden."

"এটা থেকে মুক্তি পাওয়ার জন্য আমি ইতিমধ্যেই ব্যবস্থা করে রেখেছি।"

Frau Samsa und Grete schrieben ihre Briefe weiter.

মিসেস সামসা এবং গ্রেটে তাদের চিঠি লিখতে থাকলেন।

Herr Samsa bemerkte jedoch, dass das Dienstmädchen noch nicht fertig war.

কিন্তু মিঃ সামসা লক্ষ্য করলেন যে দাসীর কাজ এখনও শেষ হয়নি।

Nun wollte sie alles genauer beschreiben.

এখন সে সবকিছু আরও বিস্তারিতভাবে বর্ণনা করতে চেয়েছিল।

Doch er streckte die Hand aus, um ihre Annäherungsversuche zurückzuweisen.

কিন্তু সে তার প্রচেষ্টা প্রত্যাখ্যান করার জন্য তার হাত বাড়িয়ে দিল।

Sie erkannte, dass sie an ihren Plänen kein Interesse hatten.

সে বুঝতে পারল যে তারা তার পরিকল্পনায় আগ্রহী নয়।

Und dann erinnerte sie sich an die große Eile, in der sie gewesen war.

আর তখনই তার মনে পড়ল যে সে কত তাড়াহুড়ো করছিল।

„Dann tschüss", sagte sie, sichtlich beleidigt über das mangelnde Interesse.

"তাহলে সিয়াও," সে বলল, আগ্রহের অভাব দেখে অপমানিত হয়ে।

Bevor sie ging, knallte sie die Tür jedoch mit einem lauten Knall zu.

কিন্তু যাওয়ার আগে সে দরজাটা ভীষণ জোরে ধাক্কা দিল।

„Sie wird heute Abend entlassen", sagte Herr Samsa.

"সন্ধ্যায় তাকে বরখাস্ত করা হবে," মিঃ সামসা বললেন।

Seine Frau und seine Tochter hatten jedoch keine Zeit, ihm zu antworten.

কিন্তু তার স্ত্রী এবং মেয়ে এত ব্যস্ত ছিল যে তাকে উত্তর দিতে পারছিল না।

Weil das Dienstmädchen ihren gerade erst gewonnenen Frieden gestört hatte.

কারণ দাসী তাদের নতুন অর্জিত শান্তি বিঘ্নিত করেছিল।

Die Mutter und die Tochter standen auf und gingen zum Fenster.

মা আর মেয়ে জানালার কাছে যাওয়ার জন্য উঠে পড়লো।

Und so blieben sie mit den Armen umeinander liegen.

এবং একে অপরের চারপাশে হাত রেখে তারা সেখানেই রইল।

Herr Samsa drehte sich in seinem Stuhl um, um sie anzusehen.

মিঃ সামসা তার চেয়ারে ঘুরে তাদের দিকে তাকালেন।

Und eine Weile lang beobachtete er sie schweigend, wie sie dort standen.

আর কিছুক্ষণ চুপচাপ তাদের দাঁড়িয়ে থাকতে দেখল।

Schließlich rief er ihnen zu: „Willst du zu mir kommen?"

অবশেষে তিনি তাদের ডাকলেন, "তোমরা কি আমার কাছে আসবে?"

„Vergessen wir doch einfach all den alten Kram."

"চলো, পুরনো সব কথা ভুলে যাই, তাই না?"

"Komm her und schenk mir ein wenig deiner Aufmerksamkeit."

"আমার কাছে এসো এবং আমাকে একটু মনোযোগ দাও।"

Die beiden Frauen taten, wie er gesagt hatte, und eilten zu ihm hinüber.

দুই মহিলা তার কথামতো কাজ করল, এবং তার কাছে ছুটে গেল।

Sie umarmten ihn herzlich und küssten ihn.

তারা তাকে স্নেহের সাথে জড়িয়ে ধরল, চুম্বন করল।

Sie kehrten schnell zurück, um ihre Briefe fertig zu schreiben.

তারা দ্রুত তাদের চিঠি লেখা শেষ করে ফিরে এলো।

Dann verließen alle drei gemeinsam die Wohnung.

তারপর তারা তিনজনই একসাথে অ্যাপার্টমেন্ট থেকে বেরিয়ে গেল।

Sie waren seit Monaten nicht mehr zusammen aus dem Haus gegangen.

তারা কয়েক মাস ধরে একসাথে ঘরের বাইরে যায়নি।

Und sie fuhren mit der Straßenbahn an den Stadtrand.

এবং তারা ট্রামটি শহরের উপকণ্ঠে নিয়ে গেল।

Sie hatten den gesamten Waggon der Straßenbahn für sich allein.
ট্রামের পুরো বগি তাদের নিজের হাতে ছিল।

Von draußen strömte Sonnenschein durch das Fenster.
বাইরে থেকে জানালা দিয়ে রোদের আলো ঢুকে পড়ছিল।

Die Familie lehnte sich bequem in ihren Sitzen zurück.
পরিবারটি তাদের আসনে আরামে হেলান দিয়ে বসল।

Und sie besprachen die Aussichten für ihre Zukunft.
এবং তারা তাদের ভবিষ্যতের সম্ভাবনা নিয়ে আলোচনা করেছে।

Bei näherer Betrachtung waren ihre Aussichten gar nicht so schlecht.
ঘনিষ্ঠভাবে পর্যবেক্ষণ করলে তাদের সম্ভাবনা খারাপ ছিল না।

Alle drei hatten Jobs mit dem Potenzial, mehr zu verdienen.
তিনজনেরই এমন চাকরি ছিল যেখানে আরও বেশি আয় করার সম্ভাবনা ছিল।

Sie hatten einander nie nach ihrer Arbeit gefragt.
তারা কখনও একে অপরকে তাদের কাজ সম্পর্কে জিজ্ঞাসা করেনি।

Doch nun hatten sie endlich Zeit, solche Dinge zu besprechen.
কিন্তু এখন অবশেষে তাদের কাছে এই বিষয়গুলি নিয়ে আলোচনা করার সময় এসেছে।

Sie hatten auch die Möglichkeit, in eine kleinere Wohnung umzuziehen.
তাদের কাছে একটি ছোট অ্যাপার্টমেন্টে যাওয়ার বিকল্পও ছিল।

Dies hätte den größten Einfluss auf ihr Leben.
এটি তাদের জীবনে সবচেয়ে বেশি প্রভাব ফেলবে।

Ihre jetzige Wohnung hatte Gregor ausgesucht.
তাদের বর্তমান অ্যাপার্টমেন্টটি গ্রেগর বেছে নিয়েছিলেন।

Aber jetzt könnten sie in eine günstigere Gegend ziehen.
কিন্তু এখন তারা আরও সাশ্রয়ী মূল্যে কোথাও স্থানান্তর করতে পারে।

Eine kleinere Wohnung, aber eine praktischere.
একটি ছোট অ্যাপার্টমেন্ট, কিন্তু কোথাও আরও ব্যবহারিক।

Das Gespräch über die Zukunft machte Grete wieder lebendiger.

ভবিষ্যতের কথা বলতে বলতে গ্রেটাকে আবার আরও প্রাণবন্ত করে তুলল।

Herr und Frau Samsa bemerkten auch andere Veränderungen an ihr.

মিস্টার এবং মিসেস সামসা তার মধ্যে অন্যান্য পরিবর্তনও লক্ষ্য করলেন।

Ihre Wangen waren vor lauter Sorgen ganz blass geworden.

সমস্ত দুশ্চিন্তায় তার গাল ফ্যাকাশে হয়ে গিয়েছিল।

Doch ihre Tochter entwickelte sich inzwischen zu einer feinen jungen Dame.

কিন্তু এখন তাদের মেয়ে একজন সুন্দরী নারীতে পরিণত হচ্ছিল।

Sie war mittlerweile wirklich eine wohlproportionierte und hübsche junge Frau.

সে এখন সত্যিই একজন সুগঠিত এবং সুন্দর যুবতী ছিল।

Ihre Eltern wurden still und bewunderten ihre Tochter.

তার বাবা-মা চুপ করে গেলেন এবং তাদের মেয়ের প্রশংসা করলেন।

Sie wechselten Blicke und kommunizierten unbewusst.

তারা একে অপরের দিকে তাকিয়ে অবচেতনভাবে যোগাযোগ করতে লাগল।

„Es wird bald an der Zeit sein, einen guten Mann für sie zu finden.“

"শীঘ্রই তার জন্য একজন ভালো পুরুষ খুঁজে বের করার সময় আসবে।"

Die Straßenbahn hatte ihr Ziel erreicht und bremste ab.

ট্রামটি তার গন্তব্যে পৌঁছেছিল এবং গতি কমিয়ে দিয়েছিল।

Ihre Tochter schien ihre neuen Träume zu bestätigen.

তাদের মেয়ে তাদের নতুন স্বপ্নগুলোকে নিশ্চিত করেছে বলে মনে হচ্ছে।

Sie war die Erste, die aufstand und ihren jungen Körper streckte.

সে-ই প্রথম উঠে দাঁড়ালো এবং তার তরুণ শরীর প্রসারিত করলো।